心波映月

XINBOYINGYUE

郭干 著

山西出版传媒集团
山西人民出版社

图书在版编目（ＣＩＰ）数据

心波映月／郭干著．—太原：山西人民出版社，
2017.3
ISBN 978 – 7 – 203 – 09857 – 7

Ⅰ.①心… Ⅱ.①郭… Ⅲ.①散文集 – 中国 – 当代
Ⅳ.①I267

中国版本图书馆 CIP 数据核字（2017）第 013783 号

心波映月

著　　者：郭　干
责任编辑：郭向南
装帧设计：陈　婷

出 版 者：山西出版传媒集团·山西人民出版社
地　　址：太原市建设南路 21 号
邮　　编：030012
发行营销：0351—4922220　4955996　4956039　4922127（传真）
天猫官网：http://sxrmcbs.tmall.com　电话：0351—4922159
E — mail：sxskcb@163.com　发行部
　　　　　sxskcb@126.com　总编室
网　　址：www.sxskcb.com

经 销 者：山西出版传媒集团·山西人民出版社
承 印 者：山西出版传媒集团·山西新华印业有限公司

开　　本：890mm×1240mm　　1/32
印　　张：11
字　　数：300 千字
印　　数：1—1500 册
版　　次：2017 年 3 月　第 1 版
印　　次：2017 年 3 月　第 1 次印刷
书　　号：ISBN 978 – 7 – 203 – 09857 – 7
定　　价：40.00 元

如有印装质量问题请与本社联系调换

二十五岁的万花筒

李 锐

写这本书的郭干同学只有二十五岁，之所以称他同学，是因为他还是个在读的大学研究生。一个二十五岁的年轻人洋洋洒洒写了几十万字，而这几十万字又基本上都是他的内心独白。偶尔有别的角色出场也都是明暗飘忽的隐喻，自我情绪的延伸，或者干脆就是为了自我论证的转述和摘引，通篇引经据典、华章丽句、谈古论今、诗情雅意，犹如一只色彩艳丽、花样百出的万花筒。而举着万花筒的那个人，大有如醉如痴、忘乎一切的快乐神情。他反反复复地转动着自己的万花筒，变幻无穷，乐此不疲，就像一个专注游戏的孩童，早已不知眼前还有别的景物，身外还有大千世界，自己之外还有他人。他只在乎，也只专注自己的世界。他把世间万物都纳入自己的内心，他把古今中外都变化成自己的图案。这让我真心羡慕他的年轻，羡慕他的童心未泯。

如此，我们或可把它看作郭干写给自己的一本书。或者换个说法，这是一种个人写作的文本，或者作者所追求的就是个人写作。

依我之见，这是一本很完备的书，有结构整齐的内容，有作者本人的序言。作者在内文里把自己想说的话都说出来了，又在序言里把自己的写作目的、创作意趣、人生志向都写得清清楚楚。有兴趣的读者只要按照这个导读看下去，得仁得智，有趣无趣，那都是因缘，你可以喜欢，也可以不喜欢，那都是你自己的选择。这也正如作者自己所宣布的"至于别人的态度，我又怎会太过在意，这世间走到哪里不是议论纷纷，莫衷一是？"

一个人写了一本书放进抽屉，密不示人，这才是完全的个人写作。一个人写了一本书拿到出版社发表出来，印行于世供人阅读，就已经没有完全的个人可言。所谓"文学"，是作者和读者共同完成的一件事情。有人写，有人读，文学就活着。有人写，没人读，文学就死了。有人写，有人一直读，文学就一直活着。这是被人类文明史反复证明了的事实。

从某种意义上说曹雪芹的《红楼梦》是一种个人写作，因为当年他写了书只留给自己欣赏，最多在三五好友之间传阅。没有出版社，没有版税，没有文学奖，只有株连九族的文字狱。让人料想不到的是，他的个人写作，他的"满纸荒唐言，一把辛酸泪"却写出了旷世的悲凉和幻灭，铸成了文学史上无人可及的高峰，成为被人永远传阅的经典。

高山仰止。大美无言。

是为序。

2016 年 10 月 13 日，于病中。

美丽青春之诗意璀璨

邢 媛

2016年的秋季学期,天气似乎少了往年夏日的惯性余热,多了一些凉意,千年并州的天空几乎总是碧蓝、清澈,生活于此的人们不经意间会晒晒这份美好、愉悦。百年学府内的读书青年,一张张勃发的朝阳面孔,犹如一粒粒春之种,生发出生命的美好、纯真、友善与朝阳盛气,犹如经过岁月浸染、昼夜积淀,方才成为此刻的窗外秋叶:厚实、多彩,使人欣喜,催人思考。

事物的生长总是那么令人期待,而新生事物的出现总是和着促人欣忭的生命张力。新学期是忙乱的,新学期似乎每一天又都是美好的,而美好情愫一旦生成,便会使得每一天,甚至每一刻的每件事都能演化为暖暖的开心。

几天前,收到学生郭干的微信,说希望对他的文章给一些意见,作为老师我爽快应允。本以为是一篇几千字的专业论文,哪知过两日,在我办公室呈于我面前的竟是厚厚的一本书,而且是即将付梓的成稿,顿时一种更大的喜悦升腾开来。因为这是自己从教30年来,所知晓的第一位在读书期间出书的学生。作为长者,喜欢有执着追求的青年;作为老师,喜欢聪慧、善于思考、勤于研究的后学。我为学子郭干真学、真做欣慰!

古语说,青出于蓝胜于蓝。历史的进步、文明的更迭,凭借

3

每一个生命个体的卓越贡献，而每一个个体的生命也因其对历史的贡献彰显着独特的魅力，历史已经证明，一切生命的美丽，都源于博学、沉思者的厚重行走。人的行动总会受到来自自己的理性认知的框定，无论是方向还是方式，所以一个人只有拥有诗意般美好的心灵，才能展开纯粹的真实的对外部世界的感知活动，才能在此种活动中，赋予行动以自我灵魂的烙印，留下个性的客观对话。

青年学人郭干的这本《心波映月》，就是这样一本带着浓厚的青春气息、体现着书写着至美追求与人文修为的思想集。诗文相融、哲史互印的《心波映月》，文字虽算不上精准无误，却透露着作者内心的纯粹与美好；作为哲学专业的学生，其写作与表达均非专业，但哲理的光芒却始终穿梭在字里行间，尤其是书中蕴含的中国传统文化的儒、道思想，让我们不得不为这样流淌的青春宣言喝彩！

拜金、麻木、浮躁、急功近利等等太多的词汇，被用来形容这一代青年中的大多数，然而，学子郭干却用自我的实证个案，不仅记录了自身精神成长的痕迹，而且用这种独特的方式做出了回应：青年、青春，永远都是美好事物的生发者与创造者。

事实上，90后这代中国青年，他们有独特的感知社会、理解社会、记录社会与自我的方式。把鲜明的主体特征融合在了鲜活的时代脉搏之中，坦诚倾诉来自生活世界的行走足迹，用优雅讲诉"道"的意蕴，用自我故事与自然交融的刻录，映衬了社会文明发展的一大步。《心波映月》这种心灵之纯粹与美好开出的智慧之实，其芬芳秀美的诱人魅力，也许是其他任何一个生命周期都不可比拟、不可取代的，唯有自在青春！

《心波映月》是青年作者的心灵歌唱史，是青年精神修为的沉淀史，在一定的意义上，也是人类优雅自为的展现史！

为一切美丽心灵而赞！

2016 初秋于山西大学

序 言

　　这是一本集子，但不是一本东拼西凑而成的集子，从第一章到最后一章，完整再现了我这个无名竖子的精神蜕变。尽管我在途中有些步子走得虚浅，却前后相连，轻若回雪；尽管某些时候我的思想还有偏颇，但心性明洁，始终如一。我依心而写，纯任性灵，只为留住真实而又绵长的感受，不拘泥形迹。

　　第一章《诗意的通脱》讲的是最开始的我，习惯把诗意的感受和现实的体会加以交融，以简约的优雅来实现心灵的畅达。这种雅，是平静的，是"随风潜入夜，润物细无声"的雅，轻轻滴落在我们烦躁的心上，滴落在无可奈何的矛盾间，诗化了空虚，缓和了苦痛。诗意不只存在于古人的诗句中，还可以带入生活，一丝美妙的感受流散到指尖，举手投足，自在从容，如《冬夜冥想》所写："我躺在咖啡厅昏暗的拐角，头枕在沙发上，像一个熟睡的精灵，桌上只放了一杯咖啡，没有别的。"当然，诗意也不仅限于吟诵与唱和，更饱含了我们对生命全面而细致的体验，像《梦逐潮声》这篇中写的："今日波涛一层层朝我卷来，但又一层层静静消逝，像是一个人内心充斥着无数的矛盾，还要努力还于平静。"让我想到了南唐后主李煜的"流水落花春去也，天上人间"，代表了一种绵延不尽的感叹，虽然他当时身陷的困境难以化解，但尚能从诗意的纯美中得到一份莫大的抚慰。而当这种诗意自在地漫溢于精神和生活的每一处，人就会感到自己的生命时刻都被美滋润着，无比舒适。

这就渐入一种审美的心境，澄心如洗，温润淡雅，第二章《求美的意趣》就反映了我的这一追求与改变。开始，我反思了现实中人们对"优雅"与"诗意"的误读：以为效法古代、推崇古典、避开世间丑恶便是"优雅"，以为臆造幻想、沉醉其中、足不出户也能产生"诗意"。人需要建立一套健康的审美，即须求法于自然，与自然对话，聆听万物声息，而不是求助于某个人，某一本书。如此一来，纯化了我们的意趣，也让精神中不平的地方趋于圆顺，相反老待在屋里是锻造不出平和心境的。正如我在第二章开篇《心疏意懒皈自然》中这样写道："告别了一些纷扰以后，我选择以自然为师，让心随顺自然之法，去感受所有事物的平等祥和。"这属于更高的美之追求，使干枯无聊的生命重新焕发绿意，性灵始出，物我皆舒，即自己舒畅，周围的事物也显得舒畅。我想，心中多一份纯美，就少一份偏见，若心有四季，变化之美迭出，哪还有什么自认为了不起的观点？哪还有与人争执对错的欲望？如《寒冰渐消听水流》和《日暮黄昏秋客心》这两篇文章，便是取法于"冬去春来"和"深秋迟暮"之感。

　　然而，雅正的审美总是与深刻的体悟相连，内心的修为到了什么程度，反映在观念和行为上就是什么样。在第三章《象中的体悟》我有了这样的认识：保持一颗清净心就像得时刻端稳一盆清水，我们所处的环境时刻都在检验我们，要想实现生活中大的自在就要踏踏实实观照自己的心。很多时候，我们都把过多的精力浪费在了无意义的探讨、没营养的知识、面子问题、多愁善感、日常琐事、好恶习惯上，舍本逐末的事真是干了不少，所以在现实中做人办事很难再有质的突破。而"象中的体悟"正是告诫我自己顺乎自然才是正道，不仅要把自己的状态捋得很顺，也要学习着把自己与周围事物的关系捋得很顺。如我在《中和静寂》中写的："给人传达的和风细雨的舒适感，人在这样的感觉中也自然温文尔雅，柔化掉很多矛盾，内心像在演奏和缓的乐音。"这就逐步靠近了中和的境界，因为纯化自己的心以后，看事物才会少一些私欲的蒙蔽，在镇之以静的状态下，才会从有限的所思扩展至无限的感悟。那时，心体廓然，看什么都布满了光泽。

　　工欲善其事必先利其器，第四章《修心的转向》便诠释了这样做的必要。我意识到太多的人如浮萍一样漂泊，疲惫而没有方向，是因为"他们从未意识到由修心得来的自明，会将眼前萧索驱散得干干净净"。于是，导致了长久以来"心不能够齐物，心存了太多不平衡的东西，我心在浮动，其他的心也在浮动"（《不如修心》）。而修心，就是在引导自己把精力集中于对自我的经营上，在守静之中，渐入真实，远离颠倒妄想；在妙悟之中，元气淋漓，收获更多的妙趣。知和行都统归于心的有力支配下，如水一般，随缘适情，蕴藏万千伟力而难以穷尽。最后一篇我提到了王阳明，以他的经历作参照，来说明如何步入"心与理的融合"，如何将"知行合一"端放心中，贯穿整个生命的始终。

以上，便是整本书大概的内容，至于我细微的所思还望诸君于文中品察，指点一二。记得在刚提笔的时候，就有人善意地指出：这么年轻就写书，日后恐怕"自悔少作"。我没有回应，心里明白史上太多文人受此观念挟制，害怕在功力尚浅的时候强著一书，惹来闲言碎语。到时怕是人老了，阅历有了，知识积淀厚了，笔却拿不动了。在我看来，笔耕不辍，不是无谓地炫耀与挥洒，而是为看清自己的学养，加速知识的内化，精进自己的修为，实为不朽之盛事。我写这本作品正是代表了二十五岁的我，算是对这些年学习与体悟的一个总结。至于别人的态度，我又怎会太过在意，想想这世间走到哪里不是议论纷纷，莫衷一是？

目 录

诗意的通脱

冬夜冥想

　　自那一天以后，我的精神回复到了静观，不同的是，以前习惯以冷眼看人世哀乐；今日，以静观物，不动声色。

◎ ◎ ◎ ◎ ◎

靠着窗户，我看到天空在夜的包围下更加阴冷，月懒懒地靠在浓云背后，那缭乱的光脉是严寒冻成的龟裂。寒冷，总是赤裸裸地将生命的极尽残酷地展现。它，苗条，苍白，纤弱，无限的悲凉牵引着死亡的气息，仿似天之尽头传来的古老又深沉的歌谣，让我在审视的时候，充满了敬畏。在寒冷中，人总是借助微弱的体温强调着走下去的必要，收起任性与软弱，冰冻了空虚与激情，让我的心中焕然出了一层新的体悟。那些曾经牵绊我的人和事都跑到哪儿去了？现在，我眼前只有冷冷的夜空，除了给我静谧的享受，还有一份清醒，不关好坏。带着这份感觉，我决定前往一个地方，每周的这个时候我都会去那里。

冷风清扫着白日学府街口的喧嚣，眼前的太原城让灯火烘托得令人心怡。我躺在咖啡厅昏暗的拐角，头靠在沙发上，像一个熟睡的精灵，桌上只放了一杯咖啡，没有别的。抚着玻璃，燃烧的欲望在外面游动，距我的指尖只有一寸。它，妖娆至极，迷人的微笑隐藏着伤害，可惜它进不来，任凭我拿手指轻弹着玻璃的内侧。片刻的安宁让我跳出那种带有迷惑式的梦幻，然后平静地扫视着不同的角落。女郎鲜艳的红唇一整晚努动不停，不知名香水混合在整个过道，她们交换着手上的饰品，玩味着另一种高贵；

西装革履的男人为她们端来满盘的甜品，一副志得意满的样子。前面衣着土气的女孩与扶眼镜的男人，不时地放下笔，回过头对他们翻几个白眼，敢怒而不敢言。还有几个洋妞，表情丰富，与身旁的中国男人沉浸在他们的西方世界中。还有那边流了一整晚泪的女人，眼睛呛得通红，偶地扫一遍周围看看有没有人朝那边看，后来什么也不顾了，趴了一会走了。就这样，我平静地看着这一切，看着这幅普通有气息的画。这幅画的特别之处是里面的人都能动来动去，但我并不在画中，而在安静的拐角扮演一个徒具其形的俗物，看似无心。恍惚间我觉得不远处有人在看我，我略微有些惊奇，侧转过头，婉妹在那儿向我颔首微笑，华美的白色绒衣在昏灯下光彩夺目，我们四目一对，她便将长杯的橙汁放一旁，轻轻挥手。"她怎么会在这里？"我正准备起座，而那影像却散掉，转而取代的是个富态的女人，白色镂空的褂子护着那片横肉。我深深地舒了口气，往沙发上一陷，重回音乐中，一小口一小口地抿着咖啡，时而俏皮地弹着喝完的空杯子，时而跷着腿斜躺着。我不知道那是什么音乐，无非是欧美的慢调调，偶尔有几首听过的，我也忘了叫什么。不过不是哀怨，也不是欢快的曲风，融合了爱尔兰的空灵缥缈和挪威民乐的恬静深远，自然流畅，这让我感受到了一些音乐理念和零星的生活味道。还有一点神秘，如同流光在暗的水面掠过，就这么远远地飘走，带着一种对自然的虔诚，上扬着廖旷和悠远，和缓而坚决地行进着，让我忘记了此刻身在何方，像另外一个世界的回音。其实每个人的心中都有这样一片领地，不管消沉还是失望总能在这里寻找到平静和安慰，因为在这"神秘园"里，时间是凝固的，美在荡漾。而这首歌过去之后，音乐又换到了男女情感的纠结上，全是关于一个人的风景，一声哭泣，拉着长长的幽叹。听着听着，我看到前一桌的情侣还拿着小勺，盛着奶油互喂对方；而后一桌的男子掏出所有的纸巾，一张一张往哭泣的姑娘脸边递，但还是止不住泪。我对自己笑了笑，庆幸自己并没有为爱恨而纠结，被束缚在热烈的情感上不得通脱。想想，咖啡厅的一种音乐怎么可能应付得了这么多的情绪？而我心里飘出的乐音高过了咖啡厅的乐音，那是一种雨滴打在叶上的声音，我活在一种我自己创造的优雅的理性中，自给自足，想要去窥测美的秘密，但不轻易涉险。我环顾了一下周围的布置，很一般且老旧，包括墙上的画也是假的，是一种廉价塑料印刷品，空间也分割得很挤，再装模作样地放个小沙发，一座西式的餐厅就这样大功告成了。这一切逃不过我的静观，但没有影响到我的心情，我在书阁上取下一个字典样子的道具，随意地把玩着，觉得甚是可爱。这个咖啡厅我来了不下十多次，每次都是喝完一杯便走，而且每次感觉都不一样。

这归结为心境的不同，所谓"境随心转"，心中的色彩是可以点缀周围的，所以即便一人独坐又怎会感到落寞呢？正如眼前飘动的人流、服饰、声音，无不可以作为入诗的素材，起卧坐行，都可以得到周围环境的供养。按照康德的说法，那是一种直接的又有知性的美，这一美的观念伴随着直观与反思。我曾对朋友们说过这样的话：一只仙鹤若是被凡心所累，那和一只麻雀又有什么分别呢？相比之下，一般人每天都是心随境转，环境只要稍加变化，自己就不知到哪儿了。《庄子》中有"瞽者无以与乎文章之观"之说，即一个瞎子怎么能看到世上最美的文采？顺着这个思路，聋了的人，怎么能听到时间的脚步、音乐中潜藏的情愫呢？

就这次咖啡厅小坐而言，在人们眼中准以为我是心情不好，所以要找个地方一个人静静；再仔细一瞅，姿势慵懒随意，真是颓废得无可救药了，甚至和"小混混"没什么区别。可我不会放在心上，那一刻我在意的是斜躺的姿势累了，该动一动，换个角度看看周围。于是便勉强支起身子，换一个姿势，这样就舒服很多了。想想看，一天到晚都正襟危坐的，那也不是生活呀！我倒一杯热水，润了润嗓子，亦品尝了一回咖啡之后的水的味道。手贴着纸杯的外沿，那是水的体温；含在嘴里的，那是水的柔情。若是此刻有人想插嘴，我想回应的只有一句：心有四季，变化更迭之美不息。我不觉得自己天赋异禀，但我相信自古真名士自风流，清逸的风姿躺在床上也如同卧在白云之上，轻盈地行走在大街上，也能感受到清风徐来、流觞曲水。历史上早就上演过类似的例子，人道是"万古云霄一羽毛"，名士类像诸葛亮，头上系着逍遥巾，手里握着鹅毛扇，指挥着千军万马。还有晋朝的羊祜，他当大元帅的时候，是"轻裘缓带"，就是穿得松松垮垮，一副舒舒服服的样子，最终帮助司马炎统一了中国。说到此，我要笑那看来从容的谢安，实在可爱得很。淝水之战，打败了苻坚的八十万大军，当胜利的消息传过来的时候，他正在下棋，看似不为所动，表现出超凡的姿态。等下完棋后，立马跑回房间，连鞋也给跑掉了。而现在的人对"舒适"的理解更接近于"享乐"，依托于金钱的

挥洒，一离开钱便什么也不是了，只剩活泼的性子。他们的心时
时都在发虚，通过到外面装样子显摆来缓解内心的不安，其活着
就像漫长的拉锯，咔啦不歇，最终把自己拖得很累，即便来到一
个轻松优雅的环境，真的就能拯救自己的心吗？依我看，多半连
他们自己都察觉不到，那俗世的羁绊是走哪儿跟到哪儿啊！

　　眼前的这杯水慢慢变凉了，不像之前刚倒的时候那么烫。凉
也是一种温度，让人平静的温度，人生不就是一个冷冷暖暖的过
程吗？看开了也就不至于整日长吁短叹了。这无非是一种空心净
虑的静观默照，而这样的静观容纳了万境，上有青冥之高天，下
有渌水之波澜，想象和联想在这里可以自由驰骋。值得一提的是，
李白的静默观照是一条弃世求仙的路，消极灰心以后越加仙气飘
飘了，看他写的《怀仙歌》"一鹤东飞过沧海，放心散漫知何在？
仙人浩歌望我来，应攀玉树长相待。"不同的是，苏轼的静默观
照，意为坎坷的路走了很久很久，最后必然归于淡泊，看他在《送
参寥师》一诗中所写的"阅世走人间，观身卧云岭。""淡泊"
就是言不尽意以后的状态，任何言语都只能表述微小的一部分感
受，唯有选择静默的方式，真实地去留存。说起来容易，做起来
难啊，想想吧，古来失意的文人有多少？但谁能像李白那样，单
看月亮就能如此投入，如此忘我，记不起世俗的一切。相比之下，
苏轼行走的步子是那么稳健，满满的都是多彩生活的味道，他的
静观带着中国人宁静致远的哲学深意。说到此，我想到了很多人
虽然对"宁静致远"很熟悉，但很容易把这四个字理解偏，以为
"宁静了，心就可以走很远，实现很远的目标。"这是错的，我

们有必要看一下最早的出处，《淮南子·主术训》："人主之居也，如日月之明也。天下之所同侧目而视，侧耳而听，延颈举踵而望也。是故非澹薄（同：淡泊）无以明德，非宁静无以致远，非宽大无以兼覆，非慈厚无以怀众，非平正无以制断。"其真正的意思应该还有，不为杂念所动，凝神静观，所以"淡泊"即表面上慵懒闲散，精神意志却异常的集中啊！我又看了一眼昏黄的灯光，它只照亮我探在桌上的手和咖啡杯，让其余的部分都隐在更深的昏暗里，可我没有睡着。咖啡确实喝完了，但香草拿铁的香不会因为几天不喝而离开我的心底，余香不绝，可供我一年吟咏品味，甚至可成为我一世的幽雅情怀。我抚了一下手上的那串白玉菩提，即便是在这样的昏暗里，它的色泽依然是那么圆润，那么饱满，像人那样似睡非睡的。我起身环顾，昏亮的灯在没有和我打招呼的前提下，成片地灭掉，墙上的画也已经看不清楚，画中人物恍若轻笑。一切就像琴声戛然，断了、尽了，我也是时候该走了。

回来的路上，我突然停住脚步，瞭望天空思考着：星空的色彩足够单调，可为什么那么迷人？很多东西都看不清了，只有星光坚持亮着，它们于高远处闪烁，且相互辉映，又好像在窃窃私语。那种神秘而醉人的飘逸，让我萌生了自卑与羡慕，更是让我有了从死灰中被唤醒之感。月越来越明了，永远是那么高悬于空，俯瞰着苍生，同时绽放着冷冷的光，高贵而又冷漠。我看得有些呆了，不禁念叨着："今人不见古时月，今月曾经照古人。"后来，星光越来越缥缈，它们在各自的位置上静静闪烁，让夜更加的静了，像不同的神灵在那里一站，一切就都安定了下来。看上去幽蓝的苍穹还是那么深邃，思绪带我在云中穿行，我仿似听到了从天上飘来的楚歌吴语。我爱这最神圣的气韵，不朽的胸怀，经过净化与彻底净化的思想，使我卓立在太空的绝顶。我不是在夸大我的意志，只是我觉得那才是最值得赞颂的美，在它的圣洁下我理当谦卑，应该与所谓的伪道德世界保持距离。我是我，不活在那些社会名流的眼皮之下，我自由极了，像穿过云霄的云雀，怀着美好的心灵，挥动我娇嫩的翅，与万物合为一体，化为那星辰中的一员。自那一天以后，我的精神回复到了静观，不同的是，以前习惯以冷眼看人世哀乐；今日，以静观物，不动声色。

影中漫步

　　在冷月的下面，有我的一道清影，在
虚静中感受着万物之灵，从头到尾都那么
既素且真。

　　夜幕将至,冷月照亮了我的孤榻,眼见墙上多了几道枯枝的影,正在那婆娑轻舞,摇曳生姿,我仿似听到天风吹拂下发出的清音,转而下床,披了一件单衣,合上门走了。从小宅延伸出的小路,有些湿滑,沿边的枝条还能探出护栏,划到手臂,竟有种莫名的亲近感。现在是散步的时间,和昨日一样,我只需将多日以来甚至多年积攒的思想放归流动的风里,不去强迫自己不想,也不拖着往昔的留恋不放,内心清虚,即便闻不到花香,也无消残之感。我记得,父亲曾问我:"你是否为后来所走的弯路后悔?"我说:"我不后悔。"其实,在我眼中,不光是父亲所指的那些弯路,包括那些美妙的事物,是没有绝对的对错之分的,现在的对,可能是鉴于对之前错误的反思;现在的错,可能是曾经一度认为的对。我视所有走过的印迹为生命中必不可少的部分,没有哪些是多余的。见多了一些人常常拿自己传奇的经历说明自己的伟大,对此,我只淡淡一笑,自己确实比不了。因为我大部分的时候都是闲庭寂静,大多的感受是不言自明,哪来那么多惊心动魄?所有的往事、声音、色彩,不是都凝合成一道道影儿了吗?重重叠叠,缤纷多彩。现在,我在这落叶散漫的小道上,像是在影中行走,轻轻地踩在每一片落叶上,一路走,一路听它们诉说着曾经的故事。偶尔也会停下脚步，转身拾起一片巴掌大的叶，轻抚两下，然后丢在风中。

　　回忆在我看来已经成为浅浅地品尝，舀一勺子放嘴里，细细地咀嚼。至于某件具体的事，你不说我还真想不起来，即便去想我也不会把简单的交流搞成哲学讨论，就像当时我端一杯咖啡站在婉妹身边，她回过头来，"你哪是在旅游啊？你的行走像是在穿行。"我笑了笑，"现在我只想听你弹一曲，好吗？"我心中长存着什么，我最清楚，一盘菜蔬，一杯浊酒，一轮明月。即便穷途到小菜买不起，浊酒喝尽，不是还有明月吗？我多看它一眼，冷月也会多看我一眼，就像此时此刻，近得没有距离，凝望久了，它孤傲中生出了温柔，让我忘了周围也忘了寒冷。唯有这样的相望才不会损耗彼此，又能滋润着对方。这就是我的概念，一切自然而成，至于我关注的，是眼前的月，还是心中的月，还是某个人的影子，都已经不重要了。金岳霖先生说：哲学是概念的游戏。我不觉得我放弃了概念，只是不像过去固定地看东西，随处皆可思，随处都有概念，依托现实而生，随着现实的变化而变化。这样的成长就像柏拉图在《理想国》中所言：一个人真正懂得的时候，他就像一个长期被监禁在洞穴中的人，一旦被释放出来，忽然看见了天地的广大，日月的光明。如今，我把每日的行走都看作美的体验与学习，在安静中尝试与周围事物相融。现在，我走在路上，风一直都在，它绕过我的指间，也抚过我的发丝，可我适应了它的冷。此刻的路灯一直绵延千里，两旁更有别的灯火散落，这便是这座城市的风情，它很美，但人们喜欢躲进自己的小空间里，避开寒冷。站在坡路上远眺，看到对面公寓里的人们，或围坐在一起看电视，或是在客厅穿着睡衣走来走去，有哄孩子的，有吵架摔东西的，也有静静趴在电脑前的，屋里的设计也很简单，该有的布置大体一样。人们就是这么过每一天，在自己的小世界里，俗能俗到何种程度，雅又能雅到什么地方。还记得冯友兰先生曾把人划分为四种境界：第一个是自然境界，人就像小孩一样，对所做的事没什么察觉；第二种是功利境界，那些人意识到了要为自己做事，终日忙忙碌碌的，所做的事后果可能是利人的，但动机终究是利己的；第三种是道德境界，这种人清楚地认识到自己是社会的一员，他是这个社会整体中一部分，他希望自己做的每一件事都有意义，所做的每一件事都符合道德，内外纯正，生命中满是光明；而最后一种境界是天地境界，在社会的整体之上还有一个更大的宇宙，人有了更高的觉悟，将世俗的尘心转化为道心，练就了自觉的自我修证功夫。这样的说法固然很好，可依我看来，佛有佛的境界，道有道的境界，儒也有儒的境界，哪种划分都可以，只是现在，我不求境界，故而我和莲清下棋的时候，他正要落子却又突然收回，平静地看着我，"公子的心根本不在杀伐上，而在于黑白子的变化上，如同对立的双方不断处于转化，这才是你所享受的。"他说中了一些，但不是全部，我很多时候都忘了"境界"这两个字，那些修行炼道的人真是把自己拖得很累，我还是徒步往前再走走吧！

美景有时候没必要细微地描述，你对它投以尊重，它回报你万种风情。同样是现在走的这条小路，上次陪同朋友，他一路都在感慨为什么能与自己唱和的人那么少。随之，讲述了很多古来圣贤皆寂寞的例子。见他眼神凄苦，我没有多言，只是拍了拍他的肩膀予以安慰。现在我想说：诗意的挥洒正是教人在这样的苦境中争取主动，自己可以像飞舞的蝴蝶、飘落的花瓣那样轻盈和谐。城市的灯火越看越亮，看似夺去了月的光亮，但没有影响月在天空的清静。路上的人也越来越少，再往前走便没路灯了，只有月光平静挥洒在尘世屋舍上，那么空空如也，不着痕迹。我走着走着，路过打烊之后的菜市场，有人在锁门，冻得瑟瑟发抖；有几个人推着货车离开，略显艰难；地下残留着的菜叶、皮屑冻得贴在地面上，等待着几个小时后被清扫。周围虚化的只剩下我自己，锃亮的皮鞋踩在满是污垢的街道，我走得很慢，走得很稳，并不着急想要越过这段路，只因我此刻心中独有的欢愉太过珍贵。我不禁感慨，这路上不就是两排路灯，三三两两的老人、依偎的情侣，整条街空荡荡的，竟比一天中的任何时候都潜藏了更丰富的感受。我在风中瑟瑟发抖，却只愿多待一秒，体会刹那间的从"涤除"至"虚静"，无知无欲，外物和自我都那么既素且真。有句诗说得好，"起舞弄清影，何似在人间"，起舞不常有，但"清影"常在，最灵动的诗意就在须臾之间产生。

作别了菜市场，踏上了一条清洁的红砖路。我仿似进入了另一种诗意的平静，不管现在身处哪儿，也不问归途。隐隐约约，不远处一女子走来，裹着一件棕色的毛绒大衣，围巾胜雪，走近才发现其肤色亦是那么浅亮，是那种自然的白。她估计觉察到我在看她，平静地往我这儿扫了一眼，带点睥睨的感觉。我会心一笑，当再次抬起头的时候，也只是兀自地前行着。刚才我用一秒，记下我们擦肩的瞬间，放了在心头；又用一秒，忘掉了那倩影究竟是什么样，只记得很素净，也很清亮，还有那条白色的围巾很顺地垂下。我想到了《论语·八佾》中子夏问孔子："巧笑倩兮，美目盼兮，素以为绚兮，何谓也？"一个女孩子笑起来很漂亮，顾盼生辉，光彩照人，可为什么素朴洁白是最有色彩的呢？孔子回答：先有质朴洁白的质地，然后才能涂上最绚丽的色彩。抱着这一理念，我的疲惫少了很多，走了很远也不觉得累。我踏着湿滑的路，每一步都像一个简洁的回旋式，轻松的间隙飘着愉悦的音符，令人享受。原来，学会用欣赏的眼光代替痴迷，就是去抓住"素朴"之美，点到即止，甚是善哉。正如眼前的这段路没什么特别，路也变窄了，但整齐干净就是一种美，不远处的清洁工在把大片大片的落叶扫到一块，然后逐步地倒入保洁车上，缓缓地推着在固定的路口停下。从南向北这条街就由他负责，就做这么一件事，车来车往的也与他无关，什么人经过也与他无关，那种专注让我感觉似在清扫自己家的院子。

然而，现实中的人也在重复做某些事，一路尾随的却只是撩人的欲，舞动在城市最"热闹"的时候。当然，人们每天也在一条道上来回地走，尽是被自己感兴趣的东西奴役着。世间很多让人困惑的东西，并不是简单地思考一下、推理一下就能看清，就像此刻我的影子和树的影子、其他人的影子都混在了地上，歪歪斜斜，连自己都没办法分辨。我又看了一眼整条路上的灯，要比以往的任何时候都要虚晃，真如一双双瞌睡的眼，看似快要闭上了，却缱绻万千。这种感觉越往下越丰富而又复杂，难以用言语说清，只有自己心里明白得很。记得舅舅曾对我说，为什么他自己三十年后依然能记得当年在部队写的诗，因为那是他十七年军旅生活的体验，是独一无二的，唯有自己最感同身受。其实，人的成长是漫长岁月中感受的叠加，味道浓厚，像极了一坛老酒，味道绵长，待无数的情绪起伏之后，终入冷月无声，波心荡。想想吧，多少朝代的英才无不在自己的诗文中传达着这层深意，饱含了无数次的回眸，欲言而又止的表达，兴奋以至诗化，悲苦尽显寂寥，恬淡里有身不由己的味道，歌颂中又有另外一份心田。有时确实是故意去影射些什么，像李商隐的《隋宫》：

于今腐草无萤火，终古垂柳有暮鸦；

地下若逢陈后主，岂宜重问《后庭花》。

此典故援引自《隋遗录》的传说，隋炀帝游玩江都之时，恍惚间与陈后主相遇，他见后主身边的张丽华倾国倾城，便让她舞蹈《玉树后庭花》，陈后主故意不解："还以为殿下有成为尧舜的贤才呢，怎么也变荒淫啦？可还记得当初英气逼人的殿下是如何谴责我的吗？"隋炀帝语塞，惊醒，一切恍然不见。这首诗暗示两个亡国之君，不过一丘之貉，看似一种深刻的幽默，恰恰道出了剧中人的心酸，最终统统还泪于这深沉的历史必然。正如我这次前往大明宫遗址所感，值得强调的是：当时我眼前的是被毁以后的大明宫，一千三百年后的大明宫，任何言辞都无法承载我当时的心痛，任何哲思都无法阐明物换了人间！在无限的苍穹下，在一眼望不到边的平地上，我眼前突然风云变化，前世辉煌，后世尘烟，亭台宫阙，都成残垣，人世几回伤往事，山形依旧枕寒流。

之后我便带着这份深沉，一步步，深深地踩在了落叶上。你说这声响不像是一声声的哀怨吗？

嵇康的《声无哀乐论》为我们打开了一扇希望之窗，人们听音乐产生的悲哀之情，其实是听音乐的人心中固有的悲痛，并不是音乐带给人们的。好的音乐应是纯天然的，能一把将我们带入宁静的淳朴中，正如我们有时听到的民歌，一下把我们与自然的距离拉近了。可现实的情况是，大多数的人长久地停留在对当下情感的宣泄，习惯这样，也只能这样，冲不开种种羁绊，心灵一如既往地容易受伤。试问谁还会停下脚步，去寻找自己已经丢失了的那份天然？谁还会停下来问问自己内心渴望的究竟是什么？从这一点上看，人是何其的不幸！灵魂总是被各种各样的因素禁锢着，不能心平气定去体悟"和声无象"，更没有机会体悟那更高的"平淡"，来使自己旷然无忧。如此无欲，便可超拔，便能听到竹林的清乐，溪水潺潺，鸟鸣空谷，以及自我内在的绝妙心弦。或许有人会言，这样的情调实在太高了，自己此生根本无缘这份清净，没有资格或能力去接触这层美，但这又有什么关系呢？那是自然赐予每个生命的福利，每一处动人的景致就是为洗涤每一颗心而设的，是为了引导每个生命实现心灵的回归。德国的文艺理论家席勒做过这样的解释："实际的自然到处存在，而真正的自然非常罕见，它需要存在的内在必然性。"用中国的哲学来讲，是"知觉灵明"，人开始用心去感受，像黑暗中有了灯，很多之前体悟不到的，其轮廓也瞬间显现了。我想，人对于美的事物是从不吝啬自己的赞美之辞的，虽然每个人审美有殊异，但每天都置身天地的大美之间，是可以在感受的同时激发出自我之灵的，是可以认识比之前更丰富的东西，将自己深沉的悲哀转化为对万物的爱的。这无言的甜蜜，或许是我能在这起风的晚上沉醉的原因吧？下半夜云淡风轻地转身，随之我双眸凝成一泓悠远的烟波，之前的思绪也觉得虚虚幻幻，浮影霎时倾绝。此刻，还是那个月孤悬在夜的中央，像一个冰冷而朦胧的笑。

影过留香

　　心若澄明，走到哪儿都是风景，于是
步履所至，皆有莲香。

· · · · ·

　　天地间有通灵之爱，常常能心有灵犀，初次的相遇像是在哪儿见过，一开始便相聊甚欢，越往后越无比舒畅。彼此都真性纯洁，无贪无垢，故没有恨；彼此快意相知，无拘无束，故没有怨；彼此千里相隔，无碍无间，故没有愁。这样的爱，每每靠近，像漫步于晨光中，总能在相互滋养中得以充实。当我闲庭信步的时候，她能化作一股幽香从远处袭来，陪我一起享受静谧的时光；当我彷徨于明暗间，或置身空洞苍白的世界里，她便化作一道清影侧立在离我不远的地方。这样的爱，不为占有，是相互尊重下的欣赏，饱含着丝丝甜蜜。也许是我要的就不多，只想着将心灵的纯美演奏为韵，需要一个听得懂的人，所谓"知我者谓我心忧，不知我者谓我何求"，那是两人的心境往来，浅酌依稀，清雪绵长，醉卧树下看云空，与飞雪同梦。婉妹正是如此，很快便能心领神会，远非我路边遇到的那些俗艳的女子，采也可，不采也可。每年我都会去看她，陪她说会话也是挺好的。

——写在文前的话

　　莲叶被水包着，或卷曲，或舒展。风过，叶上伏着的水珠从一头滚向另一头。天光云影徘徊在湖面，鱼儿似在晴空里穿行。

不知不觉，花在杯中衣角湿，杯且从容，花且从容。婉妹，和往常一样慵懒地斜靠在湖畔边的雕花椅上，嘴角划开浅浅的笑弧，一副似醉非醉的憨态。在一个人的寂寞里，硬是磨炼成无论身处何境，都能笑靥如花，她不像活在某个男人为她编织的柔情里，不依不饶，更像是生来精灵，被自然的柔情包裹着，略显娇嗔。

"婉妹，可否赐在下一杯酒。所谓：凤箫声动，今宵楼上一樽同。"我一手背后，一手伸向她，以示请意。

"哼，人心不足蛇吞象。酒水喝完了，琴弦也坏了，我的心在云之端，只要你够得着。"她说着掩面而笑，声音像风铃一样好听。我原以为她是开玩笑的，因为琴就端放在眼前的石桌上，我的目光投向了那里，期待着一场演出。她一下看懂了我的意思，故意闭上眼，装作看不见。我无奈一笑，便也闭上了眼，看她有什么示意。按照婉妹的吩咐，我手掌伸开，她指尖轻触着我的掌心，和缓有律，我听到了静谧时空里藏着的隔世之音，悠扬如诉，是她心中的声音，亦是她想说一直没法说出的话，但能感觉到一直都在缓缓流淌。这无形无声的律动，应该是她以前弹给我的那首，我感受到音符在飞动，在风中久久地飘散，直到被她的声音打破。

"要是现在，有小舟载着位美人驶进了这片荷花丛，你还能这么淡定吗？"她的手离开我掌心，转而笑着发问，眼神中带着俏皮与期待。

"美人儿谁不喜欢？古今何时缺少过美人？但美人可不一定是佳人。若是仅为怀抱美人，我也不会来这儿啊！见多了风尘俗艳，走到哪里尽是这些，我累了，终于明白自己想要的是什么，今后再不想逢人便说骚痒的话，再不想把精力浪费在一些人事上，我只想逢酒便饮，逢歌便唱。你记不记得元稹有句诗：莫笑风尘满病颜，此生元在有无间。人生一梦，本来就在有无间走动，经历过的都会成为过去，紧接着一连串的大悲大叹过后，我的欢乐不再是轻佻之乐，不再是妄想之欢，是斜阳沿着江面重看千重山。"我的眼，顺着湖面，望向远方，青山依旧在，山头还孤立着几间庙宇；划船的人也还在，星星点点地在湖上，时不时吆喝一嗓子，引得周围人都往那里看。一切仿似千年前的模样，但中间的多少事，又有谁可以一一道出，已是了无痕迹。过尽千帆之后，是岁月把人的种种心迹澄清，而那些难以忘却的，不论好坏通通沉入波澜之中。

　　随之，她也望向了远方，"是吗？正如所有人，经历一些事，看见杨柳青青也能觉得寒烟淡薄，没想到你是越活越清醒了，心和湖水一样静了。禅宗说见性成佛，人心本净。你觉得静和净，一样吗？"说着，一白玉素手拿起一朵落花，贴在鼻前轻嗅，"谁说要躲在高窗里，梵香阵阵，香烟缭绕就是心存佛境呢？"

　　背后，莺莺有语，声音娇软，闭目，脑中燕影轻盈，往来飞动。我没有回答，只是静静听她说，直达了我心里，那里也有水流，也有虫鸣，不受外界侵扰，却又与周围景色相应和。回望身后，还能看见成片的青草，只是沿湖的地方，被雾气弥散着，稀稀疏疏显得若有若无。一念清净，心便可先于眼前光景，也可超越无明的牢笼。而一念牵绊，如影随形，还能轻盈若风、飘然如雨吗？我想到当年姜夔过于想念合肥歌女，元月初一的夜晚，他在途中落脚金陵又梦到她，竟然因为这一梦而写下《踏莎行》这首词，我脱口而出："燕燕轻盈，莺莺娇软，分明又向华胥见。夜长争得薄情知？春初早被相思染。"

婉妹接过浅吟道："别后书辞，别时针线，离魂暗逐郎行远。淮南皓月冷千山，冥冥归去无人管。"吟罢，她停顿片刻，转身从石桌的背后抄起一壶酒（原来是被她藏起来了），一边摁着酒盖轻轻满上，一边坏笑道："好一个语意缠绵，真叫一个累。"

"是啊。"我微微点头，以示同意，不禁暗暗感慨：一个歌女竟惹得宋代大才子黯然神伤，果真是情字伤人，古往今来都一样，多少人绊在其中，忍受着"情"的灼伤，那么无力，又那么执拗；多少人抱着一些记忆的碎片，沉醉在过去的浮光掠影，寄托在酒上快意恩仇。有几个知心人的时候，就走哪儿说哪儿；一个人的时候就辗转反侧，孤枕难眠。爱，何必得不到就呈现苦楚？何必把希望全部寄托在携手终老？至于捶胸抹眼泪的爱情，像小孩子过家家，山盟海誓很容易，激情来了牵手赴黄泉也在所不惜；要么一下都维护自己了，你一句我一句地争辩，像打仗一样；要么激情也没了，就这样活吧，相伴成了一种习惯。反反复复，千百年来没什么长进，没多少耐人寻味的美感。想着想着，当我回过神来的时候，我看到下落的花瓣打在她身上，她没有抖动，只是任风自然拂落。我猜不出她在想什么，直到她慢慢开口："爱得热烈，容易被灼伤；爱得不认真，又会滋生冷漠，要是人人都有静好的时光，就会少一些辛苦了。为什么爱恨老纠缠在一起？光有爱不行吗？"我注意到她的眼神是那么平静温柔，富有诗气，周遭仿似泛着淡淡的光晕。我也终于懂得在她弹奏的每一个音符的背后，一直藏着一颗平静而柔和的心灵，隐约间我看到一滴泪悄然滑下，晶莹剔透，那一瞬，真是饱含对万物的慈悲，而自身的宠辱偕忘，像极了天上的圣女。人们不见得会相信她的这份善良与纯粹，正如现实中见惯了假的，突然真的出现了也怀疑是假的、是装的，甚至会反唇相讥。

"我明白，但不见得有人会领你的这份情，他们甚至会……"我欲言又止，眼神忧楚，生怕世间的污浊侵犯到她，害怕她日后可能转徙于江湖间。她果真还是很少出门，很少看到悲凉与污秽，所以总以单纯的善看待所有。

"其实，你大可以把后面的话说完，我又怎么会在意呢？你真把我当成不食人间烟火的小傻瓜了？"她兴许懂了一点，侧脸问我，而我静静站在她身后，没有说话。

我想起了我们以前在她的小宅里听雨，有一只燕儿停靠在地上，翅膀被雨淋湿了，在檐角下扑打着，扑打着。而她不顾白裙被淋湿，徐徐蹲下，双手探出护着燕儿，也不知为何燕儿没有闪躲，享受着她的抚摸，我不由一只手也搭在她肩上，护着我眼中的燕儿，尽管她一点都不柔弱。这些年见多了世间的污秽和冷漠，也让我慢慢萌生了倦意，深觉人一生所爱的其实并不多，大部分时间都去应付与生存相关的问题了。而她的出现让一草一木都有了风情，她的笑靥如花，还有她曼妙的琴声，总是会扫除我的烦忧，将我从怅然若失中拉回，和我携手重新走入一份清净中。多少次的重逢，我们就是这样对着山水谈天，踏着诗风词韵，旁若无人，像走入了朦胧而真切的古乐府中。小宣后来随我参加一个诗友会的时候见到了婉妹，一个下午过后，我们还在剧院看了场舞台剧。事后小宣总是向我说起："其实你们，归根到底还是两株隔得很远的植物，在那里故作镇定。"我淡淡回应，觉得没什么，一刹天涯，眼前与身后皆是风景，太过在意了就变味了。外物本如人心般清净，在那里自由生长不受尘染，但却是"可远观而不可亵玩焉"。我们没有丝毫的妄念，近则相拥，远则相望。各自守护心性的本真，做那天上地下、两界相隔的白莲，香远益清，亭亭净植，且又各自欢喜。

当眼前的清雅重新被黑暗收去，风轻月寒，逆着月光朦胧的微笑，她贴近了我清朗的脸，轻触着且呼吸平和。我感受着她倾醉的柔媚，她好像并不怕冷的样子，在凉风中倔强地坚持着，想和我多看一会月。慢慢地，她的头放心地靠在我肩上，而她的长发则在风中轻扬，将纷扰的尘缘也晃得断断续续，若有若无。扶她回屋躺下后，我在门前又看了一眼她安静睡着的样子，便轻轻阖上门走了。我没有去别的地方，只是又回到原先的地方继续听着松涛，感觉还和刚才一样，但百听不厌，有点空的味道。而远处的塔灯也亮了，从底座到塔顶通体金灿灿的，我想要靠近但隔着湖水，想要探前身子，又怕脚底一滑坠入此湖，只能任凭杨柳在我眼前婆娑，起舞影凌乱，真是好景虚设。梦有长有短，随处都是，不过我说的是好梦，我转身对着湖水拱手作揖，便朝另一个方向渐行渐远了。自那一天后，我忘掉了很多烦忧之事，只记得隐逸的紫薇花香，湛蓝的天空，以及心头一股甜甜的感觉。

　　即便是在离去的日子里，即便耽搁于梦与现实的恍惚间，却有种难以言说的温馨。彼此之间，心性澄明而开朗，亲密而不纠缠，这样的缱绻万千，更是一种隐秘的人生极乐。一切是那么淡，那么轻，就这样，影过留香，如幽梦轻盈。花非花，雾非雾，夜半来，天明去。昨天，我的朋友还说，每个人透过心中的那个人，可以看到真实的自己。透过婉妹，我看到了自己的佛心，不管自己以何种面目出现，内在一直端持着清净，只是在合适的时候不经意地流出；她见我，亦是投入不一样的宁静，是她平时享受的诸多宁静以外的一种。现在，没有近在咫尺的相伴，我依然可以来去自由，那股清香缠绕指尖，伴我手持藜杖于山水，听万物声息，看烟霞起落。而她呢？该是回到她的老宅吧？在那儿有只猫陪了她很长时间，她开心地告诉我，自己一坐在小池旁弹琴，小家伙就卧在跟前似睡非睡的。或是去一个之前没去过但很雅静的地方，踩着花语清音，随蝴蝶前往曲径通幽处。正如她所言，心若澄明，走到哪儿都是风景，步履所至，皆有莲香呵！

梦逐潮声

很多烦恼还是会在我身边萦绕，只是我适应了和它们共存的状态，在平静中不觉得心累。

· · · · · ·

　　我卧在海边的礁石上，闭目听潮，那海水的声音深沉而雄浑，像是海的心声，掺杂着各种各样的情感，各种各样的往事。而表面看来，一望无垠水连天，平静至极，沉稳而富有魅力。是什么样的定力，将种种的狂躁与激情消磨在每一层的波涛间，或是那海底一直蕴藏着难以窥视的能量？以前学得"海纳百川，有容乃大"，脑中会有百川入海的雄伟画面，以为"容"字就是可以进来很多不同的东西，没有什么抵触并且能够平静接受；今日，波涛一层层义无反顾地朝我卷来，但一层层又静静地消逝，像是一个人内心充斥着无数的矛盾，此起彼伏，最终还要努力还于平静。

　　多年来，我从不会随意跟人谈论什么生命、因果、矛盾、人性，深觉这些主题都太大了，不是当下的我能够胜任或是有资格去谈的，毕竟我还太年轻，应该慎之再慎之；而同时，我越来越喜欢去谈身边的东西，不愿执着于自己的传奇，别人的故事同样精彩，能从中获益更是一件莫大幸事。不管是思考还是表达，如果全部是基于自己的角度，自己经验的维度，我不太相信这样的观点有多么客观合理，也不相信盲目的探讨又有多少价值。记得以前有一位伯伯问我一个问题："你们这些有为的年轻人，对当下的时局有什么看法？"我平静地回答："要想客观地去评价需要一个较为全面的了解，尤其是时局这样大的话题，我还没有充分地了解，原谅我不能盲目地回答。"当时伯伯笑了笑，夸我回答得很有技巧，其实在我看来，只不过自己比以前更诚恳了一些，谈不上技巧不技巧的。

但当我回到泛着昏光的屋里，或在星光下仰望，或在溪水旁驻足，很多主题还是会在我身边萦绕，只是我适应了和它们共存的状态。不觉得烦恼，是因为忘了最初烦恼的味道；不觉得心累，是因为在习惯中学会了平静。很多事都是看上去那样，而实际靠近了并不是所想的那样。正如你穿流在世间的熙熙攘攘中，想要回避一些东西，尽量去绕开一些恼人的东西，自以为不谈论，少谈论，就会多一些轻松，事实上在日后的岁月里还是会纷至沓来，就像眼前回滚而来的潮水，让任何一种生命都无处躲闪。天空一脸的困顿，在海边永远那么苍茫，空荡荡的，零星的孤鸟又在这份苍茫中滑翔，却怎么也飞不出。想要对着海大喊一声，这一声长喝很快被淹没在潮声之中了，而汹涌的潮声又被淹没在漫漫的时空里。我不禁暗自念叨着"鬼伯一何相催促，人命不得稍踟蹰"，正是我们的引以为豪的意识，总是让我们在孤独落寞的时候感受到独有的悲怆，并作为一种隐秘的情感潜藏在每一个人的心底，在下一次落寞的时候再次涌现。潮起潮落，正代表了所有生命的起伏，碎叶残渣被裹挟在波澜中，再愚蠢的人都能感受到这种起伏间的转化，一些曾经有钱到不可一世的人，如今深沉地抽着烟，表示没什么可说的；而一些平日愤愤不平的人也有可能一下收获很多的安慰。就在一天内或是更短的时间里，人就可以经历从欢天喜地到曲终人散，再由曲终人散到索然无味。但谁都没有办法跳出或是主宰这种变化，叹息着且继续前行着。而所谓多一点智慧的人，不过是让自己的心主动顺应这变化的节拍，所以再遇到起起伏伏也就习以为常，可以为人"师"了。

面向大海的无限辽远，我感觉自己的灵魂飘到了好远好远，当回过神来，又顿觉这宽阔的汹涌是每一个生命必须要经历的。曾几何时，陈思王曹植下定决心要"骋我径寸翰，流藻垂华芬"，他在巨大的空虚与失落中挣扎以后，便寄托于写文章来垂范后世，把文章当作实现自我不朽的一种途径，这是他不幸生在帝王家唯一可供安慰的。曹植生来率真，风流俊逸，诗意潇洒，本是一个过着优游宴乐生活的贵公子，宁可与山水相拥一秒，也不愿出卖自己的灵性卷入政治的风波。也因其率真诗性，兴尽所至，饮起酒来豪气干云，高朋满座间也能闻歌舞剑，身在深宫之中，心处江湖之远。然而，他让朝堂上的人觉得任性而不懂世务，招致父亲的反感，在储位之争中败给了矫情自饰的哥哥；到哥哥当上皇帝，还要对他步步紧逼；到侄子当上皇帝，还要对他严加防范。他希冀用世立功的愿望在幽禁中破灭，甚至连走出宫门再看一眼山水的机会也没有了，待到临死，那累积的悔恨、遗憾终究还是没能让他超脱。一颗玲珑初放的心就这样陨落了，一个高贵清新的灵魂就这样成了孤坟荒野的怨鬼。然而他不安的亡灵又怎会想到，自己的文学成就已远远超出了建安时代，甚至一度成为文学中的传奇供后人膜拜，他的文章真正实现了垂范后世。此刻，我头顶的飞鸟还在唱着情愫悱恻的曲调，未归路，转身太难，纠结左右，难以踏出当下这一道关，然而浪再大，它也拼尽全力去挽。这便是我听到的深意。其实，人对于某样东西的执着，本身就是一种疯狂的投资，或执着于某物、某一个念头，或执着于自己性格的一面，就这么一步步远离岸边，走向了深海，海水逐渐漫上全身，越来越觉得乏力。有时得到了就想长久得到，于是又投入比先前多得多的精力；有时想要的明明已遥遥无期，竟然还会多些意想不到的收获与别样的体验。眼前的海，经历了多少世事沧桑还是这么壮阔，而此刻沙滩上的人，除了我谁还会想这么多？他们在大海的跟前放肆地追逐、耍笑，在空旷中享受自由，小孩蹬着小车车在前面跑，爸爸妈妈在后面护佑，有的父子同开一辆大玩具车，妈妈同步跟前，鲜艳的围巾像彩带飞舞，她负责记录温馨的瞬间，看起来都是一群平凡而无忧的孩子啊！有老人也像个顽童似的，一身挡风的装备，遥望着百米之外的风筝，戴旧布手套牵着风筝线在跑。而我呢？依旧坐在礁石上，溅起的海浪有数尺多高，然后又恋恋不舍地回流。现在，我不愿意对一些东西妄下断言了，任凭内心的悸动被每一次的潮声打灭，而曾经喜欢高谈阔论的习惯，连同着我的是非之心一起沉入了大海。至于这自然伟力中无数的深意与奥秘，我能觉察到固然很好，觉察不到亦不视作一件憾事。因为我太清楚，太多的事就算刨根问底，还是止于不可不止。有人每日躲在穷乡僻壤死啃艰深的古籍，不去实修，就算一直读到老，又有什么实质性的突破？也有人每日虚与委蛇，做的假样子太多，时间一长，又怎能忍受长期腹内空空？像是睡前没有吃饱，躺下以后辗转得难受。人们能把过多精力用于猎奇，却不能提高自我的生活品质，然而对于这一切，我又有什么好说的呢？人们看似生活在一个世界中，实际上是活在各自不同的世界之中，这就是佛家讲的"如众明灯，各遍似一"。这片海，其实就是反复的激荡，无论它带着何种的情感向我奔来还是退去，我依然站在原来的位置上。

看着之前沙滩上的痕迹被海冲掉，只是感到无论多么骄傲的个体最终的结局不过如此，化入虚空。我目力所及的尽头，水和天重合成一条线，云和浪都在那里汇集，再没有喧闹复杂的声响。而太多有意为之的痕迹，在天地间尽显多余，那些想要留名、想要炫耀、想要占有、想要胡闹的行径，不都很可笑吗？唐代的韩愈写过一首《赠侯喜》："君欲钓鱼须远去，大鱼岂肯居沮洳"，鼓励一个叫侯喜的人，要志存高远追求功名，欲钓大鱼需要去湖海。苏轼后来提及此典故，没有嗤之以鼻，只是回以一笑，玄妙而又深邃。那个时候的苏轼已经远黜蛮荒之地，遭遇已经惨到没法提了，竟然还经常大晚上跑出去游玩，回家便以无心的一笔记录自己瞬间的欢乐。历史上的济公和尚，一笑对人间百态，然而众所周知，他是一个不守戒、喝酒吃肉、表面疯疯癫癫的泼皮和尚。但他是真正的罗汉，真正的高僧，置身在波涛汹涌的人间，颠沛在风尘里行善，外表邋遢不堪，但一颗清净菩提心常随，做善事而意识不到在做善事，就连佛的名称也不知道，他的功德与欢乐也是无量的。而对于我，只为多留存一份美，化入心中。当海棠花凋谢的时候，我的伸手不是为了挽留它们，而是喜欢它们划过指尖的姿态，即便透着微薄的月光欣赏一地衰红，也不失为一件美事。

落花看似残败，可余香尚在，它姣好的样子已被我记住，风可以吹乱它的形态，却吹不散它的神采。

我记得，苏轼在《行香子》一词中有这样的句子："且陶陶，乐尽天真，几时归去，作个闲人，对一张琴，一壶酒，一溪云。"在须臾之间，无抚今追昔之伤，尽显自在之憨态，其体内粹灵之气，凝而为性，发而为志，散而为文，令人折服啊！而无用之学像海滩上的废物，被卷入海依旧寄浮在海面，随处散落，不比那些有价值的珍珠，怎么远眺也看不见。老子言"为道日损"，庄子在《知北游》中也说"损之又损之"，就是教导人们从内心涤荡殆尽那些知识与贪欲，少一些世俗之学的痕迹，便少一些忧患。我此刻的观海，就是诗意的沉吟，永无止境，只求还原真我，独抒性灵，字字切合我心意，不做无病呻吟。晚明的文学家袁宏道在《叙小修序》中言："其间佳处，亦有疵处，而所谓佳者，尚不能不以粉饰蹈袭为恨，以为未能尽脱近代文人气习故也。"情真为先，不求痕迹，故而学无常师；我以真为师，不求满盈，希望能学在骨髓。

在礁石上坐久了，用手支起身子，站了起来。我就是我，简单又自由，比起"义理"我更加在意"闲适的趣味"，懒懒的像个无所事事的公子。那是与自然接近的绝佳状态，正如白居易《记画》中所言的："驱使自然和气与慧灵之性"。我纵身一跳，落地沙滩，沿着海边，一步步走着。后来干脆倒转身子往回走，一览留下的深深浅浅的脚印，歪歪斜斜地绵延着，有的很完整，有的光留下了前半个脚印，有的已被海水冲浅，然而每个脚印都无法被其他的代替，着实可爱。临走的时候，我看了一眼海的最远处，海天像缝在了一起，但我知道那不是极限。套用电影上的一句话："以前一直想看看海的尽头是什么，其实那还是海；以前费尽心力想要看看，现在我已经不想知道了。"我想，心倘若去了远方，那又何谈什么恐惧与迷茫？如果确切最珍贵的已经随其一并被带走，那遗憾又有什么意义？难得的清静，独有的欢愉，不管外面的海浪多么的汹涌，我心中一直藏着一个桃花流水、窅然净空的人间。外面的浪的声音很大，有时一个浪终于打过来了，在我脚边，我依然笑而不答心自闲。我仅占据一席地，唱着《诗经·考槃》的文辞，潇洒疏朗，古朴凝练，又有弦外之音：

考槃在涧，硕人之宽，独寐寤言，永矢弗谖。

考槃在阿，硕人之薖，独寐寤歌，永矢弗过。

考槃在陆，硕人之轴，独寐寤宿，永矢弗告。

梦觉如烟

世间多少事，一回头顿觉空华，但唯一虚化不掉的是自己，以及那颗纯粹的初心。

· · · · · ·

金锁沉埋，壮气蒿莱，玉殿摇影，空照秦淮。当年，吴王以铁锁封江，觉得自己可以凭借长江天险躲过一劫，却终为西晋所灭，落得金陵王气黯然收。千年以后，国民党重复做着划江而治的梦，结果百万雄师过大江将梦碾碎。太匆匆，太匆匆，是人在游戏还是人生本就是一梦？恍兮惚兮，微弱萤焰照着雕栏玉砌；窈兮冥兮，阴冷苔藓侵蚀着时空之阶。然而，岁月流转不息，从不会考虑人的感受，无论他是王侯还是贱民，雾失楼台，月迷津渡，通通虚化掉了。可渺小的残弱的总归要活下去，无论它是否愿意，于是就拼得一丝气息，在现实的夹缝里寻得那微末的徜徉。

邯郸舞步今何处？一晌贪欢。一切的存在都是那么短暂，片刻不停地处在生灭交替的过程中。或许，有限的只有成为绝响，舍弃那些羁绊，少去看那些无聊的人事，才不会觉得销魂独我情何限。现在的我，很少去争执于我对还是你对，是非之心过去牵绊了我太多的精力，我觉得父亲的话是对的，要留心正学，排除那些不利的干扰，不管社会的大环境成了什么样，不管这样或是那样的圈子横亘在我跟前，都不能成为我随波逐流的理由。想想，那些古代的圣贤有哪个不是靠坚守大道，才成为天下人的楷模？对我而言，唯有做我心中所想之事，才能让我觉得无比踏实；唯有把精力放在应该投入的地方，才能让我不留遗憾。心慢慢沉了下去，更加便于我客观地看待过往或是当下的事，有什么偏颇的地方，也能很快引起我的注意。我不会强迫自己做什么，不愿一开始就将自己绑在既定的行轨上，更不想让自己的努力与名利靠得太近，我的马蹄不会屈就在世俗的淫威之下。但沉迷，亦不是我万般无奈下的最后的选择，历史上有太多的贱文人为自己的软骨头找借口，一出门灯红酒绿，白日醉眼惺忪，只有淫词艳曲，暖玉衾香，唯有和女的勾勾搭搭才能振作，磨掉了男子的刚性，丧失了知识分子的傲骨。而我只想赢得多一点的独立与自由，离心中的至善更近一步，即便最后生命只剩下一坛骨灰，也留存了自己的味道，挥洒于风中亦是香气远播，潇洒自在。

以前每当看到一种存在，我便不由想到它的另一面，正如见樱花初绽灿烂缤纷，便想到它会死在最美的时候。这浓得化不开的忧伤竟然蕴藏着无限的魅力，花开时节，有人会在樱花树下席地而坐，边赏樱边畅谈；樱花凋落时，也有人边赏樱边饮酒，看它如何纯洁不染，然后干脆地离开。这是在以质朴的心贴近质朴的自然之道，合阴阳之变，不产生私欲而使自己保持宁静。然而，更多的人不见得能看透，往往是得到一些就遏制不住自己的得意；失去一些就悲伤地顾影自怜。我悠闲地漫步在街道上，见卖货的每天守着自己的摊位而操劳，终其一生；玩豪车的扫一眼车窗就能窥到他的骄傲，仿似坐拥整个天下；一对对情侣在繁华的街市热烈相拥，片刻欢愉像是天长地久。他们怎会感知到什么叫"物是人非"，什么叫"始料未及"？不是学学哲学或是运用什么理念方法就能够应付的，世间的大道从不妄为，却又无所不为，万物一直都随顺自化，岂是人力所能干预的？可人总是太容易自命不凡，本事没学精，先端起清高架子，对待自己的独特总是像佛一样大度，对于别人的独特怎么看怎么不对，不仅认为哲学、文学就应该是自己那样，连做事也执着于自己的方式比别人的合理。我时不时会想起曾经的一位朋友——冯先生，他一直保持着那持重且又不失幽默的姿态，批评者、钦佩者皆以"娓娓道来"来形容他。当时我羡慕他能把事情总结得一套一套，并且旁征博引，给人感觉温文尔雅、左右逢源的样子。这样一个精于事理，很多时候能给人点拨的智者是不是就能超脱呢？直到后来在和他交谈的时候，才发现他其实一直都带着怀才不遇的悲哀，多少年过去了却始终难以释怀，只是潜藏在内心的深处，被"成熟"包裹着。在陪他一起散步的时候，我注意到他在眺望远方时，眼神中还是带着不安，接着在懵懂少年的面前一声叹息。我记得，当时的黄昏在他胸前温柔地砸了一拳。我们说人是柔弱的，是什么意思？它表达了一种生存的关系：凡是体力超过需要的，即使是一只昆虫，也是极强的；凡是其需求超过体力的，即使是一头猛兽，一个英雄，一个神，也是极弱的。请想想，有多少痛苦是我们自身演化出来的，还有多少是由于我们不以为意的偏见和对某些事过分在意造成的。似乎此刻越是强调我们的悲苦，这些东西反而越来越多了，正如被捆缚在丝网之中，越挣脱越乱。人渴望永生，可是永生真的可以带我们超脱吗？真不知道那些无聊，愚蠢，毫无意义的事还要做多少。卢梭说过：在明智的人看来，正是由于必然要死，所以才有理由去忍受生活中的痛苦。西方评论家说神话中普罗米修斯具有狄奥尼索斯和阿波罗的双重性格，可是即便一个看上去简单的人，又怎么可能仅仅是两面性呢？人都是被迫变得复杂，或是不知不觉变得复杂，所见道理实在太多，自以为明白的道理也实在是多。可就这么一个道理，可以阐述得很轻松，也可以弄得烦琐抽象，认真起来真是没意思。

从江苏回来，我有这样的感悟：每天来来往往多少事物，了然在目，不过随类赋彩而已，其实很多都虚幻不实。杜牧的《遣怀》切合了这层深意："十年一觉扬州梦，赢得青楼薄幸名。"短暂的夕阳留存下的美是无限的，而小杜已不忍回首，只能感受到日暮苍凉。唐文宗大和二年，两摘仙桂，二十来岁便写成《阿房宫赋》，名震天下。而后来他再次去看烟雨的时候，深觉寒雨潇骚，嫌春离去得太迟，没有了少年的英气勃勃，不敢忽发狂言，不忍抛羞于黄昏里，只得醉折缥蒂，一梦十年。再后来，只是呆望着冻结的长河，聆听冰底的流水声响，像心中沉积的忧伤，没人问津，也从不愿向人提起。这世上，每日都有辉煌，没有能留住的。无交集的人和事，继续存在于他人的故事里，不断被演绎；偶然与自己有了关系，便又形成一个关于自己的故事，直到很长时间过去以后，一回头顿觉空华。在很多人印象中王维活得自在，却忘了他被贬至济州、赤心不遇的凄凉。他害怕招来祸患，便滋生了想要隐居的想法。这才有了皓月下弹琴，一切皆空，心影相叠，从此亦官亦隐。王维是否真能通过佛学超脱？只有他自己知道。或许，他开始做出隐退决定的时候是那么不甘心，毕竟他一开始的梦是抚国安民；同时他又有些放松的快慰，连同对朝中政敌的恨也开始逐渐淡忘了，终日与松林为伴。他已经谈不上什么遗憾不遗憾的了，不过是已老的冯唐，不向空门何处销？其实，很多事都是从无到有，最终还是回归到了无，从来就没有人能够跳出，唯有适应与看开。慢慢地，我不像之前那么在意华丽的衣着、秀色的女子、别人的夸赞，而这一切曾是我最想得到的，走了很远的路，绕了一大圈，我最终还是回到朴素的原点。正如我在《清灵的心路》中所说的："后三年，望峰息心，无意争霞，遂庭院百花绵绵成韵。"现在的我喜欢若有所思地伫立在树林里，听着树木的气息，也听听落叶的叹息，繁华过后的萧条淡泊没什么不好，很真实。心偶尔会飘逸出尘，那就出去走走，感受万籁无声天境空，无太多生活之欲存，无太多外物之利害，也无那么多的矛盾对立。即便周围慢慢地空了，我也依然认为这是大美快要出现了，即将迎来精神中前所未有的自由与灵逸交织。现在，我游心于淡，周边的繁华已经是可看可不看了；而对于我欣赏的，即便是在千米之外的江边，看一眼也就够了。这次，在镇江的时候，婉妹意外地来送我，风撩着她的发，斜辉眷顾着她的脸，我向已在远处的她挥手，再看一眼她一身白衣靠在车门上的样子。我体悟到，一瞬有时远比长久更加让人留恋。我已忘言，拙于表达，只想静静听着万物的灵息，至于躺着、端坐、斜靠，都可以的。作别了婉妹，我就坐上了去往杭州的高铁，这是我第二次去西湖，三年前的影像在我脑中翻腾，我感觉我回来了。西湖，远人无目，远树无枝，隐隐如眉；又远水无波，高与云齐。

　　我伴着小雨，喝着清酒，微眠着眼，卧看海阔波澜生，虽无名却处微隐。

　　其实，落叶、流水、余晖并不都代表了叹息，以及生命的迟暮之感。我倍感庆幸自己精神的世界可以无止境，丰富的填充与修炼既能告慰我的无奈，也能消除我的遗憾，一切都自然均匀。我慢慢发现，柔弱的内心还可以承受很多，有限的认知可以度量很多，缠绕的情绪只是暂时的，长时间的喘息必会迎来空前的舒适。直到有一天，我忘记了很多哲学家的名字，忘记了他们是如何阐发自己的思想的，我意识到心境的提升才是最有价值的。心境高者，精而不杂，诚而不矫，内在坚实饱满，于外又能游刃有余。心境高者，人淡如菊，从不倾轧挤对他人，不自以为大故能成其大，一切显得温和且彬彬有礼。所谓"言有尽而意无穷"，我学习着止于言，去体悟那无穷的深意，与物魂交。此刻，我迎着雨线沿湖边行走，手中提一壶酒，偶尔拧开抿一小口。若是累了，便坐在小亭的地上，俯身撩动一下眼前的湖水。我收获心中想要的，不是具体什么人，什么景，而是轻盈的姿态，就像杨柳在春风中摆动着金黄的丝缕。过去的好与不好，都成了影像，没事的时候放一放，也颇有一番味道。至于那些小家子气的文人，一见风摆处万花狼藉，就泪眼婆娑，为赋新词强说愁，如小脚女人，既出不了院，也下不了地啊。曾有人把我看作和这些文人一类，我也只是微微一笑，默不作声，心中所求又何须向人一一道明？我在意的是自由的精神与目击道存的心灵体验相互合一，物我两忘，游心于自然之初，体味至真之感，就像那天我在秦淮河上。我果真醉在了秦淮，忘记了我是谁，坐在此岸看彼岸，我们互为风景。后来，那边人没了，我合了眼，像躺在一艘空船里，此时无声胜有声了。那一刻，我心与眼前之景联结在一起，与一种说不上来的真道相契合，感觉自己像走了很长的路后回归了亲近的巢穴。方知此在乃为真我，无论万景怎么游移，往来飞动，万千变化皆磨损不到我内在的真性。《晋书·毕卓传》中的"得酒满百斛船，四时甘味置两头，右手持酒杯，左手持蟹螯，拍浮酒船中"也描摹了我此刻的心境，茶烟轻扬落花风，饮此一杯。酒壶空了，我一挥手，抛向江面，慢慢被微波推着，消失于烟雾中。

伟大如文学，哲学，艺理，史论，已经够璀璨的了，多我一个少我一个又有什么分别？五陵裘马怎比同学少年，清秋燕子嘲弄信宿渔人。我无所焦虑，无所怨怼，亦不期待来之过早的夭亡；没有怪力乱神，没有滋生幻想的"千年吉壤"。单衣一件，快意于风中啊！我想起来歌德《浮士德》中的话："这就是你的世界！这就叫作世界！"没人会希望灵魂始终是沉重的，事实上它也不应该是沉重的。不如去看看天空吧，它简洁但从不失美丽，纯粹而又深邃。

空林诗话

　　我依心而行，来去匆匆，像一个冷暖自知的过客。而每当我独抒性灵，总能听到风中自有琴瑟，无哀无伤。

＊ ＊ ＊ ＊ ＊ ＊

此刻，钧天浩荡，万里无云，惟一轮消残伤月独当夜央。我看着看着，眼前既皎洁又恍惚，心生倦意就地一躺，以石为枕。当我再次睁开眼的时候，也不知自己是否身在梦中，一个翻身坐起，清了清嗓子，长吟着歌儿继续前行，蹴踏松梢残雪。在一片悄无声息之中，风不小心吹动竹叶，于是有了沙沙的声响。我不忍惊扰枝上栖雀，曳杖芒鞋于雾里穿行，周围草丛密集如麻，大小路径全被遮盖住了。突然之间箫声渐起，温柔雅致，清丽幽远，洞穿了整个深林，使得密集的林间又有清空寥廓之感，情韵无限。我仔细地听，忽轻忽响，每一个音符都无比清晰，但又绵绵萧冷，在轻盈之处几个回旋之后，便再次低沉下去，终归于寂，仿似吹奏之人已走远。一间茅舍赫然立在我面前，老人把箫背在身后向我招手，我亦笑了笑，想来都有好些日子没来看他。

"你来了。又是空手而来，不给我带点礼物？"他的声音敦厚温和，依然那么清瘦而衣袂飘飘，仿似与竹林相融，透着一丝清冽的寒气。再看他的眼神如平寒的秋水，没有世事沧桑的悲哀，或者是一切早已化得了无痕迹。

"呵呵，您又说笑了不是？我每次回去不也是空手而回吗？"两人大笑，一点没有年龄的隔阂。他脸色红润饱满，每一个瞬间都像挂着淡淡的笑意，而他自己可能都浑然不觉。他随即在石桌上摆上两个荷叶形的琥珀杯，全部斟满，推过来一杯，示意我可以先干为敬。我摆摆手，心想一定的礼数还是得有的，恢宏大气毕竟和粗野狂放是两码事。他懂我的意思，便自己先站起身来，我也起身，先是一碰，同饮。残留的酒挂在他的银须上，而他一点都不在乎。

现在，风过竹林，沙沙的声音也没有了，竹林重新回归之前的宁静之中，正如燕子飞过清潭之后，潭水依然一片晶莹，不留一片影儿。"哈哈，果然如此啊！别人因为整天烦闷或是出于好奇，才想着换一个环境透透气。可我总感觉你不一样，到哪里都来去匆匆的，像一个冷暖自知的过客。我自酿的这点酒，你只顾着饮下，和喝水一样啊！想来你是觉得风雅无处不在？茶水、琴瑟也都可有可无？折个枝条击打古钟，亦能娴雅。"

我慢慢踱将过来，深深一揖，说道："老先生言重了，我可没那境界，今天就是来坐坐，听听小曲，有酒的话尝点，没有的话聊聊天儿。这些日子走了不少地方，开始觉得心本无声，如月光下的积水，若有了空明的心境走到哪里不是诗啊？此刻的风月是诗，竹林是诗，你吹箫是诗，我侧耳倾听也是诗，可惜我才思不够，文采也不行，不然写个十首八首。"

老先生一面点头一面捋着那寸胡子，笑道："君子事来而心始现，事去而心随空。你应该也体会过内心放空，瞬间感觉周围也跟着放空了，万物静穆，说的是无言之诗，你可见识过这样的诗。"得此悉心指点，我大有茅塞顿开之感，自己有时看似孑然一身很是潇洒，内心却还留有一股寒气，心事重重的，好似灵魂裹上厚重的雪装，写的文章、说的话也感觉笨笨的。不过好在我不像过去那么激烈，懂得把心里的东西删繁就简，在平淡中抹平一些矛盾，保障自己的元气淋漓。这就是我如今的志向，平平无奇的，不喜欢以豪杰自命，至于有时跋山涉水，也只为得自然之化育。

我当然清楚世俗中自有衡量人的一套标尺，"名利双收"总是容易得到大多数人的认可。而有这样的忘年交，我视其为人生中的另一种享受。我想到，唐代的白居易隐居洛阳的时候，常常组织诗友会，在场很多人尽是他的长者前辈，他鼓动老人们能歌则歌，能舞则舞，大家聚集在一起都要赋诗，抚须相顾，既醉且欢。当时在场的还有一些画工，专为老人们画像，并在每人的画像上附上各自的诗文，他们让老人超凡的神态、情怀得以流传。然而，有人可能不以为然，觉得什么年纪就该干什么样的事，三十岁应该如何，四十岁又该如何，好像一生一切既定，只要按部就班就可以了。殊不知观念打开了，很多隔阂与矛盾也会自行消除，人的身体可以老，心却可以一直年轻下去。与他们在一起的时候，又何尝不是在品一坛香醇的老酒？在我看来，朋友间最好的相处状态就是亦师亦友。而这位老者，则是一名隐士，朋友聚一起时，品茶论诗，笑傲风月；独自一人的时候，便以竹林、山雾、清泉、花鸟为知己，为妻妾。上次我来的时候，他告诉我他在自己的茅舍中，自斟自饮，击桌而歌，自得其乐。

"你觉得我这老家伙箫吹得怎么样啊？"这一问倒很突然，眼见他放下酒杯，一边擦拭着自己的箫，一边侧过头来问我。

　　"我虽然不懂音律，但能感受到意境高远，恕我直言，可不是每个人都愿意坐下来欣赏的？现实中更多的是些什么人，他们关注的是什么，您心里比谁都清楚。以前有句诗，大意是如果没人欣赏了，还不如归卧山林，您觉得自己是这样的人吗？"我低头把玩着这只琥珀杯，四下环顾，心里暗暗窃喜，看老人家如何回答。

　　"每个人都有自己的活法，我哪有什么心思去指摘别人怎样？我忙碌了大半辈子，在人生的尾巴处找到自得其乐的法子，不能说接近一点生命的真谛，但至少对得起这把老骨头了。"他说得很淡，一副无为自得的样子，让我想到古往今来多少隐士，看似都是不合群的一类人，但每个人又各不相同，各适其性。不会因为谁的名气大就模仿谁的做派，除了对自然的崇拜以外，看什么都是平平静静地欣赏，比如见眼前竹子甚是可爱，可也不会砍下来搬回家里。老先生最后也没评价什么，却给出了我答案。我好像明白了，心若放下才是真的放下，心若放不下，别人就是不说三道四你也同样会活得纠结。人的很多快乐是自己找的，人的很多的苦难也是自己找的，我记起了年轻时候的嵇康，当年他在山中游玩，遇上了道士孙登，之后跟随孙登学习。嵇康临走之时，孙登意味深长地说："你的才华很高，但可惜保全不了自己啊！"

　　老人家的眼神中多了一些不为世事动容的深沉，反问了一句："那你觉得你刚完成的这部作品如何啊？你觉得人们会怎么看你？"他的白胡子上扬，显得格外俏皮。他的长发在风中轻轻飘散，但被风捋得很顺，没有丝毫的凌乱。我感到他的气息被牢牢地控制在自己手里，既不是一切放任，听从天意；也不是限制自己，流于枯槁死寂，一直是那么收放自如，就像他腰间的玉佩，摇晃着摇晃着，但不会掉下。他见我迟疑片刻，将玉箫撂在桌上，一手搭在我肩上，轻拍了两下。

我回过神来，望向了竹林更深远的地方，漆黑黑的，重叠着参差摇曳的影，只适合远远一看。林间的几声雀叫，更是将我的茫茫之感清逐得干净，现在我只锁定眼前月光最亮的地方，随之淡淡地回应道："古时候有人唱《下里》《巴人》这样的通俗歌曲，前来围观跟随一起唱的就有几千人；等到《阳春》《白雪》这样高雅的歌曲出现，观众一下成了几十人，能跟唱的也就几人了。这样的情形从古时候就有了，聪明人都应该想得很开。我依心而写，独抒性灵，不求夺人眼球，名利天降，只为在情境相会之际，可以将胸中所感自然推出，我当初的下笔不就是为了这些吗？至于有人笔落千言、才如泉涌，有人故弄奇巧、迎合大众，不同人选择不同路子，我不去做什么评价，无关好坏。"我不禁心中暗想，享受过程比评判好坏重要多了，在心上用力才会为我赢得更多超拔的可能。而拘泥不化，不知变通，容易把自己往死胡同里带；平日做梦太多，又容易痴人说梦，把自己也带远了。

"好一个独抒性灵，无关好坏。干完这杯酒，带你看样东西。"我疑惑地饮下，见他径直往屋舍里走，步履轻快丝毫不亚于年轻人，他扭头见我还在原地便挥手示意我一同进去。我拍了拍身上的尘土，整了整衣冠，表现出更高规格的重视，便从容走去。这间茅舍实在是过于简陋，床上的褥子不厚，但干净得像新的，被子也叠得整齐。至于那个书架一看就是细竹子拼接的，上中下三层全部摆满了书，一片新绿，一阵古香。佩服啊！若没有甘于清贫的坚守，没有很高的心境做支撑，是不可能安居于此的。林泉飞溅是好，但与林泉飞溅相伴着实是件难事。若是心中还惦记着雕梁画栋，贪图豪华陈设，林泉飞溅就是在眼前，又怎能听到那份律动？这里的山林也有荣枯的时候，竹子石头也会在岁月的风化中消长，只有闲逸的心境能长久把握当下的雅趣啊。"老先生虽住在简陋的屋中，可世间的烦恼全消，未饮酒之前，自然一片真情得显，怕是只知道月下临风吹箫的乐趣，一支柳条搁在你手里也能舞出风雅。"所谓一个"趣"字，说容易也容易，说难也难，只有会心者能得知。山野之人，率真任性，任心而动，除了体会生活的趣味，就是去靠近自己最初的一念之本心，包括山上之色，水中之味，这不是拼命积累学识就能得到的，不是撑破脑皮就能想出来的，这是自然之学，非学问者的学。

先生两手背后，没有作声，随之指向墙上的画作，"你可知这画的深意？"我一细看，不过是一把古琴被丢在地上，旁边仙鹤挺立，不为所动。我摇摇头，表示看不明白，他便娓娓道来："东晋的时候，王子猷和子敬两人既是兄弟也是知己，而子敬先死。王子猷便问随从为什么完全听不到子敬的消息，到了灵床哭丧，他也没有眼泪可以流出。而是抱着子敬在世时用过的琴坐一旁弹奏，越弹越不协调，一下把琴举起摔在地上，反复悲切地说'子敬，你人和琴都已经死了。'之后一个月，他也死了。"

我沉吟片刻，感慨道："王子猷可以不死，琴可以不毁，知音难觅，对谁不也是一样？但仙鹤却可以一直独立。"先生没有评价对错，笑而不语，或许这画中真义本就没有对错。先生掀起帘子便退出去了，留我一人在屋中，可能是不想打扰我。我曾经是那么崇拜高洁的隐士，并把高洁的对立面通通划归到世俗世界，觉得污浊的土壤怎么可能结出圣物。事实上，俗和雅哪有那么对立？谁也不能每时每刻都在雅，也不能随时随地都在俗。至于生与死哪有那么绝对？弹琴的人是死掉了，但琴还在，为何不可以看作一种延续？每一个生命受自然化生，受阳光雨露的滋润而健康存在，尽管人生无常，复杂难言，但更应该珍视所拥有的，活出自己的色彩。我以前理解的灵动潇洒：先得做到无欲无求，才能无拘无束。但人活在世上，得吃饭，得穿衣，得工作，得有家庭，以及那些难以割舍的人情伦理，怎么可能做到无欲无求？现在看来，像这位老者的无为境界是处在高层的，是我目前学不来的。我在现实的有为之中，能做的就是使自己慢慢趋于一种圆和之态，获得舒适之感，这又何尝不是一种逍遥？一种适合我之性的逍遥。

屋外再次响起了箫声，仿似珠玉跳跃，繁音渐增，与四周林中鸟语相和。我不觉得这纯粹是老者的吹奏，音韵天成，更像是林间本来就有的。掀开屋帘，我看到他这次端坐在白色的大石上，闭目而吹，我亦觉心入清池，了无一物。当箫声停顿下来，我竟然听到林间还有一种乐音，随我心而流转，或摇曳于清泉间，或滑动于石上，包藏在微微的风中。我跟着所听到的声音，只身探向林深处，也就再看不到老人的住所，可我终于明白原来风中自有琴瑟，无哀无伤。

求美的意趣

心疏意懒皈自然

告别一些纷扰以后，我选择以自然为
师，让心随顺自然之法，去感受所有事物
的平等祥和。

　　有一段时间，我不断地攻击那些终日活在古代世界中的人，他们在现实中受伤后，就刻意通过文字臆造出一些意境来，裹挟着空想的嫌疑。他们自认为搞的是古典主义，其实是一群擅长逃避生活苦难的病人。谁没有难受的时候？谁又能够逃开世间的丑陋？他们不是通过自己的审美引发别人对美的享受，不是通过自己的旅程为人讲述沿路美丽的风景，而是像个足不出户的大姑娘，日复一日地绣着他们钟爱的鸳鸯戏水，说这是高雅地呈现古典美，甚至还想把衣服换成古装，认为一切若都能复古该有多好！现实中有很多类似的人，本来没有实实在在生活的经历，却能通过幻想去弥补他们的缺失，要么张嘴胡说，要么用文字来编造。这样的执迷、怯懦、欺骗，怎么能算心灵的回归呢？依我看，这是对讨厌的东西拒斥惯了，形成一种本能，总是以自己的好恶看待一切，眼睛实在昏聩得很。其实谁都知道，自己一心渴慕的东西，总会逐渐淡去，曾经的幻想最终只剩下氤氲的样子，散不开如何？浓烈着又如何？袖子一挥，清开虚妄，内心不就一点一点地空了吗？世间变化，聚散生灭不止，唯有随顺自己的本性，才能在虚空中看到一切法的平等祥和。清代文学家袁枚，从小生活在诗礼之家，12岁便中了秀才，21岁以《铜鼓赋》应召博学鸿词，虽然落选了，却还能与其他文人相互唱和切磋，使自己学问日进。他入选翰林后，本想以文章出名，却被主事人摒除在外；后做地方官，官场的腐败与永无止境的应酬又让他做好官的愿望破灭。他旋即急流勇退，买下一座荒芜小山下的园子进行了修葺，改名为随园，徜徉其中，从此一心著述，驰骋文坛数十年。他游遍大江南北，携手天下文人酾酒临江，尝尽声色口味，寿终正寝，诗意人生。好一个笑傲江湖，真一个"心疏意懒饭自然"啊！

闲来无事，我还是从箱底找着了破旧发黄的魏晋诗集，用衣袖擦了擦页面的灰尘，小心地翻开，序里有明代杨升庵《升庵录》里的话："其辞古雅，魏晋以后，诗人莫及"，这不单单是说魏晋时候的文章有多好，更是在说他们超拔古雅的气质是无人能及的。读他们的文章，像是看到了他们在岸的对面临风高蹈，让我有种久违的亲切，心被触动，随他们一起唱和，一呼一应。那种美不是臆造，不是虚构，它反映的是当时文人松弛而自由的状态，揭示的是心灵最自然的一面，晶莹如玉，真灵独照。相比之下，频繁的议论、评价、探讨是多么的苍白，见机显示自己智慧的行径有多卑劣，凭借外在吸人眼球的举止又是多么轻浮。这样的高妙，岂是研究理论可以剖析清楚的？无论是古代中国的"感物"，还是西方的"模仿"，都不足以概括。魏晋时代的高雅之士，在生活中坚持了自己的个性，以自己的方式去与自然对话，与自己的心对话，像《庄子·大宗师》中谈到的真人，听任无己，不计个人得失，世俗的虚虚幻幻无法侵犯他的真性。我觉得，那样的状态就像太阳般完满自足，有着源源不断的生命初生的气息，难以枯竭。即便深陷囹圄，也是袒露着胸膛，日月直指我心。当然，以这样的至诚贴近自然，又怎么会端着自己的才华，觉得自己是个人物呢？

我想到嵇康的"心斋"，想他坐忘的样子，闭目凝神，不在无聊的人和事上浪费精力，这真是自求多福。只有这样自我观照的修行，才能让久久放荡于尘世的烂躯再次纯净起来，不觉得疲惫，不感到懊悔，悠然自足。我看到他远迈不群，生来贵族，却不带有表明身份的装饰，即便土木形骸，也无法遮挡他的龙章凤姿。嵇康是恬静寡欲的，常弹琴咏诗，自足于怀。在修炼虚静时，更让他与生俱来的高贵气质散播开来，无论行至哪里，周遭似乎都披着淡淡的光晕，恍若天人。他从不在乎居所的窗明几净，从不在乎衣着的光鲜亮丽，旷达狂放，情意傲散。因为他心无尘垢，这份清净又岂是凡人能窥视的？嵇康传世的六言诗有十首，大多是盛德美言，传达了一种安贫乐道的精神，高蹈远逸颇有上古世风。如《老莱妻贤明》"乐道闲居采萍，终厉高节不倾"；再如《嗟古贤原宪》中的"形陋体逸心宽，得志一世无患"，真是淳言胜于矫辞，文质天迈，灵逸舒展。《晋书·嵇康传》写道："康居贫，尝与向秀共锻于大树之下，以自赡给"，他活得很清贫，曾经和向秀一起在大树下打铁谋生。有位颍川的贵族公子钟会，能言善辩，很是精明，特意去拜访嵇康，想去拉拢嵇康。嵇康不理睬钟会，不停地打铁，让他在那边晾着。过了很久钟会要走了，嵇康才对他说："你因为听到什么来到这里，因为见到什么而离去？"钟会回答道："听见所听见的就来到这里，看见所看见的而离去。"在嵇康眼中，什么酸文假醋、自命清高的知识分子，什么忝居高位、唯利是图的小人，以自己的蓬头垢面应对就足够了，何必出言谩骂，冷冷地漠视便是给他们最好的回礼。他缭乱的长发飘逸风中，也遮不住巍巍然的神采，而回头转向自己琴的时候，立马变得平静温柔，手指从容流水，衣袂翩翩。最后，他背着他的琴，与富丽的马车背向而行，朝云雾的深处走去。或许在很多人的眼中，嵇康正是接受老庄之后，才让自己没有了进取之心，慢慢变得颓废了。我不想多解释什么，首先常人习惯用他们几十年形成的价值观衡量一切，怎么会变通地来看问题？其次，也没有解释的必要，嵇康生前便不是一个喜欢辩解、渴望得到理解的人。他并非什么也不做，而是进入了体悟自然大道的修炼之中，使神、气相抱，聚而不散，融为一团，轻松往来于丹田之中。所以他有着与万物并生的同一心律，因无欲而心自定，因心定而性自定。后人说他有仙气，其实我感受到的是君子的内心毫不狭隘，心体通亮，从而获取自然中美的最高意义。他不是简单意义上的狂妄，而是"任心无邪，傲然忘物"，他并非要把自己推至与现实对立的位置上，而是阔步走入比世俗更广袤的世界里，通过琴声与天地对话，与山川草木对话，回归真我。他不是浸淫在自我的世界中，享受才华带给他的荣耀，享受天下读书人对他的崇拜，而只在意与自然和谐共存，这才是他最高贵的地方，这才是极度充实且富有美感的生命体验。相比之下，一堆人拥在地下室打麻将，乌烟瘴气，实在是变着法儿地糟践自己。当然，那些成日把自己埋在理论中又心气锐傲的人，习惯于拿自己的小理论去解读世界，认为自己才是最专业、最有权威的，他们已经到了头上插根鸡毛掸子就误认为是王冠的境地。

　　再看看，另一位魏晋的代表人物，阮籍。现在人一提到他，只记得他的狂放与怪异，还有就是嗜酒如命。比如阮籍邻居家的妇人很漂亮，在酒店卖酒。阮籍经常到妇人那里去饮酒，喝醉了就若无其事地躺在妇人旁边睡觉，毫无避嫌的意思，而妇人的丈夫也能看懂阮籍那纯净的洒脱，觉得没什么大不了。可人们就是喜欢看这样的趣事，就像看戏，一堆人聚在一起大谈，说长道短。但是谁又能真正了解他的内心？谁又愿意走进他的内心？人们觉得他疯疯癫癫，就是一个什么也不在乎的怪人；人们觉得在他身上看不到一点儒者的气息，便去怀疑他是不是把圣贤的教导都忘得一干二净。可是，作为一个丰富的个体，谁又能改变大众对你的看法呢？你外表是什么样，你就是什么样的人，这就是无形中社会为你贴上去的标签，没什么可辩解的。但阮籍毕竟是高士，和嵇康一样，根本不把世俗的评价放在眼里。他有着一套与世相处的方法，对待讨厌的人，用白眼；对待喜欢的人，用青眼。他恨的只是儒学中的形式名法，他看到多少知识分子像被道德绑架，心无圣贤也要装得圣贤，这些饱读诗书的人把自己毁在了形式追求上。与其说阮籍的怪异举止是发泄不满，不如说因为他看透了所以不在乎，偶尔老糊涂一点有什么不好的？看得太清楚了又能好到哪儿去？经常喝得大醉的阮籍，想必就是要游走于这"老糊涂"与"太清楚"之间，即便感到在世上有太多不得已，也能保留一点自我的选择，完成独立人格的再塑，这才是知识分子真正的尊严。史籍记载阮籍嗜烈酒、善弹琴，喝酒弹琴时往往还要长啸几声，声音洞穿松林，得意时放浪形骸，兴尽后即刻睡去，可谓"我今欲眠君且去，明朝有意抱琴来"。他的性情不为做给人看，也不是为写诗而写诗，内外的纯真才是王道，赤裸裸的情感宣泄远比故作的高雅尊贵千百倍。当他再次步入玄寂无声，镇之以静，语调之悲苦像夜里的蛩鸣，那是从他心头飞出的歌儿，真叫一个酣畅淋漓。他心存魏阙，也看到了司马氏家族残杀不愿臣服的士人，平生的知己嵇康就是死在他们手里。他会想到曾经把酒言欢的岁月，但又不便把内心的悲与恨言明，所以常常驾车出游而不问路径，任其走到尽头，痛哭而返。他是这样写诗来表达对人生的理解的，大意为：一头老牛拉着破木车行驶着，没有什么车夫，我坐在车上喝得半醉半醒，酒坛子就在我身旁，随着我一起颠簸；也不知走了有多远，也不知过了多久，车子停下来，前面高山阻隔，河流挡道，这便是尽头了。谁都会走到生命的尽头，谁都会跨入平静的黑夜，过去看到花的凋零而感伤，不知道轮到自己的那一天，是否也会草木含悲，河水呜咽？再强的人也有权利去疲惫，可能不同于阮籍的是已经忘记怎么流泪。阮籍的精神也许积攒了太多的哀怨，但我能在他的痛苦中感受到他这个人的真，这个人的纯，以及强烈丰满的生命体验，他不是为自己而悲，而是为天下士人而悲，为太多的不公正与杀戮而悲。他也清楚自己不过也是芸芸众生中的一员，但可以选择和虚假保持一定的距离，保持着内在的清醒，更可以选择心疏意懒以后皈自然，寻求更高的生命意义。他在自然中"真"的状态，让我觉得他不是归隐于自然，而是皈依了自然，直接大胆全面地向自然倾诉，让内心深处所有的声音全部飞奔而出。自然向他全面展示"真"的一面，他亦清楚自己的"真"只有自然能够温柔地接受。我听到他的嘶喊（他一首诗文的大意）："我就是这样热烈地爱着独属于我的静谧，细雨淋落尘埃；但我也强烈地恨着山下那帮希望我堕入深渊的恶蛟，不要忘了我还背负着长剑！炎光照灼万里，洪川奔流不息，奈何黄昏里独坐的只我一人？也罢，当我身体消散之时，我将荣登天外。"他的生命一点都不孱弱，而是深沉的磅礴；他没有放弃自己，而是把自然的纯净作为自己最后的归宿。就像一个人一直在路上走着，冷风中伴随着黄昏的熏照，在夜幕降临的时候，总算看到不远处家的影儿。

此刻我陷入冥想：以前我看重的仅仅是人的浩然之气，挺立于天地间，焉能忙于自保取悦八方？世人有傲气，多是浅薄，多是遇风则摧，比如这件事我会你不会，我就习惯性笑你；这个东西我经验多，你就不够资格和我谈。高士不同，古雅峻拔如青松，能昂首向天，也能意态娴雅，两者虽然都是天然的心性，但有高下之分。我不禁感慨，古往今来的文人多得像过江之鲫，会画个画、写个字、吹吹牛、斗斗气的遍地都是，而高士又有几人？他们所求的是花前月下吗？是更多人的关注吗？我倾慕这些高士的境界，而不津津乐道于他们行为的怪诞，因为我不是一个看戏的票友。后来，我去找莲清的时候，一进店里见多了几个凤尾形的盆景，还有一只大鹏展翅的木雕，我便静静地欣赏着。"灵舒公子来啦！我哥哥在后院呢！"那是莲清的妹妹，一个小机灵鬼，她一边要和顾客说话，一边还要引我去见他哥。我摆摆手，径直向后院走去，到处堆放着未完成的木头，而莲清带着袖套，侧身斜坐在小池边喂鱼。"你可真清闲！工作之余还能有如此雅兴？"他回头笑了笑，"雕累了，简单乐和乐和就好，有些无为之事，就是用来打发有涯之生的。"我了解他，木雕不仅是他谋生的技艺，他有时也能从中找到乐趣。他卧室里摆放的作品便是按照他的想法雕出的，只供自己把玩，不是为应付外面的客人的。即便有些压抑，他也不是一味讲求释放，我觉得他的"释"更接近舒适的"适"，与周围环境永远都是那么融洽。就拿喝酒来说吧，他也喜欢喝酒，但不对别人的饮酒做什么评价，他说过："酒本身就带有包容，包容了别人的个性，也包容了我的个性，现在我怎么可以对他人评头论足呢？"他能说这样的话不容易，背后有过教训。他以前是那种醒时同交欢、醉后各分散的人，尤其是情绪一上来，便把烧酒往喉里倒。结果喝伤了，躺在医院盖着雪白的被子，只能伸手触摸射进来的阳光，一点也潇洒不起来。如今，成了酒可醉我，亦可忘我，开始量体节饮，每天或静坐而处玄默，或纵情山水踏月而归，可能是当初在病床上悟出的酒之精神。我想起李太白的诗句"我歌月徘徊，我舞影零乱"，心有诗意的人都会唱歌，声音像从心泉飘出来的，独与天地精灵而往来。这不是回避世事的"玄远"，而是接近自然的人格，充满了酒神的精神，情感一涌动，心便去了清水环护的莲花世界中，如一盏被水流载推着的灯，那才是李白鲜为人知的心律。倦了，就去那个世界歇歇，还记得李白的"俱怀逸兴壮思飞，欲上青天揽明月"吗？而现实中，他只是一个御用文人，皇帝的玩偶，他心里的苦楚只有他自己最明白，可是遇到这样的窘困，就应该放弃潇洒吗？不，这个世界不容纳，就自己用笔拓展另一个世界，笔落惊风雨，诗成泣鬼神，从快意地行走升华为自由地驰骋，他生命的张力横贯寰宇，直到现在仍不绝余响啊。类似的像苏轼在《临皋闲题》中有"江山风月，本无常主，闲者便是主人"的句子，让每一个读者不禁有了随缘自适之感，若有思而无所思，居则凭己，行则携杖，快哉！快哉！还有辛文房在《唐才子传》中提到的常建"遂放浪琴酒，往来太白、紫阁诸峰"。江畔高楼百尺，开帘弹琴的可不就是他。他的琴声，处处可谓玄外，幻境中玄鹤乘空，翩舞松林；酒醒后，寒蝉凄切，唯见江上青灯一盏。我听着，听着，也不知是醉是醒。

这或许就是"以自然为师"，说的就是把愚蠢的自负抛下，把多余的包袱扔掉，让干枯无聊的生命重新焕发绿意，让活着不仅仅是为了满足于生存，不仅仅是为了在既定的环境中去完成一件件任务。让自己脚步放慢，停下来歇歇，诚心正意地去观摩自然中万物的声息，亲自去听清新的嫩芽破土的声音，去看虫儿攀附在叶子上，我不皈依佛门，而皈依自然。我把每一天看作一次行走，哪怕是一段很近的距离，也能感触无限，启迪不断，快乐相随。灵敏的直觉、瞬间的联想、偶尔的想象虽说都挺好的，但最丰富的依然是静静地在自然中学习，无论有多少人拿着自拍杆从我身边擦过，我自清静不动，圆润无极。这是一种静虑休止的功夫，灭除了很多无明的幻想，以寂灭之性体悟初心，使我的思维历久弥新，像春风点绿了千里青草。而我对自然的这点体会，不过是拜古代的贤人所赐，《说文》中说：玄，幽远也；《广韵》

也讲：玄，寂也。古人对自然的体会已经饱含了混沌、神秘、形相，暗含了天、地、人的模式，屈原的《天问》不就是一个典型的例子吗？这首诗文中，屈原所问的都是上古以来无法解释的奇事，包含了天地万象之理、存亡兴废之端，有善恶之报，也有鬼怪之说，他昂首问天，向天回问，向神秘广袤的自然求他心中的答案。全诗373句1560字，他竟然提出了170多个问题，有他的个人看法，更有他对宇宙的质疑。如诗文中从"圜则九重"到"曜灵安藏"是对日月星辰的提问：你们悬挂天际为何不会坠落？月亮为什么会有阴晴圆缺？屈原的博闻强识与他的广博的自然精神相匹配，拥有无比强大的伟力，后来文人看他，也如同仰望璀璨的星辰一般。在屈原的另一篇文章《离骚》中有："纷吾既有此内美兮，又重之以修能，扈江离与辟芷兮，纫秋兰以为佩。"翻译出来就是：我既有这样美好的内在道德，又注重完善自己的内在，当我独自在江边行走，将花草作为我身上的配饰。他不像是自然的宠儿，而像是神明委派下来的使者，化自己入自然，又在自然中散发光芒。我开始着眼于以察悟自然之枢要为核心，弱化自己看待事物时过于强烈的主观色彩，而着眼于自己所处的这个自然的大系统中，没必要费尽心力地凸显自己，我希望的是安心做事以后的自然显现。有时，见多了现实的丑恶与无聊，慢慢地困了，这不是一件坏事，这意味着接下来便是拨云见日的时候，我将看到自己内心真正想要的东西。再紊乱的心也不会一直骚动下去，它总还是要回笼的，就像陶渊明写的"久在樊笼里，复得返自然。"我想，正是这帮优秀的文人，敢于对自己的哲学做出实践层面的诠释，才使得诗文整体的面貌更加活灵活现，情与理都融合无间了。虽然他们身处各自的时代洪流中，有着种种的身不由己，但都显露出了游荡于权力之外的精神超拔，通过亲近山水来展现自己的高洁之风与生命之道。他们最后皈依自然，就是进入与万物同流、与天地之道并行的状态，镇之以静自正，放无限光芒照耀千秋。相比之下，过多的文人只会抱着书啃，不懂得如何调整自己的正心，精神停滞也感觉不到，每天以谈论深奥道理为荣，习惯未说话前便摆出高人的架势，而所谓的温文尔雅只不过是狂妄的保护色，只是在体现高人一等的感觉。这些自封的"高人"，即便具体到写文章的时候，也看不上用简单的文字表达自己的思想，自认唯有艰涩的文字才能配得上他们深奥的哲思，这样的故作姿态不是在养护自己，而是在消耗自己。

在很多的时候，即便我身处闹市，周围车水马龙，人声喧嚣，也会闭目凝神，感受那一缕阳光射入屋里的温暖。我会渐渐进入前所未有的宁静，像一眼活泉，独自涌现，它微小但可以长久保持鲜活。自古有逸群之才的大贤，无不可以让自己的心与自然相感应，无不是将修行寄托于对自然之道的领悟。正如一场杀得天昏地暗的场景之外，也同时在上演着爱恨情仇的一幕，难道各自的头上不还是顶着同一片天空吗？在抬头仰望的瞬间，无不饱含了一份深沉的敬畏。想想，天地有大美却由始至终保持沉默，而人瑜不掩瑕，一直嘈杂不息，纠缠于观点的对错。然而，我相信一直求索下去，能够让自己的心回到初始的位置，便能体悟到一切归于大音稀声，所见的一切不过都只是以象生象，循环交替。其实，任何人都有这样的机会，有时来得迟，有时来得早，因为人都会有刹那间，从"涤除"以至"虚静"，无知无欲，像走进朗然的正道。就像我的一位做生意的朋友告诉我的：他工作很晚回到家，一定会倒一杯茶，在阳台上看着星空，刚开始还想一些琐事，后来什么也不想了。那一刻真感觉到，自己的心已随顺了自然之法。

寒冰渐消听水流

在阳光下沐浴，在春风解冻里聆听欢快的水流，感觉自己比神灵还美。

早在高中的时候我就接触了叔本华的悲观主义伦理学："人生就是在痛苦和无聊之间像钟摆一样地来回摆动。"可以看出，其实苦痛不见得一定要源于悲惨的事，很小的不愉快也可以让人久久不能忘怀。当时我有过这样的笔录："无所措手地活着，幻灭无声，偶尔的几分激情以夜鸮的幽鸣代替。"现在读着读着就笑了，正如人常把"我活得不容易"挂在嘴边，于是就日日不容易，时时不容易，想着全天下我最不容易了，不经意间还想争得别人的同情与理解。而处于现实另一个极端的是一帮怀抱恶俗幸福观的人，成日的声色犬马，把健康的快乐都能弄得乌烟瘴气，我一直到大二的时候还骂其状态为"翻腾于臭水沟里半死的鱼"。那个时候，看什么都是灰色的，感觉不到生命之树常青，于是和现在的很多人一样，借助抨击事物来发泄内心郁闷，且不断重复这"魔性"的快感。现在想想，何苦呢？南怀瑾在《论语别裁》中提到人的坏脾气说："上等人有本事没脾气，中等人有本事有脾气，下等人没本事有脾气。"不用细想，那时的我明显是第三种。后来骂累了，便把之前骂人的力气攒到对美的追求上，因为我开始明白，上天给人平等机会，快乐一天是活，苦闷一天也是活，我可以选择前者。倘若朋友中多几个有这样的想法，把酒言欢，对月当歌，想来也是人间一大美事啊！当然，很多人瞅见我还是会说"像郭公子衣食无忧，吃饱了撑的，尽想些空的东西、没用的玩意儿"。没错，骂得好，这些年听到的这样的话还少吗？我顺便还要加上"任性而为，不知民间疾苦"。没有那么多大道理回应，只有一个问题留给我自己：究竟要成为别人眼中的自己，还是自己眼中更好的自己？我选择了后者。抱朴归真，显现质朴纯真的天性，《说文》中这样解释"朴，木素也"，意为未经过雕饰的原木；在《老子》则有"道常无名，朴"，意为还原质朴，玄默无为，尽量与那些可能损害我天性的东西保持一定的距离，包括利令智昏的人、习惯嘲笑的人、恶习缠身的人。我开始萌发要学会如何与自然亲近的念头，而不是囚在封闭的区域里面慢慢耗尽。把脏水倒掉，心成了一个空杯子，让更多美好的东西进来。

有没有发现在我们身心俱疲的时候，一丝丝的微风也能告慰？有没有发现在我们抑郁寒冷的时候，一缕缕的阳光也能让我们振作？至少我确信不疑。正如元稹诗文所讲："垂死病中惊坐起，暗风吹雨入寒窗。"似乎后一句有了轻盈的美感，却忘了身体当下的病痛与冷风的凄冷，忘了长久的孤苦、无缘无故的抑郁。换作一般人，不至于天灾人祸，却也会经常说"还不如一死"，其实也就是说说罢了。然而，对于高士而言，即便是在闲谈之中都能谈出深意，即便是在贫苦之中，也能醉卧落花前，以天地当铺盖。元稹两者都不是，他能在孤苦中，把握时机，回观返照，进入枯木逢春的妙境，这是我尊敬他的地方。即使重病缠身，也能靠向窗边听雨，长发飘然，让读者也随之而振奋，真是一种不俗的能耐啊。这让我想起了老子说的"反者道之动也"。这里的"反"是指人的精神应该在现实中保持主动，化戾气为祥和，如水流一样不断地流淌变化，复归于静，复归于朴。想想，世间多少事都处在不断的转化中，何况是人的情绪？有"朴"的心，物色可以随时点染，意态可以随时转换，自然任何时候都风姿绰约，吞吐自如，历史上的儒士名流，哪一个不是从胸无尘俗开始？其实，人最大的烦恼不在于自己拥有的太少，而在于自己向往的太多。少一些无聊的追求，自然日后少受些罪。现在我一个人的时候，静心修炼，读书，写作，凝神做自己喜欢的事、该做的事；天若明媚，约两个不错的朋友，喝杯茶也挺不错，就是这么简单。那一天，我请求远在北京的朋友在视频上吹一曲箫，虽然声音有些混杂，但我还是通过想象还原了他的旋律，我看到了一个虫鸣鸟兽、云林飞瀑的世界，万类霜天竞自由。

这样一份恬淡，令我的心明朗了起来，有时能感觉到神思飞离于心物之外。

不知不觉间，我又来到江边，看不见的风让雾气聚散离合，几叶小舟划着划着也消失了。早上出门没有吃早餐，先前还饿得发慌，此刻体内元气充沛，反倒整个人有了些精神。就这么静静地站着，路上的人也越来越少，只剩下我的气与天地之气的交互，孤寂给我带来了前所未有的空旷，唐代的柳宗元不是有首诗吗："千山鸟飞绝，万径人踪灭，孤舟蓑笠翁，独钓寒江雪。"那一刻，我忘记了很多事情，忘记了自己曾经许下诺言要成为一个儒者，以求得更多人对我的尊重；忘记了一些人的名字，"过客"来了，然后走了，相忘于了江湖；忘记了我为何来这里，只记得婉妹把我送至高铁站后，我只是草草看了一眼电子屏上闪现的"杭州"两字便只身来此。当然，也忘了我这副皮囊，那一刻我的心早已不属于这里，更与过去无关。从悲观意志到美学意志的转向，其实就是为自己的精神做"减法"，没用的删掉，没价值的不必理会，直到杂情被除尽方可骋物以游心。保持心灵的洁净无尘、保持自由安宁的心境才是我最关心的，我找寻不到比这更能让我振奋的路子了。我经常可以听到从很深的地方涌现出的乐音，微妙宫商，清风相和，可我并不通什么音律，只能说是我的心律常常能与自然之律合拍。而我的文字就是在呈现这种节拍，是我的心琴，陪伴了我十七年，到如今我还是走到哪儿带到哪儿。它记载了我太多的美之所求，又拓展了我精神的疆域，很多时候竟然能反哺我的境界，通过挖掘、吸纳周围事物的灵气，跟随着我的心，遍览物情。

工欲善其事必先利其器，不是只一味抽象地感受美，就能实现内心的祥和，还是得通过一些途径。我率先想到的便是修辞，非玩文字之人常说的"这个句子是什么修辞"的"修辞"。许慎在《说文解字》中讲道："修，饰也；辞，说也。"我所看重的是修辞本身承载的意义，如同大树的根系渗透到经典中，帮我吸纳养分，最终去为我的精神代言。《论语·宪问》中"为命，裨谌草创之，世叔讨论之，行人子羽修饰之，东里子产润色之"，表达了孔子对斟酌文辞的赞赏，不断通过琢磨推敲以接近完美的心灵追求。现在，我依然还在修改文稿，之前的文字已经远远不能承载我当下的心思，更描摹不了我现在的心境，挑战更高的精准表达才是我想要的，唯有这样才能更加接近我心中的至乐。俄国普希金觉得有勇气的求美者，对自己的表达是很苛刻的，也是值得鼓励的，自己在写的过程中甚至比别人更能体察到各个角落的问题，所以他认为评判一作品，最好的批评者是自己。一个人表达能力的极限，代表了他对世间体悟的程度，并且每个人都有灵感一闪而过的时候，可惜不会表达，抓也抓不住，更不用说去将零散的感受整合为较深的体悟。对我来言，修辞能力的提升度，亦代表了我对美的认识可以到多远，究竟有多少细节与精华可以内化于我心。同时，也能帮助我领略纯文学，领略圣贤笔下的流光溢彩，滋润着我健康地成长，区别于含混、可怜、卑下却能够风靡一时的现代网络用语，以及那些成日偷偷摸摸、淫秽猥亵的玩意儿。我看到人们趋之若鹜地使用淫词秽语，用以相互间的调侃，这无不是对当下国人的精神写照。 代文宗曹丕早在《典论·论文》中就说过："文以气为主，气之清浊有体，不可力强而致"，典雅的美的修辞，正如清洁之气，净化我们的内在。 孔子讲："辞，达而已矣。"辞最终目的就在于实现自我的通达，附之以"修"即恰如其分的修饰，人便不会粗野，也不会流于虚浮，文质彬彬，然后君子了。修辞成为引导人心灵向美、向仁的工具，《尚书》《论语》不就是那样的吗？通过先贤留下的典籍，我总是能够感受到典雅修辞的力量，充满了令任何时代的人都向往的和谐，显示了其灵魂的高贵与神圣。公元前496年，孔子带着弟子从卫国前往陈国。路过匡城时，匡城人把孔子误认为他们痛恨的一个人——阳虎，一群人便把孔子一行人围困起来。众人无法脱身，焦虑不安，孔子却若无其事地当场抚了一段琴，子路问他怎么有如此雅兴，孔子说，"临大难而不惧者，圣人之勇也"。孔圣人文与质并存一身，境界通达，雅之至也。

那么什么样的修辞算是上品呢？首推苏轼《赤壁赋》，开篇便有："举酒属客，诵明月之诗，歌窈窕之章。少焉，月出于东山之上，徘徊于斗牛之间。白露横江，水光接天。纵一苇之所如，凌万顷之茫然。浩浩乎如冯虚御风，而不知其所止；飘飘乎如遗世独立，羽化而登仙。"这一段的语言艺术，了然于心，又挥洒自如；情致高蹈，且气力勃勃。真是将孔子的"辞达"又向前推进了一步，不仅通达，而且进入了物我相容的超凡境界。在文章的后面有："苏子曰：客亦知夫水与月乎？逝者如斯，而未尝往也；盈虚者如彼，而卒莫消长也。盖将自其变者而观之，则天地曾不能以一瞬；自其不变者而观之，则物与我皆无尽也，而又何羡乎？且夫天地之间，物各有主，苟非吾之所有，虽一毫而莫取。惟江上之清风，与山间之明月，耳得之而为声，目遇之而成色，取之无禁，用之不竭，是造物者之无尽藏也，而吾与子之所共适。"这一段展现了苏轼对人生彻骨的感慨，即便当时诗人身处逆境中，也能保持随缘自适的洒脱状态，如聚散流烟，皆禀一气。他正视人生无常，看破了宇宙阴阳的此消彼长，这一切不过是依照天地之性所进行的运动，祸福吉凶不过是在此枢纽上自然而生的，没什么可悲伤的。而后，苏轼看到天地间万物各有其主，每一个个体都有自己的因缘造化，包括自己在内，现实中的得与失都可以让自己实现自我的解脱，无明或是真如都可以让自己成就自己的觉悟。不是还有眼前江上的清风明月吗？江山无穷，天地无私，苏轼作为一个有纯美心境的人，怎么可能一直寂寞下去呢？天地间有太多美的东西，我们完全可以窥一隅而自得其乐，不为字字珠玑，只愿为美而停留，性情所至，不择笔墨。《赤壁赋》以自然比德，虚空澄澈，与道合一，无生无灭，坐忘等于大通，为求幽淡天真，脱尽纵横之气，心无旁骛于有无间，萧萧风逸以绝尘。可见，好的文辞有着更重要的使命，即引导众人的精神走向光明；它光焰照千秋，让美好的东西得以不朽，让丑恶的东西得以鞭笞。总之它的呈现就是为了说明一种内在的善、高贵的自由，引导人们通往至善之境。

相比之下，文辞的滥用也引发了很多的问题，甚至会增加灵魂的阴霾。如无病呻吟，既不会拓展诗境，也不会触及人心，因其情感大部分是虚假的，是一个人躲在屋里意淫而出的。一位自命诗人的家伙，说他现在没什么诗意，悲伤了就有了。我淡淡回应道："那好，我给你时间让你酝酿出悲伤。"别以为这样的毛病是现代人搞出的，可以说古之就有，一直是三流文人的专利。宋初有西昆者，尤善缀风月点花草，写东西离不开精心雕刻，早已背离了圣人的教导，竟然还在那儿乐此不疲。古代有个词语叫"狎客"，诗文已经堕为与女子调情之戏辞，满目放去都是发春的动物，随处都是靡靡之音。他们确实是一心师古，是以不健全的狭隘之心师古，最终不仅不得古韵精髓，反倒全流于俗臭，简直是自取其辱。我尤其厌恶前后七子开口闭口"写文章一定要像秦汉时代那样的，写诗一定要模仿盛唐"，假借先人的生花妙笔，蒙人耳目，最终怕是忘了自己姓甚名谁了。记得公安袁中道《小修诗序》把死学古人的做法斥之为"粪里嚼渣""顺口接屁"，好不痛快啊！然而，也必须承认这样一个事实，有些人的心是正的，但也很实在地承认自己做不好上乘的修辞，《左传》虽文字简约，但也有过于隐晦的地方。这其实也是一个程度的掌控，过隐则艰涩，不隐则直白，可见文字要臻美还要凝练，本身就是极其困难的，何况创此表达技巧的先秦作家还处在一个巫卜盛行的时代。然而现在的情况则烂得明显，装得有趣，只要对观众口味，就有意想不到的市场，这样优秀的群体统称为"段子手"。人心思慕，随俗变化斫方以为圆还来不及，谁还有空闲认真写东西来折磨自己呢？又挣不了钱，又没多少人看！而法国的喜剧大师莫里哀，为了投身热爱的戏剧事业，不惜放弃世袭权力，即便剧院事业一度惨淡，中途无人观赏，他也始终没有离开。作为一个有良知的文人，他关怀劳苦人民，痛恨社会的黑暗，笔锋所向，杀的就是那些昏庸腐朽的贵族、坑蒙拐骗的玩意儿、无病呻吟的病秧子、利欲熏心一毛不拔的高利贷者……从各个侧面勾画出了剥削阶级的丑恶形象。他一往无前，不惜得罪教会，最后为了维持剧团开支，坚持带病出演，在演完《无病呻吟》最后一幕以后，莫里哀咯血倒下，与世长辞。日落黄昏中，他的葬礼草草地进行着，旁边就站着两个教士陪着他。我想说的是，一个人文字的水平与他的精神境界从来都是相匹配的，我至今还没听说一个人境界很高，结果文字表达一团糟的；也没有听说过只会胡侃表演的小丑能把文字玩得多么高明。我眼中的高人即便在说一个原本很深奥的东西，也能以很通俗、幽默的语言呈现，那是深邃智慧的结晶啊！而达不到这一水准的，都应该笔耕不辍地潜心去训练，我的朋友问我："你难道是冲作家去的吗？"我平静地回应："就是冲着将所学的知识进一步内化，也应该笔耕不辍呀！你现在还见我频频出去高谈阔论吗？我老老实实地待着，希望以饱满的状态尽可能呈现我的精神，这本身就是一种无与伦比的幸福，你没有这样做，你不会懂的。"我很清楚更多的人喜欢无聊的娱乐节目、三流作家的玄幻言情小说、狗血又雷同的虐恋剧的台词，他们的修辞水平只能是和臭棋篓子下棋，越下越臭。当然，他们看上去也很幸福，我只能遗憾地说：傻人有傻福。

所以，要想拥有更高的幸福，人就应该变得高贵而自由。那怎么个高贵自由呢？如现代诗人顾城诗中所言的："人可以生如蚁，而美如神"，即虽然人有限的生命那么渺小，但是可以活得比神灵还要美；我们无法改变自己的基本命运，但可以活出自己的本质。儒家的审美愉悦，正是指一种很高的快乐的状态，绝不是穿的衣服很好看，吃的食物很美味，而是君子在实现自己的理想追求中体会到的大美，由生命价值的实现换来心灵上的大满足。《论语·雍也》记载：孔子称赞自己的学生颜回，"颜回是个贤人啊，每日在狭小的街角，一箪食，一瓢水，他也能不改变自己的快乐。"颜回活在自己的快乐中，并不担心自己饿死，并不害怕众人的忽视，也并不在意外界的评价，身居有德，却感觉不到自己有德，其实内心已经得到很多。相比之下，如今很多人得过且过，看样子也很快乐，东奔西跑，然后在微信朋友圈中晒各式各样的吃的、美景、白拍，一脸释放完欲望后的满足，绚烂之极啊！但他们和颜回是一回事吗？当然不是，孔子讲"知天命"，知仁义礼智，就是在强调对人生和社会有自觉的认识，自觉地认识更高的美，以德为美，就会自觉地实践仁义礼智，维护和实践内心的神圣。这种精神上的自觉在孟子那里，就更加明显了。孟子讲"万物皆备于我"，就是从尽人心、知人性、回复本心的精神自觉开始，将反躬自问的诚看作最大的快乐，不断向"智者不惑、勇者不惧"的仁境靠近。这样的人生才自由，不会为物欲所羁绊，内心坦荡，其精神超拔独立，神气充沛，与天地合流。故而，可以看出儒家追求的"乐"本身就带有精神超越的特质，将自我的实践之乐与精神上的至乐相连，如此便是一个最充实的自我，仰无愧于天，俯无愧于地。鉴于对此的体悟，我重新审视了魏晋时代，鲁迅先生谓之为"铃木自觉"，我称之为"意志启蒙"，生活在人群之中，而不会阉割掉自己的个性。这种独立的人格在创作中共同形成了和谐统一的审美：不管是大气者，还是小巧者，都不如一株青草，一缕夜香，遇之忘俗，这恰恰代表了先贤们精神的纯正。学者们看到了文学真正地独立起来，而我看到了诗人自我的力量，不受制于世俗政治，且独立于天地间，随意一笔，皆有弦外之音，远播四海。而圣人的境界更是远高于这帮优秀的文人，孔圣人讲他七十岁的时候"从心所欲不逾矩"，可见圣人的自由，是要在诸多的现实规范中、诸多的矛盾中，依然能保持内心平和，自然温润。那个时候的孔圣人已经步入了生命的最后阶段，和任何时代的人一样感受到生命受制于时空，可是很多人对此都表现得或是悲伤不已，或是不甘心；而圣人则依然以平常心乐以忘忧，即便是闲坐亦能进入"丝竹之乐"的和谐之中，自知自足。圣人的智慧，真像海一样辽阔无极，其觉悟像须弥山一样崇高。他们身上的威光超过了日月的光辉，他们的厚德堪比载物的大地，不舍众生，又清净自在。之前去曲阜，不远处还看了颜回当年的陋巷，圣贤依心而已，只为温饱生存，不求纵情声色，故去彼取此，到现在我要去实现"高贵"，还需要借助世俗的一些东西，实在自惭形秽。颜回看似寡言，但断除了很多的执着，以纯而无染的贵气，成就了无量的功德。不管世事沧桑凝铸了多么厚的寒冰，都能被内心射出的光芒融化掉，何苦整日苦思如何在自我和现实间寻求一个平衡点。这样的人，不管身处陋巷还是庙堂，都是高贵而自由的。

我就是借着这种求美的方式，让我的思绪游走于天地间。心若风雅之人，如同杨柳时时飘逸潇洒，逍遥于明媚的阳光下，挥洒着自己的味道。初春的色彩，让鸟儿的翅软绵无力，飞得都像醉了。这样清醒且富激情地活着令我感动，算得上一次心灵的实践体验，专以应付可能出现的死气沉沉。先前现实的寒冰那么虚空宽广，使黑白无别，是非无间，而化作水流后竟能普遍平等地润泽我的世界。我记得荀子说过："君子贤而能容罢，知而能容愚，博而能容浅，粹而能容杂"，这句圣贤之言，也成了当下化解我内心纠葛的一剂良药，是对美的认知的提升，将我的心灵放大到可以容纳更多的东西，强化到可以经受更多的诱惑。很多人都说，有时我们也向往圣人境界的伟大，但这样的境界对我们而言实在是太高了，论述这些东西也就觉得太空了。这话没错，是我们的理解程度不够，光是脑子理解了，心还没有领会，放到现实中和不知道一样。但不管自己是什么样的水平、层次，不都应该保留更高的对美的追求吗？难道就因为它们离自己远，就压根放弃掉？食物美色，来得方便，接地气，就该如此纵欲而不知死活吗？天下熙熙，皆为利来；天下攘攘，皆为利往。多少人一辈子的追求没有变，多少人只有到人生暮年才能感受到陶渊明躬耕隐居，过着合乎本性的生活的快乐！一路走来，我看到了儒和道其实是相通的，离开儒谈道，离开道谈儒，都未能领略其真义，只有将经典相互参照地看，方能化开自己心中的沉闷。要体悟儒家的"独善其身"之理，就应该做到道家的"专诚至一，神不外驰"，翻阅经书就应该像面壁而坐的僧人，饮酒就应该像仙人那样兴酣，弹琴就应该像伯牙子期般心灵相通。没必要时时都有浩然之气，至大至刚，只求心如空器，意若冰消。我感觉自己慢慢从世俗的污浊中解放出来，慢慢从混乱的思绪中走出来，自己全面复苏了，如春风解冻，处处宛转悠扬。我俯身听着水流，无关乎内心的溪流，还是不远处的溪流。

琴瑟相和思无邪

我听到水中雎鸟的关关和鸣，正如君子对淑女含而不露的表达，发乎情，止乎礼。这无邪之声，融入了我的血液，带我进入更高的和谐。

‹ ‹ ‹ ‹ ‹ ‹ ‹

关关雎鸠，在河之洲。窈窕淑女，君子好逑。

参差荇菜，左右流之。窈窕淑女，寤寐求之。

求之不得，寤寐思服。悠哉悠哉！辗转反侧。

参差荇菜，左右采之。窈窕淑女，琴瑟友之。

参差荇菜，左右芼之。窈窕淑女，钟鼓乐之。

作为《诗经》的第一首，曾经的大儒会把其解释为歌颂后妃之德或者是讥讽康王，郑玄又指出"思无邪"是指专心致志，不胡思乱想。还有些学者们会斟酌"思"字的意义，如李零认为"思"字是"祝辞"，表示的是愿望，思无疆、思无期、思无斁、思无邪并列起来看，"它们都是表示没完没了"（《丧家狗》）。很多类似的幽雅，被一些学者搞成了机器、符号，他们习惯于将任何命题都放在他们已形成的知识构架中，通过自己的套路以体现自己的专业素养，通过寻找新的突破口以展现自己的远见卓识。大部分的普通人会觉得这样的解释很荒谬，凭什么这些人就主导着对经典的解释权？先人的圣典是用来滋补所有人的，上通下达，灵光普照，包括这首《关雎》。在我眼中，那是人伦之始，含而不露的表达，是以纯善之力去洗涤还不太美的事物。读此诗，能以直观的图景把我们带回到各自灵魂最干枯的地方，我们仿似浸身在和谐美妙的音乐中与那柔情共舞，于是随意"亲近"也不再那么唐突，即便和我们相隔了几千年。作为一种美的理想，它为各个时空的人传情，汉代的人喜欢，唐代的人也喜欢，今人也为之如痴如醉。它的笔触是那么欢畅淋漓，与风雅同体，在偶然的不定中与我们若即若离，却从未消逝。它引领我们在琴瑟中移步，在钟鼓中欢乐，携带着强大的回春之力，为我们抚平精神上不平的同时，也让我们看到自己天性中本来存在的善与美。对此，孔圣人说过这样的话，"诗三百，一言以蔽之，曰思无邪。"简单地理解为：《诗》三百篇，用一句话去概括它，就是保持精神的纯正而不偏狭。圣人当初说此话主要是提出一个高屋建瓴的精神意旨，他诠释了通过纯正诗文教化后世的极高意义，唤醒人们的纯善之性，以使每一个行为自觉符合道德的规定，立于礼而成于乐。朱熹《集注》曰："兴于诗，兴，起也。诗本性情，有邪有正，其为言既易知，而吟咏之间，抑扬反复，其感人又易入。故学者之初，所以兴起其好善恶恶之心，而不能自已者，必于此而得之。"朱熹写得很准确，随着不断阅读这样的诗文，纯净的东西开始渐渐渗入人的整个精神之中，时间一长，我们甚至很难讲出是什么时候我们变得纯净了，我们整个的精神品质必然也随之上升了，怎么还会觉得种种规范是痛苦的限制呢？

孔子关于"思无邪"之美提倡的是"中和"之美，"无邪"本身就代表了"归于正"，即中和之感。孔子曾说："《关雎》乐而不淫，哀而不伤"，正是在强调一个度的问题，指一种恰到好处的情感，至于男女关系、青年恋爱的行为都应控制在一定的分寸之内，讲究适度、平和，不能过于放纵、任其泛滥，符合和谐，这就是自由奔放而不逾越礼，我总结为"趋于正的乐"。像诗中提到的"关关"二字，是雌鸟和雄鸟相和的鸣叫，象征着天长地久，与人的色欲保持一定的距离。故而我们可以总结出，"思无邪"本身就包含着控制的意思，如果不在控制的前提下，"思无邪"就会由"美"堕落为"邪"，进而丧失掉其道德上的纯洁性和崇高性。子曰："行夏之时，乘殷之辂，服周之冕，乐则韶舞。放郑声，远佞人。郑声淫，佞人殆。"（《论语·卫灵公》）；子曰："恶紫之夺朱也，恶郑声之乱雅乐也，恶利口之覆邦家者。"（《论语·阳货》）。思无邪是正道，是与恶、俗完全对立的，是精神上真正的高贵，集合元、亨、利、贞四德，通圣人之心，合日月之明。思无邪，不是字面感觉的那种轻巧婉约，实则是广阔大气的，代表了万物最健康的成长状态。关于这样的美的理解，不能够简单粗暴地解释成为政治伦理服务，不能够以现在的概念化、观念化的角度，或是愚蠢的学科眼光去看待，去剖析。它的核心在于"中和的正乐"，主体与自然共处同一个画面中，无论从哪个角度看都是那么恰到好处，没有丝毫牵强的痕迹。所以，把其归结于文学、哲学或是政治范畴，都很别扭。用康德的话讲，就是"合目的性"，一切意图的达成都和快乐的情感结合着，从内向外辐射到人精神的各个维度，而且每部分的轮廓与线条尽显匀称与平和，与我们日常生活中呈现出的精神的杂乱无章是不一样的。这种美在以往的任何朝代都不多见，它更像是完美无缺的构想，灵感还是取自人与自然和谐统一的存在，是纯净的人心与自然美的内在规律配合的典范。值得注意的是，这里的美的律动一定是老少皆宜，符合人心所向的那种类型，才会产生很大的福泽。举个例子吧，比如我们第一眼去看毕加索的绘画时，不见得会接受，奇形怪状的视觉印象挑战着我们的审美习惯，我们甚至还可能会痛斥这是对美的亵渎与破坏，像他的代表作《格尔尼卡》，适合具有很高艺术鉴赏能力的人去看。而去品味西方的古典画，类似伦勃朗创造的色彩之美，是那么均衡，看得越久人的心情就越加舒适，每一笔都那么精细，感觉任何一笔就应该是这样的力道，再不可加重或是画轻了。这些古典作品的情韵处处围绕着自然美与人类清新的精神，他们惊人的创造力化入了宁静的和谐之中，超出了一切理性解释的范畴。正如《关雎》中提到的河中的小洲、美丽贤淑的女子、水中参差不齐的荇菜，它们完美地统一在一起，似乎在遵循隐秘的律动，即便很多人还是体会不到真义，但越看越舒服，这就够了。神秘创作者的思无邪的境界，真是被演绎到了极致，似有鬼神之能。

其实，它只是民歌，是我们普通人的歌，我们非但不会感觉遥远，甚至异常亲近。千百年来，它就和我们一水之隔，即使无法走近，看不清那位歌者，但一直存活于心。在我眼中，那些歌者是上天委派下来的，带着洗涤人心的使命，化身在芸芸众生之间，只可以被感受，不能够被思考，只可以被聆听，不可以被考证。即便我们回到诞生这首诗歌的周朝，这无邪之美恰恰也是独立的自然效果，至柔至顺，在政治清明的时期长久存在，服从天道并能与时偕行。而在后世道德沦丧、性爱糜烂的时候，便更能显现出它的殊胜光明，引导人们把自己的精神捋得顺畅，使各自居于正位。相对而言，滥情厮混的文字不能够胜任这项神圣的使命，那些急于表现的轻浮歌者，一张嘴就像在发情，所谓"动人"的效果，就是要表现出被爱折磨得死去活来的状态，以歇斯底里的咆哮表现撕心裂肺，不提也罢。我相信每一个手捧《诗经》的人，都不约而同地怀抱虔诚，如同朝圣一般走入"思无邪"的美境，去摘除灵魂上的污垢，也唤醒了前世最美好的记忆。在《齐风·东方之日》中，女子主动要求去男子的家中，大胆自然，随心而动，尽显那个时候的憨态民风，一心想念，只为再见一面，与纵欲、淫邪不能够等同。

类似的在《郑风·将仲子》中也有，女子忍不住想念，却忍不住央求自己的情人，"二哥哥啊，别翻越我家的巷墙，别弄折我家的树枝"。以下我要出示的是我写过的两首诗文：

锦里行

笑语盈盈酒肆中，风催双双醉从容；
一阙新歌听不尽，垂灯怜照池正红。

2014.10.1

这首诗，写的是我在成都的时候，和我以前的一位女友在夜晚游锦，尽管场景、情致还算优雅，但是格调上不去，仅仅是小欢喜的舒心，并不涉及心境，相信所有夜游的人都抱有这样简单的感受，不带有任何思无邪的痕迹。相比之下，我的另一首诗文便和这首相差很大，是直视女色以后的从容，雅凌驾于欲之上：

题《美人沐浴图》

玉兰飞香绕芙蓉，旖旎半开影朦胧；

温水春华凝脂下，柔丝初试漫猩红。

当时是一位朋友从网上下了张沐浴的古装照，要我题诗一首。画中色彩红艳，象征情欲，可我则敬以直内，义以方外，色欲全无，完全进入欣赏的情境中。故而，我觉得这首诗文胜过了前一首。大大方方去看待自己之欲和他人之欲，最舒服的感觉便是身处自然之态而浑然不觉，无论何种处境，心性守纯，便会无比健康自信。心有光亮，处处皆有光亮；心有歌声，处处皆有歌声。这种"诚"的味道，不依赖于外物，只在心中去寻找，以全面实现自我真性情的挥洒，正如我在一篇文章中写的："谁说我跟前必须放置乐器才能品味乐音？只要我心窗开着就可以了。"《荀子·乐论》中讲：人高兴起来就一定会嗟叹歌咏，通过声音去抒发，手舞足蹈，通过动作去展现，而人之所以为人，就是因为在嗟叹歌咏和手舞足蹈中把喜怒哀乐全部展现了。荀子给我的启示是，其实《关雎》所涉及的情欲探讨，完全可以视作人内在世界的自然外露，它并没有什么尴尬的地方，它一开始外露的时候并没有触碰道德的禁忌，所以它的呈现一点都不过分，符合"中"的精神。

我们需要这样的诗文对自我进行净化。我们都能理解，在复杂的外部环境下，人变得越来越没有安全感，加之贪欲之风盛行，服务私心的意识不断强化，人与人之间矛盾频繁又难以理清，说话也变得拐弯抹角了，虽然内心对真诚的渴望从未泯灭，但在现实中不得已学会了口是心非，学会了伪饰。我想，我们在现实中追求什么东西，背后对应的一定有我们的心灵需要，一些朋友会将宝马、奔驰、凯迪拉克的图片作为自己的微信头像，就代表了他精神中的渴望，至少说明他们很在意这些东西，这些甚至关系到他们自己的失落与得意。这是再正常不过的了，但不可否认这是低端的心灵需求，此类的审美趣味无法提升为观念，也无法将自己的小世界升格为自由的王国。总之，现实中多的是无聊的比较之心，少有对精神更高品质的追求，少有对自我内在完善的关注。对此，我曾在笔记中遗憾地写道："古老的记忆，往往能把人带入已逝的美丽中，体会那天、地、人直接奇妙的交流；而令我唏嘘感叹的是，那份朴实的真离人越来越远，那宁静的和谐被撕成碎花流散于烟霭中。如今，我只能停步在那轻烟淡彩里，感受虚灵如梦。"《关雎》这首诗文是很简单的，适合各种群体的人去诵读，但是不是人人都能受到"思无邪"的净化呢？在现实生活中，人们变得复杂了，丧失了简易表达的能力，看事物会考虑很多，而对待事物的审美始终停留在以前的水平上，一味地追求美女、豪车，若干年之后还是如此，不见长进。而和他们谈论雅正中和之美的时候，他们便狂吠道："感受美谁不会啊？谁还没有自己的一套审美？谈论这些有什么意思？"真的是这样吗？我只想说，让我们的心灵回到过去吧！让我们暂且把自己的偏见收起来，丢掉那些无聊而愚蠢的问题，诸如"我根本不适合读这些高雅的东西"。重新拾起经典，一起沉浸在干净的阳光下吧！这就是我极力倡导的，当我们的精神积重难返的时候，首先选择站在有光亮的地方静一静，试着一步步靠近纯美，让它走进我们的心里，彼时我们的精神气息又重新开始凝聚了。

品读《关雎》这样的诗文，其实就是尝试让自己的心灵回到过去。自这首诗以后，雎鸠与蒹葭便成为爱情的代名词，它们给了后世子孙对爱情最初的，也是最纯的体会，然而我对此的概括是："那种感觉说近不近，说远不远。"它很近，我们甚至在静静品读诗文的时候能看到，雎鸠鸟的深情在耳畔划过，高贵的君子在对贤良的淑女热烈地呼唤，短暂的邂逅更像是体貌之美与德行之善的结合，但双方都彼此尊重，没有直接接触，淑女内心荡漾，欲迎还羞；而君子在那里着急得辗转反侧，也不翻墙去见，无悖礼之举。双方因为富有修养，平和而有分寸，却不失欢乐气氛。这动人的质朴，让我想起德国的美学家席勒在《审美教育书简》中说："它们是我们曾经的东西，它们是我们应该重新成为的东西"。那种美的心境，需要我们去找回，然后导入本心，"思无邪"其实就是告诉人们要让心回归自然之正。我们可以想象礼乐昌明的时代不如现在发达，但那是人距离纯正之美最近的时候，现实与理想之间的矛盾不像现在那么尖锐，诸事之间的关系也不像现在那样盘根错节。故而我们每每读之，顿觉自己身上的矛盾好像一下消除了，只有一种未曾感受过的清灵，独自享受。这感觉，美到不可言说，太可爱了，有时像自己在与那个时代的人说悄悄话。通过我自己的用心挖掘，我获取了自己精神中更高的和谐，唤起了沉睡已久的宁静，像我自己的桃花源。那君子与淑女组成的画面，落英缤纷，牢牢吸引着我，不致被日常琐事绊住。这纯净的美是永恒的，超越了时空的限制，一旦进入人心，便终日不离。而这个时候理性的审度也显得微乎其微，因为谁也无法解释清楚这美是如何产生的，谁也无法用语言说清个中的奇妙，只会乖乖地卸下自己的精神防备，即便是在寂寥的黑夜，也不由轻歌曼舞起来。

这引发了我关于美的最高意义的思考，首先是我倡导的第一层的理念：实现心灵的充实。古希腊的哲学家柏拉图在《会饮篇》中解释美，认为人的美产生于童年时代对第一个美的形体的记忆；他还认为，这种记忆是对灵魂固有的理念的呼唤，只是灵魂在附着人体的时候把美的理念忘却了。这是一种完满的回归，任何人在安静的时候都有找回本然的感觉，虽达不到思无邪的心境，但我们一开始确实要去学习如何去审美，连带着自我的精神也得以拓展，在一片柔和中健康成长为参天大树，去收获更高的快乐。就像我在日记中写的："无论是和学校的朋友还是社会上的，令我神醉的话题永远是西方绘画。高中的时候攒了很多高更、米勒、梵·高的素描摹本；到了大学就抱着鲁本斯、波提切利的集子，在地上一坐就是一下午。真是说不出的奇妙，仿似体内的因子也跟着动起来了，被带入的不是画中，而是一种优雅的深邃与欢快的迷离中。"而后，心之灵可以打破种种的内在与外在的局限与设定，既伴随着个体天性的解放，也顺应了世间乾坤相推而出的变化，没有必要深究什么深奥的玄理，只想着将那份灵气吸纳入自我体内，呈现充实无间之感。读诗、看画、品茶、抚琴的时候，确实能够做到心无挂碍，使自己静观万象，体会万象如在镜中，万物各得其所，自在自得。类似陶渊明"心远地自偏"，精神上的淡泊，心境上的自远，超越空间的传达，这就是我常和朋友提及的"自由往返"，我心无碍。但不是心中什么也没有了，而是由"小我"变为大而无形的"我"，开始关注外部世界，不执着于自己的那点事。这便印证了《关雎》在《诗经》中为何属于"风"的部分，所谓风教正是顺性命之正，修人道之常，深入人心，贴近民情，对自我之欲进行矫正，使情感趋于中正。正是有这一层的感受，所以在后来我才会对人们讲："从我内心来说对才子、才女、学者、教授、高人、作家等没什么兴趣，不带成见，只是觉得：人啊，太容易觉得自己了不起了；心啊，太容易骚动了。我开始喜欢实实在在认真生活的人，他们珍惜点滴，脚踏实地，表面平凡其实特别，每个人都是一道风景。""思无邪"是纯粹态的充实，是精气的聚合，让我感到了内心的力量，让我相信自己有能力去赢取更尊贵的自由。这样一来，回头想想，人与人之间的冷漠、自私、奸猾，是多么无聊与可笑，这是精神匮乏、行尸走肉地活着的样子。而若是人人都开始自觉地净化、充实精神，人间自当少去很多的争执；若是人人的行为都一开始就朝着思无邪的方向，那将是最大的幸福，最广的善。

其次，我在意的是思无邪的"空灵心境"。不管别人怎么看，至少我从未将《关雎》仅看作爱情诗，它的笔触看是如此，但是它涉及的美的广度深度远远不仅于此。那个时代人们的生活结构真像建立在轻灵的感觉之上，他们生活的周围随处都涌动着素朴的灵感，随手一触，随意拿捏，便妙手偶成，根本不需要苦思冥想，东寻西觅。可以看出，要去判定一事物是否有生命，我们必须能够感觉它鲜活的存在，带动着我们的生命也活力渐起，一同春意荡漾。所谓物无古今，莫不有情，比如"水流推着落花"，即便是这样细微的动态亦饱含了无限的灵气，物我、内外之间都变得疏贯与通达。再看《关雎》，亦是如此，始于鸟鸣，终于琴瑟钟鼓之声，自然之声柔和了礼乐之声，一切又都化为无形，任何锤炼都难以企及，唯有用心去捕捉。此处充满灵性的意境，美学家宗白华说那是一个"灵的空间"。这个空间，是艺术家灵性往来的地带，元气淋漓，泛滥的俗气难以抵达。同时这个"灵的空间"又是立体的、无边的，正如《关雎》中反复吟咏的完整画面，常常让我们不去在意是在哪个地理坐标上发生的，被河水隔开的男女究竟距离多远，但这并不影响诗中任何一处景致的饱满形象。这个空间也有它的深度、广度和高度，所以在意境中能以壮阔幽深的空间呈现出一种高超莹洁的宇宙意识和生命情调，能量集结，方为至美。莹洁的灵魂，无尽的遐想，留给欣赏者的是一个自由漫步的世界。思无邪的真义，绝不仅仅停留在诗文层面上，而是心灵可以体悟到的美的真谛与最高境界，无所谓落花流水还是朗月孤星，是深层的境，与原先的时空没有任何关系。就像半年前我写过的一个句子："今朝花间醉公子，风里流萤任去留"，我心中蕴灵，往来倏忽，已不是去抒发某种具体的情感了，心灵的气息若有若无，但不是饱经沧桑的麻木。慢慢地，到了后来，我诗也不写了，深觉"思无邪"不是什么文字可以随意呈现的，尤其是当它融入了我的血液以后，我为何还要去在意诗文该怎么写？然而，这种"空灵"并不代表"空"，而是空的状态，即忘我的专注。如有些时刻，人会被带入虚灵的空间，我们呆呆坐在阳台上，一边享受着阳光一边喝茶，即便有人叫我们也未必听得见。例如，我常常去山西大学的李提摩太咖啡馆，常常闲坐在塑料做的枫树旁，伴随着咖啡的韵味去了另一个世界，而离开咖啡店以后，一切又回复到了现实，这出现的虚化情境就是我们常说的沉醉。整个精神被一种美好的东西牢牢地吸住，不想挣脱，只愿多停留一秒，尝尽那超越人身的至乐。这恰恰代表了一种恒定蓬勃的伟力，一种精神上最高的指引，让我想起康德墓碑上的话："有两种东西，我们对它们的思考越是深沉和持久，它们就愈是让我的心灵历久弥新，并加之无尽的赞叹和敬畏，那就是头上的星空和心中的道德法则。"对，就是这种历久弥新的感觉，不断重复在心间，任何欲念都夺不走，任何外物都无法侵扰。在我看来，思无邪有空的意味，是"净空"，荡空浑浊、紊乱的成分，为求得澄澈，正如我以前的诗文中所说，"琼钩半上银光下，只顾池影见悠情"，场景中只留有自己，定格在至高的和谐中。

总的来说，思无邪的心境是什么样的呢？这就是洗尽滓浊，独存孤迥，俯仰宇宙，游心太玄。我便是凌空的影，白衣黑发松松散散，任在风中翻动。我的周遭都有光泽流动，月光勾勒着我的脸，那么细致且温柔，我仿似看到了自己的玉面，且明眸生辉。我本身就是一幅画，心中更是有画卷一幅，见一切都美得不可方物，我在现实中游走，无碍如流云。我在告别昨日的自己，正如我最近的笔记中写的："关于我的写作，从不搞什么感情垃圾的倾倒，不违心矫饰以博取混账的才子之名，不故作高深、卖弄技巧，一切遵循本心，是什么就是什么，一如我的为人，以真示人，以诚为先，纵横驰骋，不管身后评。"或许别人眼中的我是快意恩仇的，其实事后我很少放在心上，且将经历的所有事情当作让自己变得更强的养分，与生命中必不可少的美妙。更为重要的是我的内心时刻充满着对柔和完满的无限向往，让我每日的生活都呈现出昂扬向上的姿态，而没有丝毫阴霾的痕迹。由此我想，高士欣赏景物，怎么会轻易留恋路边的景物？怎么会任由它们演化为自己精神上的负担呢？宇宙在乎手，万化生乎身，这种身心的轻盈，使得高士生命中的分分秒秒都是美的。我想到了秦汉时候的帝师张良，中和之心，合藏阴阳之数，天道无思无为，他心亦无思无为。西晋时候的文学家陆机这样赞美过他："文成作师，通幽洞冥。永言配命，因心则灵。穷神观化，望影揣情。鬼无隐谋，物无遁形。"当时几乎所有人都陷入厮杀与争夺，唯有张良身上时刻保持着独有的清净，进退自如，视功名利禄为虚幻，平定天下后刘邦让张良"自择齐地三万户"，张良婉言谢绝，说自己如今的地位已经达到布衣的极限，已是满足。之后，张良自请告退，摒弃人间万事，静居行气。其心智高远，优游淡泊、清雅、高贵、飘逸、绝尘，非常人所能及也。我仿似看到那样的微笑，智者的微笑，谈笑间樯橹灰飞烟灭，深邃的眼中又流着淡淡的清雅。他的无邪心境，是无欲乃大，大而能察世间百态，福祸吉凶；是无欲乃刚，刚则清静无忧，神鬼莫能侵之。这通万物之灵的风仪，根本就已经超越了一切人类的美丽。

逸兴思飞平鱼跃

　　当音与色的喧哗不见了，我唯独看到
自己内心纯正的渴望，帮助我展开澄心，
消减仇怨，远渡到光明的彼岸。

• • • • •

我以前去江浙的时候，见到一种极其普通的鲳鱼，当地人管它叫平鱼。体形扁平，头胸相连，口、眼也都很小。早晨或是傍晚它们都一直在水的上层活跃，有时即便在阴影处也是成群结队的，潮来的时候，它们便更集中了。它们或许对海天充满着无限的向往，不管能不能跃出，总是那么跃跃欲试。常言道：万物有灵，说的是对的。千百年前李白不就指着天空喊道："俱怀逸兴壮思飞，欲上青天揽明月。"那历来被人追捧的最高的善、最高的美，几千年来，人们何曾中断过对它的追求，把它当作心中的灯塔。如果没有它，人便觉得这也没意思那也没意思，躺也不是坐也不是；或是摆出牛气冲天，谁能把我怎么样的样子。这样的人多的是，我不做什么评价，只是感到他们需要通过善知识去点化。后来，我去了一个遥远的地方，见到了很多不一样的人。在和他们聊天的过程中，我看了他们精神中保存着祖辈们的信仰，被时时奉举在他们的生命之上，在说到苍穹、草场、牦牛时，他们眼神中流淌着深情。一位叫阿仁的藏民说："我们的牦牛可以自在地在香格里拉的草原上，而不用担心被其他村民偷走。"顿时，我有感于我们在文明城市待惯了，自认为受过高等教育，无法接受野蛮与粗糙。可事实上，我们生活的周围早已恶俗不良，连我们自己都像是荒野之灵，纵欲好饮，日日服食"妖女的淫药"。可谁又会主动去承认呢？一如既往地胆大赤裸，不知羞愧。而面对这样的情况，更需要通过美和善的力量去化解，因为我们的精力都用来让自己变得精明强干，却逐步丧失了追求更高美的能力。

　　我们大多数的人都是这样的平鱼，普通之极，少有什么惊异之才，而且大众的毛病，自己身上多多少少也带些；可我们不如平鱼的是，我们中的大多数人选择了得过且过，拿叉子戳一下，兴许能动一点，并没有什么能够支撑我们去追求更高的品质。相比之下，那位藏民不识不知也能安贫乐道，即便是在说话的时候，他也一直望向澄澈广袤的苍穹，正和他心中的湖水一样明净，彼此照应着。我站在他身后，仿似听到了转经筒的嗡鸣声，那么饱经沧桑、韵味无穷，在阳光下一闪一闪的，让我眼醉。我身盖大红的披巾，穿行在一望无际的草原上，这是大的自在，苍翠不可尽。没有强光的刺激，没有粗野的激情，有的是山川大智大慧的静穆，那藏于云雾中的雪山，更是充满威严与神圣。我越来越体会到了，这里的美震撼与滋养着当地人的心，伴随着他们从生到死。对于这些藏民来说，头顶上都有一双慈慧之眼，看着他们在地上所做的一切，他们从一开始就发誓要做好人，心要像天池的水那样净。他们眼中的佛，是无边的妙相，誓愿深广，发无上正等正觉之心，教导他们拔除无休止的生死造业，破除贪、嗔、痴的妄想烦恼，最终度化他们往生极乐。那是他们的全部。后来，上了车，车一发动，那位藏民歌声也起来了，自然的波涛在他身上静静地淌了过去，任何时候都能够保持着难得的从容与激情。在我这个汉人的眼中，他骨子里的美来自上天的眷顾，他有幸生来比我更接近自然，我无奈长时间地被喧嚣浸染，被浮动的心包围着，所以来到这里，我像一个幸福的"偷渡者"。当金色的暮霭降临在草原的时候，我被领入了多彩的境地，灵魂从来没有像现在一样完整与统一。我看到云雀没入青云，我们一起在天之上方嘹亮地歌唱。我想到搞音乐的人，他们有个音乐的世界，他们可以随处看到跳动的音符，过他们想要的生活；再如我，常年保持着写作的习惯，以前止步于表达上的酣畅淋漓，醉心于笔扫千军的快感，如今致力于记录我心灵的足迹，步履所至，云霞如织如焚。

崇高的美确实能给人提供精神的指引，这样活着才不会有倦意，也不会空虚无措。正如普通得不能再普通的平鱼，其游动亦有海水洄流的引导。说到这里，我还是会想起那位藏民问我的一个问题："你知道有信仰和没信仰的区别吗？"以前，我不知遇到过多少次类似的发问，可这次我很为难，因为我面对的是一个真正有信仰的藏族汉子，他一脸的澄澈、实在。他说，"你们这些人，脑子不知比我们复杂多少倍，你们的世界水实在太深了！"这话确实偏激，但不是完全没道理，我沉思良久。回想起我生存的周围，对于习惯攀比的人来说，又有什么所谓精神上的指引？我见过的一位奋发图强的商人，在宴会上不断擦拭自己的翡翠，以引起人们的关注，直到有些人簇拥上来夸赞他的饰品水透真好，他才志得意满，感觉自己付出的代价总算换来了回报。故而佛学中说世俗人的心是粗心，只能看到表面化的东西、表象的美，懒得去想背后的深意。什么艺术的想象，什么美的意义，与他们的个人利益有什么联系？他们觉得美好的追求并不能当饭吃，毕竟"经济基础决定上层建筑"嘛！我每每遇到这样的情况，也懒得回应，只是在心底默默燃起《离骚》中的话，"亦余心之所善兮，虽九死其犹未悔"，虽千万人吾往矣。父亲说我现在成熟了很多，我心里明白是追求的方式成熟了，而我心从未变过。朋友说我越来越风雅，我回应是在追求美的过程中，学会了运用柔和的力量。因为欣赏事物，是需要宽容的；获得更高的生活品位，需要锻造一个与之相匹配的博大胸怀，而不是交付给一颗习惯埋怨的心。像有些人之前喜欢纵酒，不管什么场合，心情好或是不好，都喝得洋相百出，而后来求美的心境提升了，哪怕落花飘落酒杯中，也感觉到无比惬意。那一刻，美的享受已然获得，喝多或是喝少还那么重要吗？我相信每个人的内心深处都有不一样的最高追求，与世俗无关，只是太多人望而止步；我也相信，每个人心中都藏有一个不一样的自我，像雨后的积水空明，静得没有人知道。妙心悠微，隐藏万象森罗，如未出水的莲花，一片片的红艳在池中漫流。我尊重每个人的每一份纯正的渴望，愿他们澄心展开，仇怨消减，大家一起携手远离恶俗，使光明之域不断拓展，共放光芒照耀彼此。对我而言，洞天福地虽遥远，但并不代表不能抵达，活着的动力在于无上的追求，不在名号。而我深有感触的是，人往往不是被外界的什么流言蜚语打败，而是被自己的胆怯打败，不敢打破固有的生活环境对我们精神的钳制，不敢去挖掘无穷的创造力，因为惧怕黑暗，而不敢抬头望向广袤的星空。但丁在《神曲》中有很好的体现，书中有这样的情节，引导他走出地狱的人，是一个已死去的先知、诗人的伟大形象，他背着火把，自己没有受益，却照亮了跟他前行的人的路。很明显地看出，先知充当着但丁的世界中的神灵，无论是在现实生活中还是创作方面，都为他提供着强大的能量，终带领他冲出困境。

有一个词叫"如鱼得水"，愁苦的人蹲在河边羡慕水里鱼的自在，体会一种鱼与水的和谐共存。就像是一个完整的组合，和各种鱼群或是单个的"独行侠"在水中碰头，平静地相忘于海中。苏格拉底认为，我们得体会造物者博大的仁爱，他对万物都有体贴入微的情怀，永恒而又纯粹。虽然我们无法去改变我们渺小的处境，但是我们的足迹永远留存；我们的智慧难以近临天极，但灵魂能够得到神明的认可。苏格拉底以身殉法，难道是为了让自己留名吗？他的壮举，引领了后来无数哲人的前行，这更是他无量的功德啊！他敢为真理献身，当之无愧地获得了生命的最高意义，永远地沉浸在临界的欢乐中，岂能和注重私利的市井俗人相提并论？苏格拉底不觉得自己有多高的智慧，他的信仰乃是来自天界神圣声音的感召，他向往完美，向往圣洁，并为之付出一生。到了柏拉图那里，他则进一步说，有种美是本源，地位最高，其他不管是什么都不能够超越，而且它是永恒不变，不增不减的；它是完美的，任何东西都无法比拟，所谓至真的完美，不掺杂任何的虚假。伊壁鸠鲁有对这最高心境的描述：在外来因素或内在情调突然把我们从欲求之流中拉出时，在认识甩掉为意志服务的枷锁时，在注意力不再集中于欲求的动机时，安宁就会转眼降临，这是最高的善，是神的心境。这在苏格拉底那里，代表了人的精神与自然最高精神的和谐共存，不管是彼岸世界的和谐，还是此岸世界的和谐，都是自然之美的确证。他说的热爱神，其实就是充满对自然、生命的爱，且时刻保持着对上天的敬畏，至心精进。所以说，我们与先贤的对话，其实就是去逼近一颗崇高的心灵，被它照耀着，推动着。色诺芬在《回忆苏格拉底》中提到，人之所以可以自制，追求美好的事物，陶冶美好的性情，是因为神明"在人里面放置了一个灵魂，这是他最重要的部分"，这个"灵魂"就是内在之我的精神诉求。仔细想想，天气冷了，多穿一件衣服，就不那么冷了；肚子饿了，一碗挂面就能解决这简单的饥饿，而心灵的需求怎么满足？从挂面变成汉堡可以吗？很多人追求物欲，其实追到后面，不过是在填充内心莫名其妙的缺憾，已经不再是简单的追求物质了。所以，追求不可肤浅，更不可盲目，心被魔扰，只会在低俗与引诱之中反复。然而只有去尝试追求更高的快乐，方能远离低俗，抵制引诱，寻得解脱。

这就是我痴迷的"静的语言"，如一条鱼儿在游动的时候，有种连它自己都察觉不到的舒服，独有的静寂本身就代表了无穷的丰富。正如光线投射到地面的同时也形成了阴影，冰冷的浮雕也会发出它的颤音与哀婉，但却美得出奇，身体的每一个线条都是那么自然流畅，每一个部分都和谐地衔接在一起，还有令人遐想的地方被巧妙地隐藏。这让我想到古老中国同样无声而精粹的青铜鼎，那兀然昂立的兽头，生气横溢，气象万千。孔圣人曾经盛赞：周监于二代，郁郁乎文哉，吾从周。周朝的青铜就是那么威严，上面交错的几何线条，让每一个图像都那么挺立，庞大笨重却不失大气。有盘龙、云雷、异兽攀附其上，隐秘在昏暗的色泽里，却有着缓慢悠长的气息，摄人心魄。中国人的灵魂开始向天敞开，像西方的唱诗班那样高歌着："明明在上，赫赫在下"，声音在宇宙间回荡。这已不单单是雕塑的行为，而是一种精神的张力，蓬勃得如雨后之万木葱郁，壮丽得似初霁后的长虹，横贯于天。周王朝的礼乐从来都不是制约的工具，它让华夏呈现创造的美、旺盛的美、文明的美。还记得青铜雕像的表情吗？睁圆虎气的眼，略带笑意的口鼻，颇具上古灵韵，质而不野。饕餮的雕刻，是那样古朴自然，没有半点的狞厉，充满着孩童的稚气。在这里，我们再不会觉得有任何原始巫术的味道，再不会感觉对自然与生命的迷茫困惑，所有人沐浴在温暖的尘昏中，淡淡地笑；所有人在稳重敦厚的钟鸣声中，恪守着为臣为子的伦理道德，一派和谐气象，一派自然之清新。在隆重、庄严、繁复的仪式中，在自然的美的光彩里虽不敢与皓月争辉，但身心自由所带来的愉悦足以让这些蛮人长久地沉醉又习惯于这样长久地匍匐，无论风雨雷霆，电光野火。蓝天依旧美丽深邃，而任何时空里纯情的文士，都会在无限的仰望中寻找到独属于自己的花园。比如我和朋友即便是在茶室的一角，也能感受到无比的优雅，用朋友的话来讲，两个人即便端起茶杯，耽于无言，也没有丝毫的尴尬，就这么各自偷闲于各自的时光里。以前，我真的认为，人往往崇拜神秘未知的东西，归根结底还是由于人的柔弱，人的认识能力太差，这或许是人类同有的自知之明。但是如今，我开始厌恶，厌恶人总是要么在一些事上狂妄得不得了，要么总是念叨着自己的弱小，学不了圣人，当不了伟人，就这样挺好。事实上，我们完全可以大大提高我们的追求，而不是眼光锁定在如何让月薪从三千提升为五千，这让我想到了济慈的诗句："甲虫和垂死的飞蛾充作灵魂的化身，也别让阴险的鹰相伴，等待这悲哀隐隐透露；因为阴影的叠加，苦闷的灵魂永无清醒的一天。"我们完全可以将对至大至美的崇拜转化为此生努力的方向，吸纳天地的灵气，提高自我精神的位格。慢慢地，在一个很偶然的瞬间，触发了灵感，就好像是得到美之神灵的恩赐一样，挟飞仙以遨游，抱明月而长终。我们都是含灵的众生，等待着自然的点化，以获取更强大的精神力量，超越世间稀有，获得极乐。中国的李白，英国的雪莱不就是这样的典范吗？以我的话来说，就是不满足于做蝼蚁，要做就要做星辰，在它的位格上发光，与其他星辰共同构成最高的序列、最高的和谐。我想，人的丰富的经历必然伴随着不少的得与失，而在寻求美的路上也需要承受很多的不幸与悲苦。但是越往后坚持越会发现，之前的美衰朽了，将会迎来全新的美在心灵中降生。人们有时嘲笑艺术家的执着，难道他们不知道艺术家已经找到了一条可以通往彼岸世界的路了吗？任何人都应该观摩有本事的艺术家的作品，观摩杰出的作品就是进行一次愉悦的旅行，艺术家在其中心思缜密地隐藏了蜂蜜、甘泉、毒药、夜枭，帮助我们在不知不觉中培养出审美的习惯与能力，把我们最大的独立与最丰富的存在结合在了一起。即便一不小心陷入感伤，也能在感伤的境遇中重获蓬勃的生机，双眉舒展，见微光湛然。写到这里，当我将身子拉回现实的瞬间，天空出现了几朵悲泣的云，阴郁的雾气笼罩青山，热烈的玫瑰在这样哀愁的空气里竟那样安静迷人。当我沉醉于美的思考中，我是寂寞的，也是最充实的。而在整个的"美的旅程"中，我就是在完成对美的寻觅，与对美的再认识。

美的事物实在是多，但我最感同身受的是美暗含了分明的等级。终有一天，也会有更多的人认识到，物质的等级划分是那么简单，而精神的等级与追求则是无限的。有钱人可以买游艇，可游艇一目了然；而有道行的高人，只淡淡一句话就能蕴含不尽的深意。再比如，长于素朴风格的文人，就要比不断感伤的文人高出很多。前者任何时候都能保持阴阳的平衡，从内向外都像是一个圆满统一的整体，任何人任何时候都能感受到他的和谐，这样的文人适合描绘更崇高光明的对象；而长于感伤的文人，只会重复"凄凄惨惨戚戚"的调子，习惯或是醉心于生命的背面，充满了激烈的冲动而难以平复，远离了生活的宁静祥和，更不用说带领欣赏者实现超脱。至于谁优谁劣，细细品尝过后，自会有答案，不用言说什么。不断追求更高的美，其实就是认清世界的另一种方式，以更高的追求，去引领自己前行，进而带动理念与行为上的逐步修正。尤其是彼岸的美，超越了世俗世界的繁杂、恶臭，是无忧无虑的纯粹。在基督教与佛教等宗教中，都提到了往生另一个世界的幸福，那里是美与善的集合，清风送爽，随风奏乐。柏拉图在《文艺对话集》中有一句话："迷狂的人见到尘世的美，就回忆起了上界真正的美来。"不得不承认，历来伟大的诗人，都能超越他身处的客观环境，他们的精神是广阔的，他们是凭借自己的自然本性来创造一切的，在灵感迸发时候排除外部世界的干扰，在深广的境遇中完成自己圣洁的表达。余秋雨先生在《开讲了》节目中被问到一个问题，"如果到了世界末日，你会怎样？"这显然是一个烂问题，但我说的重点是余秋雨的幸福感："早在屈原的时候，他想到过世界末日，后来的李白也想象过类似的图景，可他们都没有真的看到；我若是看到了，你说我有多幸福？"这回答说来巧妙，但是也说明了文人世界如此之丰富多彩，敢于想常人所不敢想，敢于对固有的思维进行转化，更加敢于在众人之间大声说出来！其精神的广度已远远超过了他本来生命的限度，也超越了大多数人生命的限度。我想，如果今生能早一日看到至美，那就义无反顾地去实现，何必蹉跎待来生？临窗顾影，在流逝的光阴中叹息，可不是才子该做的。但丁在《神曲·天国篇》中更是有绝妙空灵的表达："我日夜祈召美丽的花朵的名字，让我去观望那最大的火焰......花朵和火花在我面前变得更为欢欣了"。这些伟大的诗人啊，长久地端详着自然的容颜，仿似进入了忘我的状态，那一刻就像一只从泥沼中一跃而起的天鹅，扑打着翅膀然后回归原先自由的宁静里。西方的文人是那么向往古希腊，远古激荡的乐声漂游在弥漫的硝烟中，诸神形象庄重且光彩夺目，周围的事物像是被风温柔地包裹。没有什么深奥的理论，更多的是接近了人的心灵，一切的装饰都变得多余，音与色的喧哗也不见了。

如同你去了一个不知名的小镇，里面放着 20 世纪美国西部的小调，坐在昏光的一角，逸兴思飞。在一片和谐的静谧里，一闪而过的笑，转瞬投入阴影之中拨弄出我们心底最深处的爱之呻吟。

这暖暖的爱的气息是自由灵动的，摆脱了坚硬的材料和僵化的轮廓，就连那一贯聪明的学者也不那么急切地发表论点了，也静静端详，一天，两天，一年……那种纯净其实在每个人的心中都曾留存过，我们岂须借助他人的文字来回忆呢？岂须聆听那些社会名流不断讲述他们的传奇？只是可惜至美来得短暂去得也极快，以至于心灵的那片净土的空间越来越小，被其他混账的东西挤兑得不成形了。人们变得越来越可怜，大部分的精神捆缚在手机上，醒着的时候，无事的时候，甚至是到了临睡的时候也是那么留恋。谁都清楚众人之精神如一盘散沙，人们的上进心集中于怎么得利怎么来，因缺少一个最高的依据而东倒西歪。人经常迷失在矛盾里又习惯于默默忍受，只见经历的事越来越多了，发的牢骚越来越多了，废话也越来越多了，然而本心的境界不见丝毫长进，乌烟瘴气的。也许，奔波得久了，人就习惯在既定的轨道上走，无法体会什么叫亲切的真实，无法明白原来事物可以这样的美丽。每个人原本都可以清净宽和地活着，却弄得时常不知所措，不知道自己想要的是什么，走在路边，熙熙攘攘之中，灵魂被吸干了，如同一个个戴着镣铐的受刑者。然而，此刻唤醒追求美的渴望，这样的情形便会为之改观。因为美散发出的光芒，会指引着残喘在绝望边缘的人们去适应周围，去获取生存的启示，那一瞬间得到的欢喜让之前的苦痛崩塌了，这是对古老自然的敬畏，同时也让我们的生命呈现出了本然与高贵。即便孤独着，一根竹杖便能揽得烟云入闲梦；即便寒冷着，虚窗夜朗，也能在凄风冷雨入寒窗间逸兴思飞。我敬慕任何一个自然中的生灵，它们都拥有着"素朴"的强大力量，一切都那么的纯粹，干净，即便是水中的倒影，也摇曳多姿。在我自己的生活中，不仅时时能听到上方的呼唤，也能看清自己当下的小幸福。

　　一个人的时候看书、写作、散步；两个人的时候探讨、品茶、听海。在杭州的时候，下着大雨，两脚在雨中泡了很长时间，湖面的烟雨朦胧让我忘记了疼痛；起风了，晚上很冷，就一个人靠着岸亭拧开酒壶，酾酒临江，遂一把将空壶抛向江面。你或许说这就像梦，但我便索性做下去！深林，应风披靡；岩石，临空凭依；水波逐水波飞进；深洞可栖身息影。灵感携带着冲动一齐出现在静美中，好生快活啊！通过我的经历，我深知要得到更丰富的体验需要不断提高对美的追求，这种追求是漫漫的行走，至于路边的脏玩意儿无送无迎，无往无来。我觉察到了自己的存在，原来作为一个微小生命体也可以如此壮丽地活着，独立而有尊严。我是一条普通的平鱼，平日就在深海中平静地游动着，而这隐隐的追求就是为某个瞬间的飞跃而准备的。

日暮黄昏秋客心

即便我知道，黄昏中多少好景虚设，也不愿辜负眼前那醉人的夕阳。

● ● ● ● ●

　　表现人生苦短、时光倏忽是自汉末魏晋以来常见的题材，晚唐将这种体会表现到了极致。如李商隐的"夕阳无限好，只是近黄昏"。一个王朝走向衰亡，必然加重诗人对时间的重思和增强其对生命的忧患意识，无论悲剧降临还是未到，这种心灵上的雾霭都如影随形，纠结到无力，于是，原先的愁、恨，变得更加零散与不可知，所谓"旧愁新恨知多少？"目断魂销，惹泪珠无限。当诗人感到眼前的路步履维艰时，便由不得回头瞭望，竟然发现过往是那么迷人，每一处景物都泛着淡淡的光晕，仿似一个即将消失的辉煌世界。于是留恋的人儿停了下来，便在这温馨的感觉中来回踱步。然而，对于真文人，无论外部如何风云变幻，都能转化为胸中的云卷云舒；无论眼前如何山河破碎，都能勾勒出纸上的金碧辉煌。他们会延续之前伟大文人的独立与高贵，从一而终保持着自己优雅的风格，但绝不止步于因袭前人，袖子一挥，慵懒一笑，便在历史的长河中留下了自己的神采。盛世的骄傲冷却以后，这批文人集中于心灵的审美体验，把浓烈的悲伤酿制为醇厚的新酒，口感丰富且绵长，深沉得优雅而又神秘，让后人着迷，不自觉地也移步向前，但每次好似走近，却依然很远。在我眼中，杜牧正是将这一切演绎到极致的精神贵族，在现实的悲风里寻求美的超脱。

　　杜牧作诗强于辞采，但不以辞采取胜，擅长峰回路转，却不以怪巧夺人眼球，经常以清丽的笔触抚摸动人之景，轻轻靠近又不愿惊扰它们。让我看到了风流高雅而又绰约含蓄的他，散淡闲适，虚化了自己，也虚化了周围，心底的忧愁竟能幻化为薄雾，游荡于每个情境。那是一个出生高贵的"呆子"，一发现周边的美，就不走了，自己的马儿也自觉地停了下来。他醉心在自己编排的情语与景语中，与自己贴合，不再分彼此。这就是身在尘嚣，又看似远离尘嚣，凄清与俊爽两种气息在他体内交错、融合。他自己也曾说过："某苦心为诗，本求高绝。"意思是：我精心打磨意境，正是应和我追求完美的本能，它一旦出现必是高绝的，让所有俗艳的玩意儿都黯然失色。与同时代的诗人比较，他对自己是极其苛刻的，不仅要笔触细致而且不拖沓，还要注重神韵的刻画，更要不断尝试挖掘美和建构美。见杜牧《山行》："远上寒山石径斜，白云生处有人家。停车坐爱枫林晚，霜叶红于二月花。"诗文构造的画面感极强，色调非常丰富，更有一种说不上来的清新的气息，格调的清朗使得消沉的情愫全被掩埋在美的境地中，是把整个自己都投射了进去，互为表里，连同枫叶林也都成了有情有义之物。再如，《秋夕》："银烛秋光冷画屏，轻罗小扇扑流萤；天阶夜色凉如水，卧看牵牛织女星。"冷宫秋夜，轻寒幽邃，女子一袭轻纱，周围流萤闪烁翻飞，引她拾起团扇去扑逐，一点也不像皇宫中被幽禁的宫人。宫殿的台阶每到这个时候都随夜变得阴凉，可她跑累以后竟随意坐下，忘了自己卑微的身份与苦闷的生活，心中只有牛郎织女的故事，以及天空中的两颗星。在冷酷的宫廷中，她竟然还保留着对真挚爱情的向往，她已经习惯把满怀心事都投放在举首仰望之中了……这是杜牧自己编织的梦境，色调统一，凄寒铺面，不言而喻，但都是围绕少女的天真憨态而设，让人感到近若咫尺。杜公子走入幻境中，忘了自己无法言尽的苦闷，风度翩翩站在月光下，而少女是看不到的。他欲言又止，只想平去想象中的这位姑娘的一些感伤，护卫她心中还留有的温良，护卫这世间为数不多的温良。不管是真实的，还是想象出的，只要纯净无邪，杜牧都无所顾忌地表现自己心中的那份温柔，真若学界所言：风华流美而又神韵疏朗，气势豪宕而又精致婉约。他避免了李贺滥用奇绝和白居易过于浅白的弊端，使得诗文之美进一步接近"纯美"，他是诗人中的诗人，不沾惹绚烂，不沾染习俗，像从雾中走来，然后潇洒而去。他还在自己的《樊川文集》中表明，自己若是存有写得一般的作品，是要一把火烧掉的，"处于中间，既无其才，徒有其奇，篇成在纸，多自焚之"。即便拼尽最后一丝气息，他也不允许自己的世界中有细微的杂质。

这样做难道是不想让后人看到自己的缺陷？不，真正的求美者，在面对外物的时候是绝对真诚的，表达爱慕大胆而又直接，天真得像个孩子。因为他们非常清楚，唯有最纯的情才能创作出最纯的诗文，唯有最真的心才能置身于最真的自然，那才是他们最在乎的事，这是他们对自己的要求，不是谁逼着这么做的。

杜牧正是如此，他精神的色彩与韵律是他独造的，所思所想能随意附在眼前之景上，不仅留下了自己的味道，也创生出独属于他自己的幽雅世界，无须参考他人。每每吟着他的句子，我当他是我千年前的知己，时空的限制根本不是问题。不得不说，世俗之人在意的是具体的事，表面的象，而精神贵族在意的是自己的心莲，柔和光洁，雨更新华。两个群体一开始就行走在不同的层面上，真是道不同不相为谋。对于后者，不管遇到什么样的处境，求美之心都不会停下来，不愿从俗而变心，哪怕愁苦终穷也在所不惜。总之，万物色彩斑斓，在我眼中不显凌乱，都是我友，皆可为我着色。兴尽所至，挥洒自如，选三三两两，偶然为之，便是一幅绝妙丹青。何须用怪异生僻的语句来博人眼球？何须用另类狂放的举止引得世人的围观？悲哀之人，走到哪里都楚楚可怜；浮华之人，不分场合尽显奢靡。

这不都是现实中的常态吗？有个词叫"秋水客心"，除了字面感到的一丝哀伤，其内在更蕴藏了一份淡看人间冷暖的从容，斜目落叶纷飞，偶尔簌簌飘在肩上，划下。天意微凉，委托秋风拨起诗人心中的微澜。那一刻，诗人与外物不分彼此，相互衬托，一切尽显得张弛有度，轻逸随远。相比之下，李商隐有些作品显得过于偏狭，仿似迷雾中的阁楼，影影绰绰，晦涩迷离。如他写的《锦瑟》：

> 锦瑟无端五十弦，一弦一柱思华年。
>
> 庄生晓梦迷蝴蝶，望帝春心托杜鹃。
>
> 沧海月明珠有泪，蓝田日暖玉生烟。
>
> 此情可待成追忆，只是当时已惘然。

大意为：锦瑟作为一种乐器，为何竟然有五十条弦？每弦每节，都令人怀思黄金年华。读到这里，我们像置身在他的诗境中，是什么让他这般追忆。紧接着，他把我们带到了庄子梦蝶一般的迷离中，那么突兀，最后又感慨悲欢离合，实在让人摸不着头脑。依我看，李商隐本人很多时候就是处在精神的迷离恍惚中，时而可望而不可即，时而漫不经心，时而茫然徘徊。有难言之痛，郁结中怀，幽伤要眇，往复低回。我不认为这算什么审美，纠结到把自己和外物都缠绕一起，是不通晓万物之情的幽闭，在这样的状态下写诗文，只能越写越迷糊。而他的《暮秋独游曲江》则一改这种纠结，算是一个真正的秋客，形单影只，却又化景语入情语，整个日暮黄昏都浮动凄婉起来。

荷叶生时春恨生，荷叶枯时秋恨成。

深知身在情长在，怅望江头江水声。

荷叶初生时，春恨已生。荷叶枯时，秋恨又成。我深知，逝者往矣，在世上多活一天，对你的深情便多存在一天，永不消弭，就像我此刻伫立于江头听那不断逝去的江水声。何等绵绵深情，一浪推着一浪，已推向无以复加的新境。在这新境中，听声入情，视觉与听觉，包括个人的情感交融贯通，虽然读罢，依然能听到江水的回响，悠悠不尽。

但杜牧的心却从来没限定在某个人身上，有过留恋，有过驻足，但从未深陷，双脚似踩在细软的花絮上。他是孤傲的贵族公子，家世显赫，祖父杜佑便是德宗、顺宗、宪宗三朝宰相，且博古通今，为一代文宗。他曾骄傲地告诉世人："旧第开朱门，长安城中央。第中无一物，万卷书满堂。家集二百编，上下驰皇王。"故而，这世上本来就很少有什么东西能让他低头，也很少有什么东西能独占他的心，所以他在看待外物的时候，多以欣赏的平视眼光，而不会仰视崇拜什么，也不至于俯瞰鄙视什么。然而他并不满足于祖上的显赫富贵，想通过自己的才学匡扶社稷，他的视野一开始就是那么广阔，基于家族，思虑国家，放眼天下。不满20的时候，还曾为《孙子兵法》作注，研究国防军事，为唐宪宗写下诸多事关藩镇割据的策论，被当局采纳，卓有成效。23岁作出《阿房宫赋》，他在二十出头的年纪便对唐敬宗大修宫殿、劳民伤财的行径进行了尖刻的讽刺与痛诉，还记得其中振聋发聩的"独夫之心日益骄固，戍卒叫，函谷举，楚人一炬，可怜焦土"。我看到他壮怀激烈，那力求恢复盛唐、敢为天下先的气魄，神采非凡，才气纵横，直追西汉的贾谊。25岁的时候，又进士及第，高步通衢，名满四海。很多人处在这样的位置上，如何经受得起这么多的光环？可他是卓尔不群的王佐之才，是日后接替爷爷宰相大位的最佳人选，骨子里有着异于常人的冷静，从他日后的咏史诗可以感受得到。别忘了他受教于一个史学世家，他本人也是杰出的史学家，生来对人情世故、万物兴替有着敏锐的洞察，加之安史之乱对他心灵的触动，他已经把自己的仕途得意与国家命运融合在一起了。见《唐才子传》说他"刚直有奇节……敢论列天下大事……尝以从见悚更历将相，而已困踬不振，怏怏难平"，便是最好的概括，他刚直有风骨，敢于在朝堂之上，论说天下大事，一副"如欲平治天下，当今之世舍我其谁"的济世胸怀。说到这里，我们便可以想象这与他后来的仕途不得意，形成了多么大的心理落差，他的灵魂经历过多么酷烈的撕扯之痛。然而，他的刚直敢言的勃勃英气受挫以后，与他耐人寻味的苦笑以及那份更加成熟的优雅混合在了一起，至此一个在文学史上独一无二的杜牧降生了。可以看出，他之后的诗文出现了更多的变幻，即便情致与思维处于跳跃中，依然能保持稳健，如"一骑红尘妃子笑，无人知是荔枝来"，处于深宫的杨贵妃和摘荔枝的使者完全处在不同的空间，但被神奇地放在一句诗中和谐了；再如将尖锐的讽刺柔化为绵里藏锋的"南朝四百八十寺，多少楼台烟雨中"，意思是南朝皇帝以佞佛著名，而杜牧所处的时代佛教也是恶性发展，它们矗立于温润的江南，被烟雨润着，颇有借讽之感。可见，不论什么样的题材，杜牧都能赋予新的风韵，不致流于平常。让人联想到一个情致婉约、丰神灵动的醉公子，手持一杯薄酒，爽朗一笑，便能将不同的色彩、感受、事件，在胸中调和得浑然天成、圆润无极，不管从横向还是纵向上，都有丰富的韵味。这是他造美的能力，可以将精神中极度不甘心的落寞，和生来贵族特质中的优雅与闲适融合一起，似疏影横斜，暗香浮动月黄昏，魅力无限。如他写的《齐安郡晚秋》：

柳岸风来影渐疏，使君家似野人居。

云容水态还堪赏，啸志歌怀亦自如。

雨暗残灯棋散后，酒醒孤枕雁来初。

可怜赤壁争雄渡，唯有蓑翁坐钓鱼。

云容水态，雨暗残灯，闲来一壶酒，自在啸歌，如此简单就构成了他眼中的"野趣"。遥想当年赤壁之战，群雄逐鹿，风云并起；而今这里尘烟消散，感受最真切的就是眼前一个蓑翁钓鱼，再大的风尘最终还是会被驱散为江上的薄烟，若有若无了，整个的心境、诗境都归于异常的平静。而中途写到的赤壁大战的笔法跳跃，仿似一波惊起的灵动曲线，汹涌陡直，然一泻千里，化入平缓无奇的海之声中。这写法看似很突兀，但这是基于一层很深的人生体悟，不是冲写景而来的。杜公子站立在时空的最深处，感慨古今不乏英才之士，谁又能敌过沧海之变？多少始料未及的咆哮、挣扎，一晃成了江面上的影像。实景也好，虚景也罢，如果最终是以平静收场，还不如一开始就守以虚静，从容无哀。

置身在落英缤纷的美景前，不被飘零的落花扰乱，而能平心体悟飘零背后的东西，将浅薄的审美拓展为纵深的意蕴，这是需要很深的功力的。杜牧作为一个美学的践行者，他很早就有了自己的理论，在《答庄充书》中主张文章应"以意为主，以气为辅，以辞彩章句为兵卫。"即把作品的思想内容放到首位，形式必须从属于内容，而他在具体的实践中也遵照这样的思想，时时都在严格地规范自己的创作，为事而作，不无病呻吟。他无愧为贵族文学的代表人物，从不像市井文人那样把文字当作玩乐的工具，故而我们能从他的诗作中读出一个文理皆备、血肉丰满的世界。这正是文字更高贵的地方，绝非用来排解情绪，而是帮助我们自己通晓世事百态，看破人情冷暖，体悟天地间无穷尽的深邃之道。杜牧经常把自己仕途不顺的悲怆，放置在几千年历史的悠悠长河之中，那轻盈的身形与不同时空的悲怆之灵偶遇，好像唯有苍茫的自然之物才能读懂自己。可以说，从来就没有人能像他那样将悲怆表现得清新飘逸，在含蓄的诗中饱含人事沧桑，绝非"悼古伤今"四字这般简单。如《题宣州开元寺水阁》：

> 六朝文物草连空，天淡云闲古今同。
> 鸟去鸟来山色里，人歌人哭水声中。
> 深秋帘幕千家雨，落日楼台一笛风。
> 惆怅无因见范蠡，参差烟树五湖东。

六朝的繁华已为陈迹，被荒草覆盖，绵延连空。那天淡云闲的景象，何时变过？过去、现在不还是一样？还记得我第一次来，是八年前，那时我还年轻，神采飞扬；而今，鬓已有了白发，中间多少故事，我已记不起来，只有重登上水阁，再听那东流的江水。我看到，飞鸟在山色的掩映中或隐或现，无法飞出；我也听到了，江上的歌声如泣如诉，掺杂在水里。深秋的密雨说来就来，为千户人家挂上了层层的雨帘；而我一直站到黄昏时分，在楼台上享受落日的熏照，闭目倾听晚风送出的笛声。一次简单的登水阁抒怀，却沉醉于辉煌之不可追的淡淡悲哀中，真是一切皆空。再大的幻灭，终归于自然的平静中，就像一切都不曾发生过，朦胧中仿似看到范蠡泛舟的身影，就在这条江上，他功成身退，千百年后依然那样自在。你若觉得不存在，亦可当作幻梦的惊醒，存在与虚无从来都是阴阳两极，只不过阴阳交合以后生出了太多的变数，所以世事一会看上去朦胧，一会明丽，永远是这样。杜牧被朝廷外放他地后，俸禄难以养家，同时朝政的昏庸与党争让他彻底失望，便回到了自己长大的地方，在祖上留下的樊川别墅中徜徉于诗文。他以秋客之心，将自己的半世不如意化为沉吟，如"草色人情相与闲，是非名利有无间"；再如"浮生恰似冰底水，日夜东流人不知"。这是与自我的对话，也是对大千世界的体察，他脱下了代表贵族的头冠与华衣，一边继续着对人生的思索，一边饮下凉凉的秋风。

前半世的繁华，后半世的萧索，长于春梦几时多。他的《泊秦淮》："烟笼寒水月笼纱，夜泊秦淮近酒家。商女不知亡国恨，隔江犹唱后庭花。"将那种悲凉写得很淡，不露声色；将月下的秦淮河绘得很虚，如梦似幻。他的闲愁化为浮云，带着江南山水的清雅。在那里，桃红柳绿，莺啼燕舞，花草争妍，无一不是赏心乐事，至少可暂时平复内心的不快。在那里可以纵情高歌，可以恣意观瞻，少了很多世俗世界中的禁忌与教化。多少人即便一贫如洗，依然可以保留自我的情调，至于功名利禄的干扰，也在娴雅的境遇中被冲刷得荡然无存。江南的意蕴是宽容的，谁都能在这里获得退而结网的从容，给自己的精神带来一种拓展与升腾。所谓仁者乐山，智者乐水，在一片清丽之中，性情也多倾向于飘逸灵动了，思维也愈加细腻活跃了。在一片水乡之中，总能感受出玉的特质，温润、纤巧，伴着这美的感觉，看松影也仿佛与云齐平，倚春风，弄明月，都与凡尘没有多大的关系。这里有的是绝代佳人，生来有和贵族公子相配的高贵，无论在哪里，始终如一。那时的女孩子，要不坐在轿中，无须用帘纱遮掩，率直无饰；要不斜倚在烟雨楼台，痴痴凝望，饱含无限相思。其实，她们很简单，最大的幸福只是和心上人多待一会，而不勉强他们留下，因为知道留住人留不住心，还不如将美好时光珍藏在记忆中。而对于公子而言，落魄江湖之时，临走最想看望的不是高官大绅，而是她们。当公子又处于世俗恶臭的包围之中，心头萦绕着的是她们美丽的倩影，除了信物的交换以外，彼此回赠诗情，以片刻浪漫报对方一世倾心。当相看执手泪眼时，是那么温柔，不忍碰触，仿似读懂了彼此全部的沧桑。天长地久有时尽，又能怎样？掩卷遐思，对方的轻音慢语，如邻在耳。

很多人都像看笑话看另类一样，看待杜牧的青楼韵事，以为结交艺妓便是为了性爱的快活，事实上，他是在追求一种远远高于性的生命体验。与女性无拘无束的时候，除了有诗情漫溢的大自在，亦伴随一份美的感动。他是发自内心地欣赏女性的美，美人如花，美人如画，待以尊重，充满怜惜。如他在著名的《赠别二首》之一中写道："娉娉袅袅十三余，豆蔻梢头二月初。春风十里扬州路，卷上珠帘总不如。"这是他离开扬州赴长安前留赠妓女之作，杜牧笔下的女子青春可爱，轻盈袅娜，步履幽幽，载瞻载止，13岁多一点的年纪，就像早春二月枝头的豆蔻花，扬州十里，满城红粉，可卷起珠帘一看，总不如她。而最让人难忘怀的是他的那首《遣怀》：

落魄江湖载酒行，楚腰纤细掌中轻。

十年一觉扬州梦，赢得青楼薄幸名。

　　道德君子会指摘他的放浪，声讨他与大众不合，并投以不屑，而这些人的居所多藏污纳垢，大唐的天下快要亡了，他们还热衷着党争的尔虞我诈。杜牧由彻底失望转入厌倦，感到歌妓比这些人真实太多了，她们是子夜歌者，说是在唱曲其实是在唱自己，同是天涯沦落人，相逢何必曾相识啊。作为一个踱步在黄昏中的秋客，杜牧没必要回避什么，他大胆言白，十年空华的空虚何以追还？想做的却不敢做，应该做的没办法去做，只能在青楼之中空耗其多余的热情。悔恨之余，他会回想起自己当年意气风发，向"王佐之才"努力的岁月，为匡扶社稷写下大量的策论，但以后的人们都只记住他的浪子之名。在以后的历史中，人们对"风流"进行了新一轮的诠释，觉得就是像唐代的杜牧那样，仗着才华，放浪性情，和妓女厮混。后世有多少无耻的文人，打着杜牧的风流牌子，随处拈花惹草，以文人性情为自己的劣行辩护。人们忘记或是根本就不愿了解一个全面的杜牧，有窥淫癖的俗人只会想怎么好玩怎么来，必须重提杜牧的豆蔻词功，一定不能放过杜牧的风流韵事。可悲啊！若杜牧在天之灵，知道人们过多提起的是"赢得青楼薄幸名"，会做何感想？然而仔细一想，他之所以敢这么去写，更说明他早已不在乎后世的人们怎么看自己，只不过蓦然回首的时候，嘴边轻吟着四个字"人生如梦"。这不是什么积极或是消极的人生态度，他仿似用经验告诉人们一个道理：别总是说别人沉醉梦中，谁又能保证自己不在梦中？怕是良辰好景虚设，便纵有，万种风情，更与何人说？看来上天选择让杜牧做一个纯粹的诗人是对的，他生来就比那些现实中的贵族还要高贵，比多少朝代的文人还要清醒睿智。我想，古往今来，多少人不顾一切追求太阳的光明，却难以适应从光明的辉煌转入夜晚的黑暗；多少人不愿承认人前欢歌、人后惆怅的悲怆，却忘记了日暮黄昏的味道。我看到，依然存有贵族气息的文士，静穆的外表下，依然留存有昔日的俊朗。他振沙衣而出门，步徙倚以遥思兮，喟叹息而微吟。最后坐在台阶上对着日暮秋光，淡淡地笑，来往的路人会以为他是一个无所事事的闲人，明显有些潦倒，可又不把柴米油盐放心上，真是怪人！而他自己心里明白，贵族也好，浪子也罢，如今只有秋客，那些缠绕了很久的心结在夕阳下全部消退，皇图霸业谈笑中，不胜今宵一场醉，他绝不会辜负眼前的一杯酒，即便是浊酒。秋风荡过，又有一些红叶散落，不管它们是否愿意，都是在以无言的方式顺应天道。

·

月下微醉影自若

　　不思量的微醉，让我忘了来时的方向，心舒畅如洗，是神虚中的淡雅，贴近了自然之道。

　　我不再将生命粗浅地定义为：必然的陨落。有多少人皓首穷经追求智慧，却一脸的苦态。这时候，酒便成了众人必不可少的精神寄托，不管内心积压多少的苦痛，先喝酒再说话，用曹操的话讲便是"何以解忧，唯有杜康"，有酒相伴便显得万分知足了。可是酒醒以后苦痛并未消失，问题并未解决。原来酒并不能稀释掉自身的烦恼，酒醉中的"忘乎所以"并不是"无我"的境界。还有些人带着古时的情致，为求"逍遥"，便沉醉下去，以为这样代表了自己的洒脱与卓尔不群的高贵，其实那不过是任性放逐，不是真正与物为一。酒，确实承载了太多人独有的性情，难以言尽的情感；同时，又让人欲罢不能，呼唤着人隐藏的野性。依我看，狡猾的酒神旨在教会人一种真智慧，即便情绪被挑动，自己依然能够很好地掌控，与那个激烈的自我和谐共存。不管是饮酒还是没饮酒，遇事还是没遇事，都能扼守自己的位置，与周围事物相配，动静合宜。所谓陆沉于俗，避世金马门，宫殿中可以避世全身，何必前往田园乡村才能求得安稳？何必非得在清醒无事的状态下，才能保持平和？

　　说到"醉"，不是只有喝了酒才是醉。有时候不喝酒也照样迷迷糊糊，大白天的模模糊糊，在处处充满了流言蜚语的境地下，自己的判断也处在左右摇摆间，却坚信自己是有主见的，有思想的。这难道不像是"醉"的状态吗？虽然在现实中再平常不过，实难避免，但醉也不该是消沉的醉。自命风雅之人，就会写什么"孤鸿鸣叫，倦鸟啼吟"的烂句子；换作市侩粗鄙之人，就拼命地谩骂现实，总是不够解气。从本质上来讲都是一样的，不懂崇尚智慧而谦卑于礼，不懂静观现实之变而观其会通，只是一味活在自己与他物的幻象之中，走也走不出，只能逼得自己做出越位的行为。无论古代的人还是现代的人，都喜欢彰显个性，崇尚独立自由，而恰恰酒便充当这样的辅助剂，让人醉出个性，醉出了潇洒，至于无形中惹上的消沉色彩，他们并不在意。他们深谙"活在当下"之法，即当下简单充实之欢才是最紧要的，如难遂意，释放为先。人们说魏晋时候的竹林七贤就是饮酒的代表，七个人常常集会于竹林之下，肆意酣畅，个个嗜酒如命。据《晋书》记载，刘伶对家业漠不关心，曾赶着鹿车，携带一壶酒，对带着荷锄的仆人说，"我死了就把我就近埋了。"妻子哭劝，刘伶说，戒酒需祷告鬼神以示庄重，请安排祭祀的酒肉。妻子听了很高兴，很快就把酒肉供于神前，而刘伶却说："我刘伶这个人啊，天生以酒为名。女人（老婆）的话，万万听不得。"拿起酒肉一顿狂吃狂喝，又是烂醉。另外他有在屋内裸体行走的习惯，有人批评他有伤风化，他反讥道："我以天地为房屋，房屋为裤子，你钻我裤裆里来干什么？"当然了，他可能觉得这样醉出了自己的个性，以"高士必有异于常人之举"作为自己的指导思想。阮籍也会刻意凸显自己另类的傲骨，越惊世骇俗越好，世俗人认为按照礼教不能为自己的嫂嫂送别，他就偏要去送自己的嫂嫂。他们恨虚伪的礼教，便以礼教所不允许的做出回击；他们看清了现实的丑恶，就以怪诞的放纵表明自己的不满。这算哪门子化解愁闷的方法？别人活着不能全顺着自己的性情，自己就要试图放开，这又怎么能算作洒脱？我看不到酒在这里发挥了多少益处，只看到助长了人骨子里的顽劣，同时我也没察觉到"个性"有多么高贵，所谓"俱生无明"，本身就带有些许愚昧。年轻人嘛，常常把"个性"当作获取独立自由的通道，往往尝到的更多是代价。因为那个时候，我们还未孕化出与这个世界相处的方法，不懂得如何安全而有效地前行，不小心便把"个性"玩成了乖戾，在布满荆棘的路上又多受一些伤痛，然后便以自己的方式发泄心中怨气。不是说文人喝酒就一定是雅事，喝出个性喝不出神韵，还是没什么内容，还是停留在形式上的潇洒，过过瘾而已。你想玩醉生梦死，别人多半也是当戏看，与他们没什么瓜葛；你要觉得好死不如赖活着，心无所用，堕入沉沦，同样与人无尤。人活一世，自我的生命质量由自己决定，你可以抱着欣赏的眼光看魏晋时代的精神，大可不必推崇他们的行为。非常多的学者，会跳出来为魏晋时候的人解围，说为什么他们要借酒佯狂，托酒隐世，是因为现实黑暗，晋朝的司马氏家族虚伪狠毒等等。这就太牵强了，历史上黑暗的时候多得无法想象，兴衰更替自然循环，说司马氏家族是装着礼贤下士，其他王朝是出于政治考虑，这可真是和尚摸得我摸不得。

　　历史上悲惨的文人很多，也不见得一定颓废至此，放浪形骸可以有千万种方法，可不是每一种都能获得真悟。这些学者会说当年皇室要和阮籍结成儿女亲家，他硬是大醉六十多天，是以酣醉来躲灾，因为只有置身事外才能保存自己。可是，《晋书》记载了他不只这六十多天这样，可以说经常喝得大醉，长久在一个连他自己也说不清的迷障中徘徊。阮籍如此任性，不分时间，不分场合，醉了以后连回家的路也找不到。他是无力承受内心所受的煎熬，其饮酒的背后是对人生彻底的失望，没有魂魄，似人而非人。对于这样昏昏昧昧活下来的人，虽有上天眷顾的天才，不是糟践又是什么？虽寿终正寝，一辈子相安无事，又有什么可称道的？

我想说的是，酒并不能解千愁，把接近逍遥寄托在饮酒上，多多少少带点自欺欺人。有多少事拼命想要忘记都做不到，怎么可能一场醉就能彻底地从心坎消失？多少人以为自己在一些事情上释然了，直到后来才发现其实心结并没有解开，常言道："心病还须心药医"，酒毕竟不是心药啊。被当时人称为"江东步兵"的张翰，也是有名的嗜酒放荡，有人问他："你怎么可以如此放纵而不顾及名声呢？"他是这么说的："与其身后留美名，还不如让我现在纵情喝酒来得痛快！"他以为在人前撑硬气就是赢了，其实他已经输了。若是内心真不在意，也就不会这么回应了，他会选择沉默，任别人去说。我记得王孝伯曾说过什么是魏晋名士："名士不必须奇才，但使常得无事，痛饮酒，熟读《离骚》，便可称名士"。这么看来，"名士"真是门槛低到鱼龙混杂，大家经常聚集在一起，比谁最先在酒中忘却自己，比谁能痛快地抛开世俗的羁绊，体味"酒正使人人自远"。

遗憾的是，酒并没能把人心带往远方，睁开眼到处都是殇风拂尘、残夜破竹，掩埋浮世，惋叹沉沦，充满了固执、错乱的直觉，是剪不断理还乱的纠结，而不是想方设法接近极高明的心境。他们饮酒的动机在哪里？在诸多的传记中，我厌烦了所谓"空有一腔热情与才学""报国无门""怀才不遇"，这低劣的水平没有任何境界与耐人寻味的地方，这时酒又加剧了他们的悲伤，让他们站也站不起来，彷徨而无归宿，躺在那里等着死去。我承认饮酒确实能获得一些美感，但饮酒毕竟不能代替修行，他们关注与探究的都是《老》《庄》形而上学的本性，过多集中于如何减轻自己的精神苦痛，如何进一步体会玄奥的道，而不是去领悟内在的"常住之法"，以使自己真正获得释然。所以说，就算你熟知《庄子·知北游》中提到的"万物仰仗道"，"道无所不在"，也不过是停留于口头诵读、和别人交流交流体会而已，难以通而化之，使经典深义日见其行。因为绝大多数的人都在那儿自由发挥，不是到经典中探求大道，而是拿自己散漫的性情来曲解经典。就像喝酒，可以一个人喝，可以一群人喝，可以坐下喝，可以躺下喝，醉了便说东道西。总之对我而言，世间的"道"太玄妙了，我不敢妄言，不敢妄行，仅略懂一点顺乎天性的自然之理。尽量让自己放松，少喝一点酒，卧在船的甲板上，任晚风轻抚着宽松的衣襟。故而饮酒乃至饮天下各种琼浆，从不在量上取胜，顺其自然，温文尔雅，从不伤害自我的健康，也不怂恿着别人过度饮酒，伤及他人。带着这样的思路，即便自己独卧林泉之下，虽然没有丝竹管弦的盛大场面，也能一边喝酒一边吟诗唱歌，散发的是内心的幽情而不是伤感。这才是经典的要义所在，和纯粹以酒精麻痹自我是不一样的。当时的很多文人服膺于"以无为本"的理念，照着这四个字走，自己也不明白抽象的"道"是什么意思。而王弼又在他的《老子指略》中说："玄，谓之深者也"，文人们又不明白什么是"玄"。总之社会上流行谈什么我就谈什么，终于自己越活越不明白了，虽然在世人眼中看似放达超脱，然而现实的风暴一旦来临，立马摧枯拉朽了。

酒，确实能够焕发人的天性。与人最自然的气息相契合，顺应天性即可，不一定要以极其宝贵的生命去书写一世猖狂。后来的杜甫在写给李白的七绝中感慨道："痛饮狂歌空度日，飞扬跋扈为谁雄？"当时的李白被赐金放还，与杜甫幸会于山东，诗坛双雄际遇坎坷，却情志相投。杜甫看着李白不免心痛万分，但又知劝解无用，只好感慨道："像您这样意气豪迈的人，如此逞雄究竟是为了谁？"我后来去外地游玩，与一文人相伴，一路上他酒不离手，醒来就喝，醉了再睡，一次他从口袋掏出"救命药"，在我面前得意地晃了晃，"来点不？"我淡淡一笑，"那是你的药，不是我的药。"我不想做什么评价，只是很相信酒神的魔力，有人好色，觉得肉欲让人迷惑，其实对于既好色又好酒的人来说，二者皆有难以言说的魔力，不过局外人看热闹，内行人看门道。西方的尼采以"陶醉的战栗"言明了人在自然中能够获得的最奇妙的感觉，自我的尊荣在与神迹隐秘地发生联系，陶然忘步，混然忘言，哪怕周围萧瑟殆尽或是充满了刀劈斧凿之音，那种适度的快乐也不会减低。这感觉极尽真实，理清人的思路，消除人的疲惫，是以超世眼神看一切物如何在自然中各司其职的。有时，人的心境的修炼就是为了能够合理地处理这种本能，很好地照顾自己保全自己，让灰暗的生命恢复生机，更好地延续下去，而不是拿生命中必不可少的苦涩来作践自己。人最自然的天性中并没有仇怨，而经历了太多以后，应该学会的是化解它们，如沐春风，冰雪消融，打破原有的执念，由始至终去维护一个完整的自我。东晋时候，桓温专权意欲逼迫简文帝退位，恰逢谢安出任宰相。桓温自负才能过人，企图发动北伐来建立功勋，然后回朝受九锡之礼，以图篡位。正当他威势极盛的时候，谢安见他也行遥拜，让人感觉二人的关系像君臣。同年三月，桓温上表求九锡之礼，谢安见桓温病重，以袁宏所作锡文诏书写得不好为由，命其修改，借此拖延，硬是拖死了桓温，树立了自己崇高的声誉。谢安扳倒桓温后，长久地在朝堂上安然自若，网罗人才，谨言慎行不做任何逾矩之行，即便是在战争吃紧的时候仍能谈笑风生。以明亮的眸子、淡泊的心境看待世间的凡俗，江山如此多娇，谁说站在朝堂上，就一定看不到，就一定远离了人世间的美好？想想看，有多少人凭借王霸之气想要征服天下，最终身死人手为天下笑，大秦帝国历二世而亡，蒙古旋风不过百年；而自古真名士自风流，长身而立，举觞望青天，皎如玉树临风前，于谈笑间化解干戈。谢安没有过多饮酒的记录，但他不管身居何处都像是无事之人，那份从容的欢乐并不需要依赖饮酒获得，处在那样一个凶险的时代还能保持难得的冷静，娴雅温和，处事公允明断，不专权树敌，不居功自傲。他作为高门士族，能顾全大局，将谢氏家族的利益有效地服于国家，其身上真可谓儒、道相济。竹林七贤之一的山涛的酒量非凡，《晋书·山涛传》记载：山涛饮至八斗方有醉意。晋文帝先给了他八斗酒，然后偷偷地往里加酒，而山涛喝到八斗就停止不喝，任凭朝臣怎么劝酒，都不再多饮一口。《荀子·正名篇》说得好："欲虽不可尽，可以近尽也；欲虽不可去，求可节也"。饮酒的兴致到了才是重要的，从不去挑战什么酒量，而在乎一入神醉，整个人都变得灵逸潇洒。然而饮得太多，破坏了饮酒的兴致，那美妙的感觉也就不复存在了。所以说节制之谓"中"，最佳的条件才会发挥酒最好的效力，让那份悠然自得更长久，更回味无穷。

我是很少崇尚什么的，对于我愿意谈的东西往往更倾向于欣赏。我清楚，如果一个人的情感总是处于疯狂的爱或切骨的恨之状态，那他的精力每天都会处在巨大的消耗中，如同坐在船上左右摇晃，随时都有翻船的隐患。抱着这样的态度，对于魏晋文人，我欣赏的是独立的人格与飘逸的洒脱，而不是每天醉生梦死，酒是对这种魅力最好的诠释。酒本身既不代表破，也不代表立，就看我们怎么发挥了。我体会着酒的深意，留一抹淡淡的醉意，听着风声，听着鸟鸣，听着自己的心律。得来片刻的清爽，就充分享受片刻的时光；有半点幽雅的景致，就安心品味这半点风景，不必等待。不需要华美的屋舍，脱去冠帽，披上几件普通宽松的衣服，随意读几卷诗，漫步行吟。若累了，再小酌几杯，索性高卧松林之下。内心虽然是方寸之地，却能够无限幽广，这不单单是酒的效力，是运用酒去引发内心的灵性与优雅，这不是短暂的幻象，而是触指可探的存在。每到晚上，酒意未消，圆月催我闭上慵倦的双眼，在迷人的静谧里去寻求一道姿影，我似乎看到了自己那清澈的双眸。醉中心袒露在天地间，约三两个朋友，整一盘花生米，拌点碎牛肉，一边唱歌一边絮叨；若是自己一个人，吃点干净的素食，放放自己喜欢的音乐，喝那么两杯。喝完，记得把盖子拧好，留着日后慢慢享用。那日后万一穷到喝不起酒呢？兴致来了，以茶代酒有什么不可？说不定那个时候，喝茶的感觉比起喝酒还要美妙。写到这里，大家可能要说这不过就是诗意，只有诗人才会这样。而在我看来，这是自我天性的释放，舒畅如洗，每个人都有。一杯酒代表一份情，缓缓饮下，一往而深，连周围景物都为自己动容。不见得一定是敬给爱人，敬给朋友，也可以敬天，敬地，敬被风吹散的万点花絮，还可以敬清晨晶莹欲滴的露珠。更加不能忘记的是敬自己一杯酒，虽然自己不是足够好，但却是独一无二的。而此时此刻，我感觉到自己变得简单了很多，提壶临江而饮，真觉得眼前的烟笼寒水才是真谛，谁也惊扰不到。美妙的酒香，清扫着杂念，清扫着残余的愁思，这就够了。我的心平了很多，越喝越加清醒，清楚自己想要的是什么，内心的所爱又是什么。白日不敢面对的，或是没时间面对的，在此刻醉的状态中一切都被重新审视，潜藏在深处的东西一下子都涌现出来。我记得我以前想当一名作家，后来发现其实追求的是身心合一的状态，只是通过文字载录的方式来自我观照；我以前觉得行者就应该走遍大江南北，结果在西湖饮酒的时刻才知道，这里才是我的宝地。时空迁流，而万物不都一直以自然为性？唯有自性恒久不变。我在人潮里，遗忘了来时的方向，也开始贴近自然之道，没有什么是不可以疏通的。我向往气静神虚，向往心灵的通亮，不想看到心依然落于窠臼，浮想联翩。我感受到太阳是没有思想的，但它的光芒无意识地遍照一切，刚健而又中正，纯粹而又宏大。我看到了，冬已逝，冰层推涌，歌之激昂，舞之欢畅。

　　我确实有点醉了，不是因为喝了很多的酒。就喝了一小盅，意态微醺，看花半开，饮出了一片风景。大醉的神魂迷乱怎么比得上酒饮微醺的淡雅，此刻的风与月就像我的伴侣，即便意兴阑珊之后，它们也能陪伴着我回家；我也能灵动挥洒，步履轻盈，不至于跌跌撞撞，洋相百出。因为要潇洒，脑子不清楚可不行，没准儿一出门就摔个四脚朝天；想太多也不行，乱七八糟的事累积心头，走路都一个脚步一个坑。我感受到，不思量的淡然才是无上的境界，酒韵如此，琴韵也如此。饮酒到了一定程度，让人身心涤荡，真情涌现，忧郁与孤独也都不翼而飞。

　　现在，我还喝着酒，哼唱着小曲儿，尾句是元稹的一句诗文："江花何处最断肠，半落江流半在空"，恰到好处的优雅总有一份可贵的理性相随，无论思维如何来去变化，都归于一种大的空性。原来我听到的万籁，包括树上鸟儿的鸣叫，不过都是道自然而然的体现，所谓"可贵的理性"，不过是知晓了一点随顺之法。阮籍在微醉的时候，当儿子表示也想加入他的队伍，他立马劝阻儿子不必这样，应和家中其他人一样平常生活。鲁迅认为阮籍拒绝了自己的儿子，正说明他对自己的行为不以为然，但我认为，他是在真诚地传达自己那样的生活方式并不适用于所有人，是综合了各方面的条件、情况后说的。微醉状态下，往往精神会存在着深沉的思考，看清了现实世界中一些假面貌，也看清了自己的思想过多的是对真理的颠倒妄见。真可谓，要想彻见事物的本质，不思量便是最深的思量。我想，酒的存在不是为了让人的贪念、嗔恨日益严重，喝多了和人吵架、乱发脾气、破罐子破摔，让现实中的矛盾继续加剧。它更高的使命在于，教导人们内观自己的本质，把生命中累赘的东西剔除掉，把有用的、珍贵的、纯粹的东西留下。这是诚的高贵，是真性情，真血性，饱满的赤子之心，有一说一，有二说二，勇敢而有味道。就有这样的人，总是在不经意之间留下他的轮廓，他的影子，他的高远脱俗的气息，绵延不绝。不同于趋炎附势之人，因为坚守自己也能很自若；不同于拈花惹草之人，因为有些东西并不值得多看；不同于忙忙碌碌的是非之人，因为没有那闲工夫。即便没有人捧场，或是周边的看客也走光了，他也能独自一人举酒江上，放眼都是生机，举目皆有情趣，类似司空图《诗品》所言："空潭泻春，古镜照神"，以静照达到空远，纯净而又鲜活。要知道酒不是麻醉剂，不是壮胆药，是独抒性灵的一种媒介，让人越活越充实自然。与其说酒是在激发人洒脱无拘与至情至性的一面，不如说它滋养着人最纯粹的一面。说到最纯粹，该是心如玉质吧？我感怀27岁早折的天才谢惠连及他的传世名作《雪赋》："白羽虽白，质以轻兮，白玉虽白，空守贞兮。未若兹雪，因时兴灭。玄阴凝不昧其洁，太阳耀不固其节。节岂我名，洁岂我贞。凭云升降，从风飘零。值物赋象，任地班形。素因遇立，污随染成。纵心皓然，何虑何营？"白色的羽毛虽然很白但很轻，白玉虽白可是里面很空；一切都不如这白雪，随意地飘散然后落地消失。月亮辉映，不能掩盖它的皎洁；太阳照耀，也不能驱散它原有的气节。它随云升降，从风飘零，遇物体有了形状，随着地势而变化形态。它就像一个虚静的灵魂，刚散落的时候洁白，融化的时候被车辆碾脏，都不在乎，它从未有什么忧虑，随遇而安却从未流俗。我联想到嵇康的归隐，不仅仅是一个行为的选择，更是不滥于名义上的归隐，离所谓官方的哲学、僵化的教条规则越来越远，而离道的本质越来越近，比于赤子之心，终日伴着曲水流觞，依水而坐。这样的高士，在任何时代都有，即便像无瑕好玉一般稀少，但不会绝迹。他们孑然一身，不问世事，脱去陈衣，依然精和之至。可以想象，酒在这样的人手中，也成了玉露琼浆，专为自己提神补气，疏通经络。故而我们看这些饮酒之人，从始至终都那么神采奕奕，每一个举止都那么雍容不迫，即便漫步于月下也是一道清净自若的影。

象中的体悟

随心·本心

　　若迟迟意识不到自己的固执，便无从靠近"随心"的自在；若迟迟不去观照自己的"本心"，便依然障碍诸多，心眼昏暗。

　　这世上的知识有多少，我不知道；这世上有多少本书，我也不知道。如果费尽心力积累东西只为填补内心的空洞，只是做给人看说给人听，我宁愿揽一壶酒长醉不醒。我厌恶故作高深的行径，以自己学了一些高深的理论为荣，从自己的高度出发看什么都是那么简单粗俗；或是干成一个项目，经历了一些个事，就觉得自己涉世很深了，便到处兜售自己的人生智慧。我曾听身边的人说，有一位爱好哲学的年轻人想要去大学拜访一位教授，好不容易预约上，没说几句话，教授低着头抛出一句话，"你这就是野路子，我们这里都很专业。"以知识画地为牢，真的好吗？以痴暗之心拒斥别人，真的对吗？我不由联想到现实中宣称修佛炼道之人，把诵经打坐当作高深的修炼方法，习惯居高临下，不断背离修行的宗旨，固执地认为持一个咒就能如何，念两句佛又能如何。民间不是还有大量的高人会杜撰自己的神秘体验，让没有体验的人信服吗。这不过也是在延续一些妄想，欺侮少知之人。凡此种种，若扶衰犯霜露，疲惫不可状。我想起，在《如来藏经》中以九喻说明众生本都有佛性，如清净无瑕的琉璃宝，虽身藏在污染中，但光泽不损分毫。每个人各行其是，随遇而安，无不受着佛光的恩惠与开导。谁也不想为了纠结所以纠结，过好自己的生活，提高生命的厚度，不同样也是哲学的实践吗？何苦逢人便宣扬自己所知的才是正确的，别人都是错的，安安分分去做不就行了吗？要是自己能够把所学知识贯通得很好，还怕别人看不到吗？人们熟知的观音菩萨，为什么叫"观音"？就是因为他内观成道以后，善于聆听世间一切的悲苦声音，寻声救苦，以普度苍生为己任。他一心求法，以身证道，化身万千，哪里都有他的影子，故而说他"无所不在，所以自由自在。"因此，在我看来，任何一门学问是神圣还是扯淡，在于用者如何去把握自己的心。

而我，以前只知道跟着自己的心走，以为那才是自己想要的；后来我产生这样的质疑：若是之前一直徘徊在混沌中，就没清醒过，难道也要跟着心走吗？有限的生命里，谁不惜时如金，但往往一入现实便搞成了舍本逐末，后悔中再次提醒自己惜时如金，然后在自我原谅中回归了旧途。人总是在螺旋的形态中缓慢地成长，摸索着寻找一条真正适合自己的路，这远比增进某一方面的才华难得多，因为成长往往伴随着巨大的代价，走着走着很容易就走歪了。有这样一位女士，她活在"才子佳人"的梦里，进而努力把自己打造成佳人，把增进才华当作现实中的头等大事，成日养在深闺，一边以写字画画打发美好的年岁，一边躲避阳光的刺激，害怕外界污浊灼伤了她的娇嫩。当男人的关怀与怜惜纷纷到来，她一边垂泪一边窃喜，越让男人高攀不起不是越能体现"金屋藏娇"吗？果真是演戏文的高手，时间一久，便人戏不分了。让她踏踏实实找点事做，哪怕开个小卖部也行，怕是菩萨劝都难。也曾经有一位才子，跟我说要过他的理想生活，只想花前月下，也没什么正经的营生，两人真是一对活宝。他的问题倒不是狗血的电视剧、电影看多了，而是不看正经的经典，偏偏在一些不入流的东西上下功夫，受了柳永这些人的戕害，学什么风花雪月，与女人风流唱和的本事，然后把诗文中意淫出的"温柔富贵乡"带进了现实中，他还不能轻松地游走于梦幻与现实之间，和人聊着聊着就蹦出几句梦语，搞得对方也如同堕入云里雾中。这也算是我的幸事，有生之年遇到了这样的人们，便于我引以为戒。我吃一杯酒，从容走到他面前，淡淡地说："我一向不太喜欢多管闲事，干完这杯，听在下一言可以吗？"各自一饮而尽，我继续说道："随心，难道就意味着什么都跟着心走吗？你连屋子都没有走出，你怎么敢说这就是自己心中想要的呢？你不必着急回答我，好好去想想。"看到他沉吟的时候，也想到了曾经的自己，不好好珍视真正值得珍惜的人与物，把宝贵的精力随意乱撒，到头来，应该着重投入的却没投入多少，把一条原本顺畅的路搞成了长途跋涉。其实，何必每一件事都要亲自走一遭，若当时再清醒一点，也就没有后来的遭遇了。这个假设的确很愚蠢，但也让我更深切地体会到了当年太宗皇帝失掉魏征时的心痛，他说，镜子可以帮人端正衣冠，魏征在的时候能够通过他的谏议知道自己的得失，如今魏征不在了，自己像丢了一面镜子。确实事后的悔悟会让一个人更加看清自己，成长得也要快很多，但有些代价是难以补救的，正如我下围棋的时候也体会到的：一开始不在意丢掉几个子，接下来布子就受到影响了，棋招就慢了，渐渐明白对方的用意远远不是为吃几个子时，积势而成，结果大面积地被对方包围了。西楚霸王项羽强硬了一辈子，到死也要拿"上天要灭亡我，不是用兵的过错"这句话来表现自己的不服输，就连司马迁为项羽作传的时候也不屑地感慨："这难道不荒谬吗？"我觉得人的天然之性中隐隐有着反抗的冲动，人的心很容易跟着这样的冲动走，叛逆的孩子会反问可怜的父母，"你凭什么干涉我的自由？"打打闹闹的情侣会反问对方，"你为什么不考虑我的感受？"甚至步入社会了，也常常会反问："为什么这些人渣老要针对我？"想想吧，自己的性情被外界憋得不舒服了就会有反应，像极了喷岩浆的火山，有的人是活火山，正在喷发和预期可能再次喷发，这种人就很容易出事，乃至连累别人；有的人是休眠火山，之前喷发过，但长期以来相对安静一些，但并不确定下次什么时候来，这样的人很多；还有人已经是死火山了，已经不会喷发了，它确确实实老了，周遭尽已遭受风化侵蚀，只剩下残缺不全的遗迹，这就是饱经沧桑之后的洞悉世故了。但不管怎么说，随心呈现应该建立在经营好自己的基础上，这样才能达到一种舒缓从容的状态。否则，搞不好自己便成了丛林中奔跑的兽，沾不得水，碰不得火，即便看上去是凌虚御风般潇洒，却也只是鸿鹄高飞，惹百鸟觊觎，大家都直勾勾地看着，不见得欣赏这样的潇洒，更有可能被定义为"怪"。和大家走路的步调不一样是"怪"，这不是一个好词儿，至少说明了大家不喜欢这一套，先得反思自己的问题，因为外部环境对于一个人而言始终还是过于庞大。我过去在被人说"怪"的时候，会本能地反唇相讥，或是摆摆手觉得周围人什么也不懂，甚至以粗暴地方式享受反抗的快感，这些都是很低端的，恰恰也是最没有用的。随心的方式确实千千万万，但成熟以后的随心是智慧的显现，能让之前悬浮的自己落地，在安定中慢慢去澄清自己内在的浑浊。这种"随"，是遗落形骸以后的"自化"，处在一种缓缓的流溢之中，简单而又真实。故而无论从哪个角度都是那么如和煦春风，不仅自己看着舒服，别人看着也舒服。王昌龄之《闺怨》有"忽见陌头杨柳色，悔教夫婿觅封侯"的句子，诗文的大意为：闺中少妇心有离愁之苦，在明媚的春日，她精心妆饰，登上高楼。忽然看到路边的杨柳春色，后悔当初不该让丈夫从军边塞，建功封侯，如今怕是再也不会回来了。诗人借妇人之口，完成了对男人世界名利追捧的嘲讽，对于一个独守闺房的女子而言，功名利禄从来都是虚幻，最珍贵的莫过于简单的陪伴。正是这样一个弱女子看透了生活的本质，不去奢求什么，只怀抱着一个小小的愿望，那就是携手爱人一起享受春光明媚的美好，并将眼前的美好牢牢地攥在手心。这种随心的状态，让我联想到自然界中的珍禽，它们是那么爱惜自己的羽毛，通过身体的其他部位把羽毛捋得顺顺的，滑滑的，时不时将尘渣抖落，每一分每一秒都很享受，也很重要。

于此，我感受到的"随心"，非浅薄的随心所欲的意思，而是顺乎自然，即便是身处复杂的情况下，也能够把自己的状态捋得很顺，"有条不紊"，即以优雅之情观万物情貌。我去南方的时候，走着走着下起了雨，雨并不太大，然而周围人都"吓跑了"，或是本能地打伞，朝着拥挤的亭子跑。然而对郭公子而言，一切刚刚好，静静在湖边听雨，被雨润着，何等快意！而不一会雨大了，我正要移步于那亭子，不料一下空荡荡了，想必是人们苦等不到雨停，又"跑了"。

正是"随心"之法，让我重新看待返璞归真的含义，并非带几件衣服，去几个风景秀丽的景点，而是所到之处随时都能欣欣然，以天下之景为自己调和心境，以天下之景点缀自己的生命色彩，而最重要的是能帮助自己进入自然圆顺的状态中。即便幽居独处，也能舒畅平和，尽得生命的大趣味。听见鸟鸣，看见花落，立马拿余下的钱来买酒，拿梨花瓷盏浅斟一小口，伴之几粒花生入肚，就在这潇然闲适中忘记身在何方。苏轼在《李氏山房藏书记》中有"出新意于法度之中，寄妙理于豪放之外。"无论旁边站着什么人，遇到什么景，都能八度和弦，妙不可言啊！那次的江南之行，让我更着迷有水的地方，看着微波荡漾，不禁感慨："心性若能够像水那样多好！在平地的时候，能够潺潺流淌，任意东西；在山石曲折的地方，又能随着山形地势，从间隙中流出。"就算繁华被剥掉以后，水不依然在流吗？依然见春风如酒，夏风如茗，秋风如烟，再看过往，没有什么是不可以和解的。我礼貌地对曾经有过不愉快的人伸出了欢迎之手，邀请他们去优雅的餐厅做客，很快，过去之事都付笑谈中了，世间所有的事不都是可以相互转化的吗？直到我发现这些人中也有不少才智之士，或成为朋友或成为可敬的对手。同时，也没有什么是可以一直迷恋的，过去之所以执着某物，不过是没遇见更好的，可供筛选的其实并不多，任何一种思想上的狭隘，回头一望，尽是风中飘散的沙尘。我的确变了，以前看《朱子语录》的时候，朱熹说圣人气象虽说是非凡的人才有可能拥有的，但常人也能作为一种人格培养，让涵养充塞于胸中。而今这么一看，怕是说笑吧，哪来什么圣人气象，大家不过都是一些"现代意义上"的普通人，过着各自的生活，偶尔能在一些事上有些气度便是极好，还奢谈什么过高的涵养呢？古时文人有指责别的文人为"陋儒""贱儒"的习惯，严格评判着对方的每一点过失，放在现在大可不必。因为谩骂之风大行其道，放眼俗态，俗态便是最正常之态。如路上遇到那些招蜂引蝶之女子，不管什么样的衣服都敢穿，在哪儿遇到都是一样，我不轻视只是深觉可怜，有时则视为无物，用我的话讲：不过如此。我随心漫步，便觉得处处都是清净的世界，正如诗人会说我有我的诗篇，音乐人说我有我的音乐，这也让我回想起陪婉妹在苏州岸边的时候，我揽着她行走在微凉斑斓的夜色中，花市灯如昼，水影横斜，我的余光所及，是那肌如冰雪、近似月神的风华。之后，她想去乘船，我说就在堤上看你就行了。湖水之中的她，秋水之姿，白色的蝴蝶袖在风中翻动，之后还挥了挥手怕我看不到她，事实上，我的目光从未离开过一刻。我确信，当时我的脑中没有抽象的玄理、酸文假醋的诗句，与那种欲壑难填的恐慌。就感觉找回了自己，或是找寻到了最适合我、最随心的生存方式，我在充分运用上天恩赐给我的时间、际遇，让我的生命更加的玲珑精致。这层体悟，不是书上有的，我所行之处，都是无形之书，山水是书，花鸟是书，风月是书，女人是书，知己是书，我提着的酒壶，乃至我自己都是书。故而清代学者叶燮在《原诗》中讲："所谓达者通也，通乎理，通乎事，通乎情之谓。"随心，到了一定程度，便是"达"的境界，用佛家的话说就是"无碍"，任何事放于眼前内心都无比通透了，发现了自已的真心，见到了自己本来的真性。

近来重翻了柏杨先生的《丑陋的中国人》，他在书中提到一个"酱缸文化"的概念，"中国人不断地掩饰自己的错误，不断地讲大话、空话、假话、谎话、毒话，他们的心灵完全封闭不能开阔……他们只会找借口，酱缸文化太深了，已使得中国人丧失了消化吸收的功力，只一味沉湎于自己的情绪中。"柏杨先生这样比喻，他看到人们每天都是搅和在一块的，你传染我，我传染你，想不带有这些玩意儿都难啊！甚至，你身上已被染得花花绿绿，自己也很难察觉。我想，若迟迟意识不到自己的固执，便无从靠近"随心"的自在；若迟迟不去观照自己的"本心"，便依然障碍诸多，心眼昏暗。故而永远活在生活的网中，一直沉闷到死。人应该如何自处？这是我长期思考的一个问题，好的生存状态应该是这样的：既可坠入深谷，又能腾空而出。在欲海中翻腾，返其本源，当自己再次游走于繁华中，还能够坚守内心的澄澈圆明。我们需要在静中修习摄心，来止息烦乱，止息心湖中的阵阵心波，于风平浪静之后照见自己的本心，而不是水中扭曲模糊的相。以前读《中庸》的时候，我写过这样一句话："心中的美不可须臾而离也，心中的道亦不可须臾而离也，君子内外兼修为无瑕美玉，君子修性慎独，常察道于隐微。"心只有做到不随意晃动，和污秽保持距离，才能如实观察内外的一切。如此，即便是细小的东西也能察觉到，心不是被逐渐掏空的样子，而是日渐丰满。观音的玉净瓶为何永远灵露充满，因为他的智慧已经达到了无漏的智慧。《庄子·养生主》中有这样一个故事，宋国有个叫公文轩的，看到一个独脚的人站在那里很惊讶："怎么只有一只脚啊？"残疾人回应道："天命让我一只脚来活着，我就一只脚来活着。你不要看我奇怪，每个人的身体形态虽然各有不同，但每个人都有独立的自我，你认为我一只脚奇怪，我认为你两只脚还怪呢！"寓言中的残疾人尽管只有一只脚，但是他能够认识到一切事物都是相对的，外观上的残缺未必就能代表生命上的残缺，可以看得出，这个残疾人在日常的生活中内心时刻通亮，清楚自己在生活中的角色，且豁达地做好了这个角色。这让我想起古龙小说中写到的一个盲侠花满楼，他是江南首富家的公子。他自幼双眼已盲，可他自己对别人讲："其实做瞎子也没有什么不好，我虽然已看不见，却还是能听得到，感觉得到，有时甚至比别人还能感受更多乐趣。"他经常站在风中，感受远山木叶传来的清香；他懂得在春天聆听玫瑰绽放的声音；他欣赏，并为自然的美好而欣喜，始终携一份感恩心情。和他在一起，你会被他的微笑温暖着，即便先前你还是对某些事物心存憎恨，但和他静静坐下来，喝一杯茶，全部都涣然冰释了。他热爱鲜花，相信世界上一切都是美好的，而那种快乐是发自本心的快乐。书中这样描写："他摸着这些花的花瓣时，就好像是深情温柔地抚摸情人的唇瓣。"比起庄子中的那个例子，古龙塑造的花满楼更近随心之美的最高境界，像是神的使者把爱的温暖散向人间，充满感化人心的力量，花月美人举手投足皆仙气灵动，让人如沐春风。

无论哲学也好，非哲学也罢，卑微地活着，或崇高地活着，人都应该直指自己的本心，不是吗？光明的生活之境成就于一颗光明的本心，晦暗的生活之境诞生于一颗灰暗的本心。故而，我们得承认这样一个事实，我们的全部感受体验也都取决于我们的本心。没有本心主体的驱动，周围的客体又怎能对我们的精神产生深远的影响？有幡被风吹动，有两位高僧辩论，一个说风动，一个说幡动，争论不已。慧能便插口说："不是风动，也不是幡动，是你们的心在动。"一切皆起于自己的心念，连续不断，变化于瞬息之间，直接影响着人现实中的状态。柳永的《鹤冲天·黄金榜上》词曰："忍把浮名，换了浅斟低唱。"看得出，那个时候的柳永虽然年轻，但能停下来去听本心的声音，读懂自己真正追求的是什么。初次科举的失利没有击垮他，他只是觉得自己不过是偶然失去得状元的机会，何必患得患失，做一个风流才子为歌姬写辞章，穿着白衣，也不亚于公卿将相。纵观他后来的人生，也就是这么过的，尽管为人不屑，总算没有白活。一直以来，生活本就是那么简单有趣，都是人们把生活想复杂了，不断地按照自己崇尚的维度与方向，把生活推向了某一种极致，演绎成某一种样态。那些理性主义的推崇者们，能把生活蹂躏地索然无味；那些迫不及待展现学识的人，能把知识当作装扮自己的道具；那些趋之若鹜学什么技能的，能把陶冶情操当成奇技淫巧以悦妇孺，他们的努力全是为了别人的认可，全是在纷扰的现实中寻求一条捷径。每个人确实有个自充实自己的方法，可所付出的真的是对着自己的本心吗？我记得《南齐书》中有这样的句子形容那个时代的风气："马槊第一，清谈第二，弹琴第三……垂帘鼓琴，风韵清远，甚获时誉。"

说的是，那个时候的人们重视情韵，才艺只为依托，他们真实洒脱，不借助诗文凭空创造情感，而是置身外物之中有感而发。有人说，他们延续了之前文人对儒家正统的不满，这个姑且不论，但在南朝文人的山水诗中我们找不到深奥的玄理，也没有丰富而耐人寻味的山水意趣，他们就是简单地表达当时的愉悦，仅此而已。他们雍容娴雅地漫步，不在乎眼前的山水有多么的奇崛，只在乎本心。如今，我风流自赏，只容花鸟趋陪；守护本心，合受烟霞供养。我品的茶算不上精品，所用的茶具也算不得精致，但我的澄澈之心始终如一，心满意足地浅斟浅笑。没什么钱去雇几个人在我面前弹琴、唱曲，只是感觉到自己的体内回荡着和煦的风，与外面的微风同步，这是最好的乐音。即使比不上上古时代的伏羲，但也可以与魏晋时候的嵇康相媲美了。正如我一篇名为《小感》的短文中所写的：

　　鸟语虫鸣，穆如清风是我所爱的。每当残月横空，我只愿解衣燕坐，与月相望。即便那个时候凉风有些凄冷，也能感受到一阵乐调，情思幽幽，音和虚籁。追论往昔，当年的今日该是和友人一起循源谈古，携手烟霞，靡不快哉；而今他们不知道哪儿去了，不过没有关系，有值得怀念的总算是天的恩赐。我坐立良久，心悠悠而转叹：大丈夫立世，不求懂得我心的人很多，不追求锦衣玉食人前显贵，我只愿在我心律波动的时候，跟前有听者二三，敢与我携壶清酒于江上，就已经足够了！

才性与心境

人的才性接近一种真意，自在洒落，清净自如。随之而来的心境，也是澄莹若水，一片明丽。

心波尽管有时难平，不过久了终归是平的，风雨掀不起什么大浪，零星吹皱的地方也会有欢快的痕迹。摇摆不定的心是没有力量的，我曾经是这样的；但现在你要是还讥笑我，我也笑笑，轻盈地走开。说来你可能不信，我是我精神王国的主人，才性就是这种特别的外在体现，自内而外地散播。而星辉、流水、环佩依稀可闻可见，陪伴我一起享受生命的静寂，辅助我心境的修行，拥抱着我的疼痛、欢愉、疲倦乃至更多，随之更高的心境，便又推动着我的才性优雅地表现，两者相互配合，令我活得很舒畅。每当我回过头去看，心一直都在与我渴求的外物进行对话，彼此平等，生机无限，难以想象那瑰丽的绽放，欣欣然展开身子，浑然与天地同体，一片明丽。这或许源自一种合理的自我经营，该重视的重视，该漠视的施以漠视，只为打开才性，进入真如之境，换得大的空明。于是，我不断地告诫自己无论现实中还是学问上，要离门户之见远一些，阐发微言大义能少一些空泛，告别以前全部以自我视角看一切的愚直。

稽康目送归鸿，手挥五弦，俯仰自得，其内是游心太玄的心境，其外是个人桀骜古雅的才性。很显然，这和我们一般人所说的"有才"不是一回事，这才性是内在的气质，是独一无二的味道，不甘成为别的东西的附庸，一往无前，纯正自然。它不会一直停留在自然的本能和情感之中，而是能帮助我们不断超越自身，收获更高的觉识。随之而来的心境，也不再受制于原有的喜怒哀乐之情，即便将来与世沉浮，也宠辱不惊，和光同尘，无限辽远。嵇康的精神是无垢无瑕的，不是因为他会弹个琴，会写个诗，长得面目俊朗，而是因为他体内拥有两股气息，一是刚健浩然，一是清灵秀逸，相互交织，形成了至高的心境。浩然之气，气贯长虹，至大至刚，除了嵇康就是文天祥，见他的《正气歌》："天地有正气，杂然赋流形。下则为河岳，上则为日星；于人曰浩然，沛乎塞苍冥。"然而，这种气需要日积月累，慢慢去培养，不能心急图快，不然人人将皆是"芒芒然归"的宋国人。至于清灵秀逸之气，若嶀山之鹤，华顶之云，灵兮，微兮，清风与归。如玉杯盛放香醇酒，一醉累月轻王侯。

那如何使才性与心境相互增进呢？在我看来，首先，要离虚伪僵死的为学之道远一些，清代文学家袁枚的行事往往与世俗的观念格格不入，他对当时一些学者诠释古代经典的做法很是不满，而且深表怀疑，并表明了自己的态度："孔郑门前不掉头，程朱席上懒勾留"。在袁枚的文集中还有这样的话："仆平生见解，有不同于流传者，圣人若在，仆身虽贱，必求登其门；圣人已往，仆鬼虽馁，不愿厕其庙。"可见袁枚对那些成日写艰涩无聊文章之人的痛恨，不愿从流俗。他更看到了理学、经学过多地为伦理教化服务，限制了人思想创作的自由，认清这无不是对个人才性的极度损伤。孔孟的思想固然很博大，但绝不可以一成不变，盲目顺从。汉章帝时代的白虎观会议和东汉蔡邕主持的熹平石经，客观上来说都是服务于皇权统一的"经学行为"，章句成为鉴别师法的重要标准，这令一些觉醒的文人郁闷不已，又无法改变这种现实，时时感觉巨大的石块压在心口上，想自在一会都不行。可悲啊，诐辞多蔽，遁词无穷，发于其政，麻痹人心。想想古代的贤者说的"不复言，故少有道契，终与俗违"是有道理的，可读着读着，那金玉之声越来越远，越来越稀薄了，实在令人担忧。试想，一个人的精神成了贫瘠的土壤，我们如何指望在这片土壤上开出美丽的花朵？原本鲜活的泉水若是流入此地，只能散失在沟壑之间，悄无踪迹。这样的生命如同干涸的沙漠，没有生命力，不仅寸草不生，连自我的踪影也没有了。有多少人举起"知识至上"的牌子，却只会照搬先人的典籍，自以为很懂，其实早已经貌合神离。近来有很多大学生或是书籍收藏者在网上公布了自己书房的照片，成千上万的书真是浩如烟海，给人感觉他们已经博学多才到往出溢的程度，他们在炫耀什么？炫耀自己的书多吗？还是自己读懂了这么多的书？前些日子，我的一朋友一而再再而三地邀请我参观他的书房，说是近来一下购置了几万元的书，我笑着回应："你果真很有钱，我日后一定带几个朋友访问贵阁。"可能他们觉得才性并不能很快被所有人看到，所以找出了显示自己内涵的方法。事实上，他们可能忘了知识也是人写的，人整理的，把知识放于自我之上，这不是人在读书，是书在装人。若真堕落成这样，那和活尸又有什么区别？我们怎可把更高的追求寄托在这些"活尸"之上。我们生命的色彩太需要自然去装点，我们精神的苦境太需要自然去点化，我们才性和心境的养成也太需要自然去供给。正如在屋子里待久了，得去外面走走，活动活动筋骨，使身心重新聚合纯正之气，内外相合。这是在矫正僵化偏狭的求学之道，从宁静平和的生活情趣中求得晶莹洞彻的审美心境，才性独自涌现，优游自若。于是我们感到"心扉"打开了，温暖的阳光照彻心房的每个角落，种种陈旧的所思也被一点点地柔化，那个固执到迂腐的自己也不知不觉消失了。

其次，重视才性，轻名理。见魏晋玄谈之风盛行，诗文之中大量引用《老子》《庄子》生僻的句法、譬喻，将自己的体会与思想写得扑朔迷离，看似高深莫测，实则淡乎寡味。而即便是魏晋名士如阮籍者，身上也不可避免地有这些恶劣的因子，如其《咏怀》诗作，精神游离于边缘的状态，情愫复杂紊乱难测，义理生僻，望之生畏。人们趋之若鹜地追求文字表面的古雅，追求名理是非的玄妙，感到自己也越发高贵了。想必任何时代都会兴起一些思潮，何止是写文章竞相模仿，连日常的行为也追求类似，只要符合群体的评判标准，无论怎么干，都是无可厚非的。故而"芸芸众生"任何时候指的还是大多数人，一个擅长相互模仿、不知反思的群体，看似追求名理，实则尽是无心之人。这些文人固执地认为谈一些高深的、别人都听不懂的才能显示自己的能力，便将生活中喜闻乐见的普遍关注，带到了超现实且带有强烈思辨的方向上，至于什么真真假假并不重要，只要能把别人辩倒就算自己赢。在他们眼中，修辞论辩的技巧，故弄玄虚的伎俩，都印证了自己超拔高迈的才性。南朝的文艺理论家钟嵘，在《诗品序》中很不客气地批判了当时

155

大谈玄奥名理之人"理过其辞"。在我看来，他们不过是在外安身立命不成，便躲藏起来寻求另一种自信，把名理的辨析当作自己的职业，把醉心的漫谈当作麻痹自己的游戏。王衍身居高位，却不谈政事，而是把精力放在谈论虚无缥缈的东西上，手里经常持一把与手同色的玉拂尘，演讲得如痴如醉，群臣也像学生一样听得神魂颠倒。久而久之政务荒废，他却一心只惦记着自己的荣华富贵，依然崇尚浮华虚诞的辩论，直到国家灭了以后，还能和叛军头子石勒聊得有声有色，连石勒都气愤地感慨怎么会有这等没心没肺的无耻文人。他们既执着于文字相，也执着于外部的相，竟然忘了《道德经》的头一句就说"道可道非常道，名可名非常名"，真正的道幽深玄妙，是说不出、写不出的，即便去描绘也是非常勉强的。所以，侃侃而谈的道并不等同于自然中实际存在的道，下笔千言的道只是他们自己认为的道。而相比于名理，人的才性更接近一种真意，自在洒落，是什么就是什么，少有人为和外物作用的痕迹。因为它是人的内在之性，原本就清净自如，淳然而富有自然之力，直接主导着个人的神采与气息。故而那些在表面玩弄才华之人，反而会暴露其空虚的内在，不仅难以长久，恐成千古笑谈。那为什么要重视才性的培养呢？因为才性集聚了人心之灵，能与自然之性相交融，一旦光明觉照，便洞达无碍。那一刻，与天地间运行的道相契合，整个人如同被唤醒了一样，像李白呼出"飞流直下三千尺，疑是银河落九天"，这是由于他的才性养成之后，通过一个转瞬即逝的契机，臻神化之境。可见，才性与大众的俗心俗智相对，非遗世独立，而是遗俗独立。一旦被开启，生活中再不贪恋什么，名、利都不像先前那么看重了。慢慢地不太想和人争辩是非，不太想聊无聊之事，不太在意别人眼中的自己，学会静观万物之气象，接近自然大道之真义。

我重视才性旨在铸就一个"纯粹的自我"，其中包含了我父亲对我的希望。希望我在年富力强的好时光里，少想功利的东西，少接触不三不四的人群，维护自己的纯粹，一门心思做我爱的学问，到日后我才不至于后悔。如今的我正是这样前行的，只是对"纯粹性"多了一层理解，就是重视自我才性的培育。不管身处什么样的阶段上，也清楚自己要求索的是什么，我独到的地方在哪里，以及灵性所在。每当心有踌躇，就看看寂然不动的天地，让自己变得体度沉雅，气不动而神自泰，如水澄莹，清清朗朗。即便夜深人静之时，独坐观心，能真性始出，真情独露，自己也置身于极大的乐趣中。记得一次和朋友出门远游，因为观念上的分歧弄得有些不愉快，他认为有钱才是根本，有了丰厚的资金才能去做想做的事；而我觉得此观点过于绝对，谁说有了钱以后才能去追求想要的东西。我们僵持不下，关键时候是"素净之心"帮了我，我退了一步，声称对方的观点是有道理的，气氛立马恢复到先前很活跃的状态。这让我想到了《世说新语·栖逸》中记载尚书都恢和谢庆绪居士很友好，常称赞说："谢庆绪的见识虽然不比别人高明，但是能够劳心的事情一点也没有。"《雅量》中记载夏侯太初有一次靠着柱子写字，当时下着大雨，雷电击坏了他靠着的柱子，衣服烧焦了，他神色不变，照样写字，而那些宾客和随从早已跌跌撞撞，站立不稳。从这些简短的事例可看出，他们身上没有一点"高人"神秘玄奥的色彩，也没有"大师"装腔作势的伎俩，只有那空灵的才性，以及超越了简单的生存意愿的心境。他们表面沉静无为，实则不断追求超越，叩问生命的意义，只存一心，别无他念。该心是玲珑心，既向世人展示着自己的高洁，也独照着另一个世界，一花一鸟，一草一木都蕴藏着无限的生机。唐代的司空图在《诗品·精神》中描绘了这样的情境："欲返不尽，相期与来，明漪绝底，奇花初胎；青春鹦鹉，杨柳楼台，碧山人来，清酒深杯；生气远出，不著死灰，妙造自然，伊谁与裁。"其画面真是悠然澄明、莹洁疏朗啊。

这让我想到了江南山水的灵性，所见的一切都伏在水墨中，随处都带着透明的韵，看不清楚虚实，与我当时的才性与心境交汇。可我无心探个究竟，只记得，每走过一座小桥，都感觉脱去了一些纠结；每踏过一块青石板，都能听到古老的乐音。枫桥还留在过去，我陪它一起安卧在这苍茫烟雨中。正当我处于醉意中，醉得忘乎所以，隐约发现有个人靠在了河边的石栏上，离我不远，一袭白衣，伴着下午昏暖之光的斜映，只觉她身后有烟霞轻笼。她人似雪，翩然娇纯，出神地望着河中，如水的明眸，灵秀而又温婉，含辞未吐就已经气若幽兰，似凌波仙子，自有那说不尽的温柔可人。这就是我第一次见婉妹的时候。后来，我再次去江南的时候，我们已然很熟了。那天还下着雨，我们竟驻足在一个亭子中赏雨，姑苏城外的乌篷船里传来了琴声，她转身对我说："很多人都以为那是离殇之曲，我怎么没有听出来啊？呵呵。"我回应道："我好像看到一双玉手在琴弦上流泻，和此刻的细雨一样滑，至于悲与不悲，我不懂音律，听不出来。"她微微点头，以示心有灵犀。我的所见所闻所感，至少让我相信了，江南的山水是有灵性的，即便到了现代，极个别的女孩身上依然保留着这样的灵性，而非会点琴棋书画，加上说话吴侬软语就能充数，婉妹不会书法，亦未习过诗书，眉间却有书卷的清气。我的很多朋友都很喜欢戴望舒先生的诗文，像《雨巷》中所描绘的那样，江南女子缓缓走在小镇古老的青石板路上，撑一柄油纸伞，沿着雨巷翩跹而过，细雨蒙蒙，丁香袅袅，一切都清影如梦。但我不太喜欢的地方是，《雨巷》中带着的淡淡的愁绪，是"哀婉"之美，非"清婉"之雅。如：

撑着油纸伞，独自

彷徨在悠长、悠长

又寂寥的雨巷

我希望逢着

一个丁香一样的

结着愁怨的姑娘

她是有

丁香一样的颜色

丁香一样的芬芳

丁香一样的忧愁

在雨中哀怨

哀怨又彷徨

她彷徨在这寂寥的雨巷

撑着油纸伞

像我一样

像我一样地

默默彳亍着

寒漠、凄清，又惆怅

她默默地走近

走近，又投出

太息一般的眼光

她飘过

像梦一般的

像梦一般地凄婉迷茫

像梦中飘过

一枝丁香地

我身旁飘过这女郎

她静默地远了、远了

到了颓圮的篱墙

走尽这雨巷

在雨的哀曲里

消了她的颜色

散了她的芬芳

消散了，甚至她的

太息般的眼光

丁香般的惆怅

撑着油纸伞，独自

彷徨在悠长、悠长

又寂寥的雨巷

我希望飘过

一个丁香一样的

结着愁怨的姑娘

　　楚楚可怜的愁绪随处可见，如"寂寥的雨巷""愁怨的姑娘""在雨的哀曲里，消了她的颜色，散了她的芬芳"等等，没有原因的愁，仿似诗人自性中就带着。江南灵性的山水本来不带愁，是人平添的而已，故千百年来同样写抒情诗，其水平良莠不齐。大部分作家或是诗人，自身的心境很低，只要细雨绵绵就会连接到"郁结"的心情。如说什么江南的雨是炊烟迷茫，如泣如诉，牵扯不断，情意看似丰满，但雷同的情韵暴露了他们平庸的才质。南唐时候的冯延巳，很多词都写女子独倚高楼，心中脉脉离愁，总是把闺情涂抹得寂寥而又凄美，如他写的《应天长》："倚楼情绪懒，惆怅春心无限，忍泪蒹葭风晚，欲归愁满面。"虽然与戴望舒分属不同时代，但才性、心境差不多，都是温婉中带点莫名其妙的哀伤，迷惑凡俗之人。若是失恋如此，好歹也算情真意切，感人肺腑，而这两首诗文弥漫着虚化的忧伤，不过是优雅的躯壳。对于没去过江南的人，一看到这样的文字描写，就会受一种感觉上的误导，真以为江南以忧愁为美，然后盲目地去效法了。我不是说这样写不可以，而是太平庸了，无法真正代表江南山水的意蕴，更是蒙蔽着众人的才性使其得不到培育。鉴于此，有必要看一看东晋文人谢灵运的句子，可以说是唤醒了整个沉睡的江南，并将人们烦躁愁怨的情绪与江南流水的韵律相剥离，如"密林含余清，远峰隐半规"，"泽兰渐被径，芙蓉始发池"。再如他在《登江中孤屿》所写的："云日相晖映，空水共澄鲜。表灵物莫赏，蕴真谁为传。"真是精妙绝伦，清新脱俗，仿似谢灵运就是游弋在这片山水中的精灵，带领着当时的文人与后世的文人，一起在山泉间沐浴，什么世俗理念、金钱地位全部都已冲淡，一股股新的力量不断从众人体内导出。

当才性与心境达到最高，那就是超逸清空、和雅冲淡之美的体现。从眼前有形的事物上，转入万象咸空，一灵独运，如同温泉，除了天然的清澈与润滑，还有腾腾的"灵气"在游移与散播着，尽显生命的鲜活。而这种"冲淡"之美，最后必然趋于"空灵"。空灵者，超越了有形的象，超逸灵动，不着痕迹，落花无言，幽广深邃；而非"虚空"，只是空荡荡的感觉，索然无味，没有灵气往来飞动。这也不是远离现实社会，沾染什么骗人的仙气，而是即便身处现实的纷纷扰扰中，也保持着一种超拔，不会随意倒向哪一方，也不会轻易陷到某一种矛盾中。正如一首歌中所唱的，"花香满人间，绝尘踏月风度翩翩，一眨眼只剩下一缕云烟，留不住来不及，思念。"这是在培蓄自我的才性与心境，从而扩展审美的触角，于是步履所至，都能感受到美的存在。清和其心，调适其气，不使壅滞，不虚谈以困神。使自我永远处在不断超越本体的趋向上，不断克服之前所遇到的精神困境，变得神气内敛从容，光彩照人。《世说新语》容止篇在讲到嵇康时说，"为人也，岩岩若孤松之独立；其醉也，傀俄若玉山之将崩。"君子素心水润，如新月清朗，内外如玉般通透，不光他的身躯是挺拔的，更主要的是他的精神的挺拔。阮籍喜欢在竹林中长啸，才性孤远幽深，贯穿山林之间，心境通神悟灵，充满对万物的悲悯情怀。王羲之《兰亭序》也有"仰观宇宙之大，俯察品类之盛，所以游目骋怀，足以极视听之娱"，抑扬顿挫间默然随化，与天地流行无间。而最有代表性的是王子猷雪夜访自己的朋友戴逵，王子猷行舟一夜终于到了朋友的家门前，门人告诉他主人不在家，他便心满意足地转身打算原路返回，见与不见全在忽来忽去的兴致上，心中不留半点的遗憾，实在让人佩服之至。

戴叔伦曾言："诗家之景，如蓝田日暖，良玉生烟，可望而不可置于眉睫之前。"说的是，"蓝田日暖玉生烟"的美景不是走近就可以看到的，需要隔得很远，通过心境的运行，使自己超越眼前的景物，把有限的象拓展为蕴含无限之意的象外之域。我从不想继续论述这复杂的理论，只是闲着的时候，倒酒既尽，杖藜行歌，享受着晨曦的熏照，感觉不到什么人生苦短，忧愁实多。

尤其当我浸在更深的静谧里，会重新看到绿水环护着白墙，红花洒落于青瓦，人儿三三两两在黄昏中浅吟低唱。我发现自己的心愈加晶莹玉润，可以伴我任意行走在不同的时空里，即便是在充满了雾霾的拥挤街市上，依然像穿行在青山绿水中，两岸尽是吴越的剑雨飘零，亘古柔情的飞香私语。而一个回头，婉妹就站在对岸，一袭白衣临风而飘，长发倾泻而下，顾盼之际，自有一番清雅高华的气质，那冷傲灵动中颇有温馨可爱之态，时不时眼眸慧黠地转动，多了几分淘气。听她吐语如珠，轻飘飘地散在烟雨中，动听得像唱歌，到后来就听不清了……我现在内心充盈美好，即便是在彩霞消残的时刻，也能无憾地胶附着大地睡去。星移斗转，如今我已回到北方，这里渐入深秋了，寒冷慢慢把我围了起来，但我的灵往来自若，飞越山河，驰骋千里，自在得难以言说。

返归本真

　　找回自己的本真，其实就是找回自己最纯净的一面，让自己嗅到久违的沁心之香，仿似周遭刚下了一场香花之雨。

· · · · ·

　　本真是什么？是人性中完满纯净的内核，类似于萨特描述的自在的存在，仿似心中存了一星烛火，一点光，照得我的世界通亮，循性之中无比舒畅。所谓"内观之极即为通明"，怀抱本真，便是进入前所未有的身心轻盈的状态。对内在乎自己心的律动，对外渴求真性本然，保持着身心的纯洁，与善相应穷微极妙。这样怀抱着至诚之心，终究会发觉自己与所爱的融为了一体，不再分彼此了。那种感觉充满了神圣庄严，不论外部的世界如何浑浊污秽，都无法侵染到它，哪怕外面海浪滔天，其本身也是波澜不惊的。还原自我的本真，其实就是找回自己最纯净的一面，时时都能嗅到沁人的清香，仿似周遭刚下了一场香花之雨一般。它是无比清新自然的，是无比自由充沛的，每个人都有。只是我们不进行自我观照，留心了世俗的烟火，又不能澄心静怀，故而心中私念太多，使心蒙尘，不能内观本真。在《道德经》里，老子三次直接论及"婴儿"的状态，还有三次则以"孩"或"子"代替"婴儿"之意。以婴儿的状态比喻人本真的状态，不带有任何世界的污秽，纯净柔和，呈现出无欲的和谐。老子还以诘句写道："专气致柔，能婴儿乎？"婴儿的气息是非常饱满的、圆润的，也是非常纯正的。"专气"的意思是聚结精气仿似将能量聚在一起；"致柔"是达到极其柔和、柔顺、柔韧的状态，"专气致柔"就是把精气团结在一起，达到柔和、柔顺、柔韧的状态。值得注意的是这里的"柔"不是柔弱无力，而是专心把能力聚合到一块发挥出很大的力量。比如说婴儿能够专气，看起来特别柔，但是一声啼哭的瞬间，声音特别洪亮。老子是要说明人生之初，犹如一张白纸，无知无欲，至柔至顺，同时更蕴藏着无限的生机与活力。然而随着人的成长，价值观形成得很快，但每个人的心灵还是最初的样子吗？每个人是否还能记起当初本真天然的感觉？更多的人怕是越走越累，习惯了无边的黑暗与孤独，习惯了路边的纷纷扰扰，更有甚者已经把自己耽搁在了某条狭窄的道上，遗失在了某片深林之中。

事实上，本真的概念虽然经常被提起，但很少在社会群体之中引起重视。

有部短片恰恰说明了这一情况，讲的是首相半夜接到一个电话，说公主被绑架了，绑匪无耻要求首相在下午四点与一头猪做爱，并进行全球直播。首相万难之际，只好进行了所谓的民意调查，看看国民的态度是什么。起初英国民众报以极大的兴趣，想看看平日高高在上的首相大人如何丢人现眼，集体盯着电视如同观赏一场球赛，心想反正与我没关系。但随后犯罪分子就在视频中放出了公主的断掉的手指，国民的观点便立马发生了翻天覆地的变化，全都怂恿着让尊贵的首相满足罪犯的要求，去跟一头猪做爱。是不是不可思议？一根手指足可以改变亿万人的观点。而当整个事件过去以后，公主仍然在人前风光无限，首相依旧正常任职，他的妻子再也不用异样的眼光看待他了，一切就好像没有发生过，一切又好像是一个玩笑。片中处处都体现出所谓的"民意倾向"，却出现了全民皆愚的悲哀，几乎所有的人都涌在电视机前等着看首相被人威胁、出丑，都怀着对事态发展的好奇心，无耻的窥淫癖，而从不想若发生在自己身上又将如何，这就是群体的盲目性，没有清醒的自我，他们的心是颠倒错乱的。鲁迅先生早就指出过这一点，看戏的不怕台高，不论事好事坏，只管站一旁看热闹就行了。然而，更严重的还不是麻木不仁，而是整体精神的腐朽堕落，比如日本每年都要借给本国战争受难者祭奠的机会，把自己的罪恶形象伪饰成"无辜者"。更让人怒不可遏的是，一些日本狂热的教徒，竟然宣称是上帝要用日本人民的热血为全人类赎罪，日本人民是"崇高的牺牲者"，并伴之很多宗教式的纪念活动，前后还有很多的追随者。日本右翼势力通过宗教、荒谬的政治逻辑对人类的良知发起了挑战，使得无辜死去的人们灵魂无法安息。他们玷污了普度众生的宗教精神，俨然是披着圣洁白衣的魔鬼，毫无忏悔之心。他们不断地与自我的本真背道而驰，又不觉醒进行自我观照，丧失掉了那份天然纯美之善，真是不到万劫不复誓不罢休。缺少本真的淳化，他们内心的恶劣就难以被冲淡，越走越偏了；缺少本真的滋养，他们的心就一直骚动不安，激烈不已，泯灭掉了那仅存的良知。卢梭认为，自然状态正是对人类本真状态的怀念，整体呈现出一种和平状态，人与人之间的冲突远远没有现在多。人类的活着更多依靠的是自然状态下所遵循的情感原则，这源于当时人自爱心与怜悯心两种原始情感的和谐关系，卢梭说："由于这一来自人类天性的原理，所以人类在某些情形下，缓和了他的强烈的自尊心，或者在这种自尊心未产生以前，缓和了他的自爱心"。可见，本真状态下人的情感大体呈现了缓和的状态，和谐之美，而非剑拔弩张非要通过武力去占有不可。在那种状态之下，尽管每一个人也关心自我保存，但不是通过牺牲他人的来争取，即不妨害他人的自我保存，所以能够长久保持和平。而日本右翼势力的做法，是不能通过"我们就是为了自己民族的生存才要这样"的借口，轻描淡写地蒙混过去的，他们是在亵渎本真的圣洁，包装自己的丑恶。

然而，本真的丧失不仅体现在社会群体中，在平日的生活中也是随处可见的。一堆人学书法了，我也去学了，你能说学书法不高雅？一堆人学佛了，我一口气将十三经全买下来，你能说学佛不是学智慧吗？悲哉！世上多的是玩鸟的、遛狗的、刻章的，样样都能玩出名堂，人就喜欢试那么一试，纵观鱼虾蟹棒，什么玩意儿皆可为我师。人说"师道尊严"，没有错的，得承认有些人还是有那么一颗上进之心的，可不知不觉在与人谈话前多加了"我老师说"，"你的那什么和我老师很像"，"对于这一点，我老师早就说了"，哪怕最后附上一句"我是这样看的"都舍不得。看着他们把高人视为神明，然后趾高气扬的样子，仿似自己的尊严需要借助他人的神通。人的狂热状态，就像是高烧不退，以致脑子时时不灵光，以致一个比一个牛气冲天，多读了两本书就了不起了，书法、绘画、作诗学了两下就是才了。关起门来低着头学圣王之道，先贤之言，满口之乎者也却很享受；而走出门该是什么样就是什么样，现出了原形。至于去谈论涉及自我本真的话题，不管是做什么学问的人，都会觉得此话题实在空洞得很，没有发挥的余地；至于整日忙于俗事的人，更是觉得笑掉大牙，不如一起关注一下今日的股市如何，哪个途径来钱快，因为经济基础决定上层建筑嘛！当然，也有人会拿出百分之二百的重视，开始破题，搜集大量的资料，完成一篇论文，等论文发表之后，便又回到世俗的那个自己，这就是为研究而研究，很容易把自己对本真的体悟寄托于已有的知识、书本、学术研讨上。总而言之，人们对本真谈论得少，主要觉得用处不大，我经常听到的回应便是"我要顺应现实社会，那样是活不了的。"就这样，很多人活着活着就迷糊地找不到自己了，"返归本真"也从未有效地提取、锻炼，更不用说通过返归本真找寻自己，让自己的存在变得有价值有意义。我想说的是：现在的人们太轻视人内在的东西了，认为这些东西与现实要求的"聪明"关系不大，总是狭隘地怎么得利怎么来。《心经》上说："度一切苦厄"，是佛、菩萨去度人吗？没有错，但我们更需要懂得的是自己度自己的道理，这样佛、菩萨才救得了你。

总之，本真的丧失，其根本问题不在于体制、群体，而在于人的存在的异化。当个体都丧失了本真，任何看似健康合理的普世价值也只是空谈，任何一种学说都不能够安住众心，结果是人与人之间的关系有了很多的隔膜，造成了彼此之间的疏离，也引发更多的矛盾与不幸。我们每天关注新闻，总能听到骇人听闻的事件震撼着我们的每一根神经，这无不是最好的证明。由于被异化了的人越来越无法认识美德的神圣，慢慢堕入极端的虚无，表现为迷迷糊糊，没有精气神，过一天是如此，过一年也是这样。这状态难以描述，无可名状，但却是最大的疼痛，像被抽掉灵魂的躯壳，像行尸走肉。具体到各自的生活中，很少谈及纯粹的美，崇高的德行，自我的忏悔，其审美的范畴从来不是宁静而纯洁的事物，过多的是美食，华衣，花样百出的性爱，要不就是散漫无章的夸夸其谈，只剩下本能的冲动频繁且不知疲倦，没有方向地从一种单调进入另一种单调，简而言之就是现代文明特有的机械式的重复，如同被绑定在一台机器上动弹不得；或是被编入了程序，按编码的顺序依次操作就可以了。当下我们已经能够深深感受到现代人与人之间的麻木不仁，高智能全虚拟的时代模糊了个体的实在性，怀抱着智能手机，完全可以躺着看你所要看的一切。日后的情况有可能如一部影片中所描述的：大家都穿着同一种衣服，每个人靠在健身房骑单车赚点数过活，点数就是金钱。人每天循规蹈矩地看着固定的节目，吃固定的东西，自己如被编排入程序之中，自我的存在与虚拟形象化为同一，全身心都沉于虚幻之中。这是"迷醉"的状态，由于本真被请出了本心，本心成了个空房子，其他的外物甚至是精华的知识都不能够灌之以清新的气息，难以恢复到窗明几净。这种尴尬，在《道德经》第二十章里有生动的描述，"众人熙熙，如享太牢，如春登台。我独泊兮，其未兆；沌沌兮，如婴儿之未孩；儽儽兮，若无所归。"其意思是：众人都熙熙攘攘、兴高采烈，如同去参加盛大的宴会，如同春天里登台眺望美景；而此刻的"我"，却独自淡泊宁静，无动于衷；混混沌沌如还未成长起来的"婴儿"，还不会自由地嬉笑；疲倦闲散啊，无所去处，就这么一直流浪着。

故而我认为，这种窘况的出现是由于我们守护本真的能力不够，或是并没有将精力集中于对本真的守护上。在《道德经》第二十八章里，老子说："知其雄，守其雌，为天下溪。为天下溪，恒德不离，复归于婴儿。"其意思是：明明知道什么是雄强，却安于守住雌柔的位置，甘愿做天下默默不争的溪涧。如果甘愿做天下的溪涧，保持着清醒去看人间，保持着纯净的善对待周围，那么永恒而充满光明的"德"就不会离开他，一直地照着他，最终带他回归美好完满的境域中。可是，过多的人，不愿意选择像溪水那样静静地流淌。他们无法忍受别人的忽视，渴望激情的释放，渴望站在峰顶去看别人，为了博取世俗标准上的成功，做出自我意志的屈从，这种求全行为已成为现实中高超的表演。因为他们的世界中，已经没有什么本真可言，看什么东西都是演，物没有雅俗之分，只有演得好与不好的区别。而他们标榜的所谓"潇洒的生活"，说穿了过多倚仗的是物欲的释放，却不想想从自性之中挖掘本真，去化解已经出现的空虚之痛，从而酿成了无休止的"烦的印章"。人们彼此的内心保持着孤立，少有爱护与理解，就这样日复一日，看不到内在精神与身体存在的高度完美的统一，只有脆弱的心，坍塌或是畸形的内在结构。在沉沦的苦海中我时常听到：最后的我们会在哪里？又在等着谁来救赎？是的，这样的沉沦与异化，不正说明了人们恢复或是守护本真的能力不够吗？所学所看的东西并不是在修正的基础上，所以费了很大劲，还是为空。这就是真心不起，妄心就还是不灭，人就继续受罪。于是，老子提到了一种守护本真极强的状态，即"含德之厚，比于赤子"，意思是能够遵循规律、体现"厚德"的，可以与"赤子"相比，也就是与初生的婴儿一样。这是一种什么状态呢？老子随后指出："毒虫不螫，猛兽不据，攫鸟不搏。骨弱筋柔而握固。未知牝牡之合而朘作，精之至也。终日号而不嗄，和之至也"。翻译过来就是，对于"赤子"，毒虫不咬他，猛兽不伤他，凶鸟不击他；他虽然筋骨显得柔弱，但拳头却握得很紧；他虽然不知道男女交合之事，但生殖器却勃然举起，因为他精气充沛；他整天啼哭，但嗓子却不会沙哑，因为他和气纯厚。这些，就是"婴儿的厚德"，本真饱满的状态。

那么，我们就真的没有能力实现本真的回归吗？在一部电影中，一个罪犯和警察说：这个世界假的太多，根本没得选；警察回应："有没有的选和这个世界无关，是和自己有关。"让我想起了尼采在《超越善恶》中指出道德的两种类型：主人道德与奴隶道德，后者成为一些民主主义分子，把平等自由博爱搞得冠冕堂皇，实质是抑制人的生命的自然本性，消灭了人自我创造、积极进取的精神，但很少有人能觉察这种道德的弊端。相比之下，主人道德则是无比高贵的，是上等人所奉行的道德，他们奋发有为，充分地利用自我的生命，且创造了价值。我们要做自己的主人，即法国哲学家萨特所言的"自为"，通过自我的意志回归本真，不是在那儿等，在那儿抱怨生活的无聊与肮脏。《史记·货殖列传》中记载了春秋末期，范蠡在辅佐越王勾践灭掉吴国之后，弃官退隐，"乘扁舟浮于江湖"。南朝的陶弘景为了摆脱世情所累，杖策而寻山，或散发解带，端坐在平石上，观望平原；或随翠柳上的蝉鸣，深入云栖鸟迷的山涧，采摘灵芝。他们找寻的不是山水之丽，而是惬意状态下最真实的自己；同时，自然也少了很多神秘色彩，野趣之中又多了几分妙味。我想起很多文人，都在城市与山水之间寻得了心灵的平衡，中唐的白居易提出了"中隐"的思想，并不是永远地不做官，从此销声匿迹，而是通过生活情趣的全力挖掘与加工，来寻回本真，强化自身存在的意义。人们羡慕当官的可以呼风唤雨，但一个为官者心中的愁闷亦不是一般人可以想象的，有时真能感觉到自己其实也是随波逐流中的一员，太需要山水之美在心中留驻，哪怕只有很短的一瞬。元代的禅师维则在诗中说得好："人道我居城市里，我疑身在万山中"，大意是人们都每天看着我在城市中走来走去，但在我眼里走到哪里也仿佛在山水之中。这是高人的心境啊！出世之道在涉世之中，两者从来都不矛盾，不必远离众人，一心逃逸尘世。我不是说要把自然山水作为人生追求，不是简单地出去散散心，而是说若是寻回本真，走到哪里都能体会山水之境的妙乐。借助本真不仅能让自己的身心得到纯化，也能在一颦一笑间窥见自然之道的精妙，风起波动，白云游移，整个人的精神日渐清朗，其性益定了。

所以应该引起人们注意的是，由于自身的贫乏，更有必要回归生命本源的道体之中。从前文可以看出，任何时代的人都在重复这样的回归，每重见一次本真，对整个人生的体悟又丰厚了一层。有个词语为"目击道存"，是说以自然万物为撞击自己心灵的重要契机，眼光一接触，便窥得无所不在的真，无处不在的道。

正如古人写诗，周围人一时兴起，各自即兴来一首诗文，触物起情，随处可见心与物的交感、互动。这是心源与自然的汇通，所谓极目兴怀，就是在自然中与外物无心偶合，仿似不期而遇一般，感觉自己的性情投生在大的造化之中了，天地与我一体贯通了。陆机在《文赋》中写道："悲落叶于劲秋，喜柔条于芳春。"他的心理与举止乃至周围的一切融汇了，包括声音、光线、温度、气味等等，无所谓心中图景还是眼前图景。仿似先前还凝神观照景物，忽焉一觉而动，杳然冲醒，当下一切的意识形态都被激发了，进入神游式的超越之中，那个从未出现的"我"，不同于喧嚣世界中的"我"，纵心独往，百灵倏忽，空前之大自由啊！徐渭这样评价，这是"天机自动，触物发声"。这时，能够体会到本真就是正心，是无垢的，以最恰到好处的舒适态存在于自己体内。当我们游山玩水时，能够完全沉浸在纯粹的美感之中，正是基于自我本真与自然界达成了不可思议的链接，只可惜我们一直都拙于表达。陶渊明的诗文中有"久在樊笼里，复得返自然"，回到自然了，心灵就和回家一样，在世俗的价值状态下暂时隐去，回复到看似虚无、宁静纯粹的自我之中，不是走入了虚无，而是排除了先前的冲动。就像一开始我们还为一些东西杀伐，耗尽心力之后看什么都淡了，整个人变得退守了起来。《庄子·大宗师》中讲"堕肢体，黜聪明，离形去智，同于大通"，忘乎物，忘乎天，直视本真。然而有一个很重要的问题是：只要把自己放置在自然中，就一定能找回自己的本真吗？现在有很多的人，工作一段时间就叫嚷着要去外面透透气，几个小时以后就远赴千里之外了。然后，每走一处举起自拍杆一路自拍，见新鲜的小吃也拍，旅店要拍，美女帅哥也要拍，大嘴惊山鸟，欢快地蹦蹦跳跳。依我看，这追求的是心情舒畅罢了，自己俗气缠身，走到哪儿也是一样，要住好的，吃好的，玩好的。我们会发现，这样的追求和未旅行之前的追求与状态差不了多少，而旅行回来以后只是更加方便炫耀自己的潇洒人生。他们追求的是新鲜的东西，自己当下的快乐才是最重要的。你可以随便问他们，"你找到那个不一样的自己了吗？找到自己的本真了吗？"他们准会认为你有病，且习惯性地把"本真"二字与性方面的"贞洁"联想了起来，之后是笑话迭出，误会接踵而来。

不管现实的情况如何，我始终相信人的自性中本来存有无漏的智慧，完全真心流露，纯净无染，没有穷尽。我们的自我观照的修行就是要超越眼前的层层迷障，回复到原先的纯净之态，进而引导自我进入无比广阔的自由之境。我们虽然身处万物的"相"之中，就像被黏在了巨大无比的网上，但不能一直被动下去，需要通过一种悟入本心的方法，使自己陷入静思的状态，去感受无垠的空寂。如此，便能感觉到很多的事原来都虚妄不实，只是一直以来自己都身在局中，连自己都会这样问自己："之前对一些事物的执着还有必要吗？生命中孰重孰轻？"很显然这是对自己心灵深处的觉知，唤醒生命深处的力量，用本真的光芒照彻无边的周围，使得迷惑像冰雪一般消融。我曾当着朋友的面说过这样的一个比喻：往一个纸杯子中倒满水，开始摇晃，水也开始震动起来，但很快又回复到平稳。再摇得更猛烈些，水撒掉了更多，但杯中的水很快又回复到了平稳。这就是水的无上清净，水仿似明白什么才是最应该坚守的，并不在意溢出去的部分，因为暂时缺少的后来还可以补充，但若是清净的本真丢了，自己的本质亦不复存在了。对于人而言，复归本真以后，已经不是简单地用眼耳鼻舌感触周围，而是用心灵的"触觉"感受外在，这便进入由内向外去感知世界的境界了。南朝宋的画家宗炳所言："山水质有趣灵"，其中"质有"还是属于外在，而"趣灵"就是内蕴，是独有的，快乐到难以表达的幸福。我想，谁都会有感觉无助的时候，觉得自己就像浮萍无所依靠，可最终获救还得靠自己，实现自我的坚守，在定中发展智慧，为自我的超越赢得更多的可能。守护住本真，才不会产生虚妄、虚无的悲惨状况，因为它是体性坚固、长住不坏的，可以伴我们宠辱不惊。当进入这样的圆润状态时，便知道世间所见的很多都是虚妄的，平等空寂，整个人放空了，很轻，很轻。我感受到的自性本真，可以将人带入一个前所未有的清明世界，虽然离我们每日生活的世界很远，但经常如在眼前，充满着不可思议之力，令我虔诚膜拜。

清净之欢

唯有心中长驻清净，才能产生健康的欢乐，进入一种平静的真实，之前种种偏见散去，融掉，却成就了另一种心。

● ● ● ● ● ●

　　唐朝有位懒瓒禅师，平日就生活在肮脏的山洞里，但他悟得：三界唯心，万法唯识，说人是万物之灵，其根本上说的是人心乃万物之灵。看似狭小的心也可以认识无边的海，只是不要把世间很多的东西都对立起来看。《大乘起信论》中说："一切诸法，唯依妄念而有差别，若离心念，则无一切境界之相"，清净之心只有离妄念远一些，才能离事物的真实近一些，才能让自己常乐常净。然而我以前不知道真正的快乐是什么样，不知道学东西真正追求的什么，抱着浑浊心态，读了几本抨击教会的书，便认为宗教是蛊惑人心的，必然伴随着种种劣迹。但后来仔细了解以后，才发觉自己当初太偏颇了，只知其一不知其二，毕竟我只是受到了特定时代作家的情感影响，并没有好好去了解这方面的知识。类似的像如今人们观念混乱，但都喜欢侃侃而谈，甚至改编历史题材的影视剧，也是虚构得随心所欲，充满了对事实的亵渎，却自鸣得意于自己知道那么多的东西。正如《马说》中写的：有人自认善于养马，在策马时不按照正常的方法、喂马时不能让马得到很好的补充、马鸣时又不能领会马的情感的情况下，便挥舞着鞭子长叹："原来天下无马啊！"我们总是这样，太相信自己看到的，不太相信别人看到的；太容易对事物妄下断语，很难做到静静地听，深思熟虑后再说。心对外境是有能动作用的，而一颗空明之心更加能帮助我们进入一种平静的真实中，没有所谓的主客体相分离，凡事无分别心，一视同仁。这就是一种不分彼此的境界，清净中一切都很明晰。

我想，人的心既惑且累，是因为常常受到外界的侵扰，心量始终不见增强，外有诸魔，内藏心魔。近来，我们读到的新闻还不足以让我们胆寒吗？女大学生扶老人过马路，反倒被老人讹诈，进入一个有口难辩、提前部好的圈套。一贯被视作社会的弱势群体的人，竟然给所有人上了一课，对我中华民族一直坚持的"尊老爱幼"的美德，一上来就挑衅、反扑。近日报道又有一老人倒地，大家谁也不敢上前，先拿出手机彼此互拍，以相互作证，犹豫再三，终于等来好心人的帮忙。一帮有识之士哀叹着：如今的道德败坏，恰恰证明国人无信仰的可怕，眼中只剩下钱了。比如现实中的一些女人，在情感受伤以后，"成熟"了。她们觉得付出了真心却得不到回报，还不如一夜春宵换得相应的钱财，这样的例子实在太多了。我们看到的是，钱把道德观弄得锈迹斑斑以后，又杀向了爱情观。我们了解的知识越来越多了，眼界越来越宽了，但内心的幽暗妄念为何不见缓解呢？因为只顾往前走，不顾擦拭心，畏畏缩缩，左右顾虑，硬是形成了脆弱而敏感的神经，实在是可悲啊。这样一来，我们会发现人都变得怪怪的，该自然的时候反倒自然不起来了，该简单的时候大脑里乱七八糟的。我想起，由婆罗门教皈依佛教的尚迦罗说过的话："我不偏向佛陀，也不歧视黄发，谁有道理，谁为我师"，这是何等的谦卑！其心无垢矣，风恬月朗，含霜履雪，故壁立千仞，无欲则刚，诸法终归于净，这便是身心自在的无为之乐。想想，狭隘的心胸多么容易走极端，过分地在意自我怎么能够让自己解放出来呢？佛说一切法，为度一切众，是在说明心的无限气量，人智慧的等级应该和心量成正比的。静波法师在《如何才能往生佛国净土》中反击了持有佛学存怪力虚幻的观点：人可见的物质不过占实际存在的百分之一，何以质疑佛国之净土？日月难道没有光明吗？然而盲人是看不到的。这话说得非常深刻，特指那些心盲之人，既看不清自己，更看不清现实环境。梁启超在《自由书·惟心》中说："境者，心造也。一切物境皆虚幻，惟心所造之境为真实。"而并非所有的心都能接近这种真实，唯有清净。

天地间最好的状态莫过于清朗明净，"清"是事物的本来面目，是最为真实的，像水，不杂则清，纯净地流动着，这才是我们应该追求的欢乐。而真正的高人得自然灵气之精髓，生命状态亦是和水一样长期处于鲜活。我佩服他们，因为他们从未狭隘地把自己视作特定的一类人，而是自然的一分子，他们的欢乐没有现实中的人那么复杂。这些高人连肤色都那么红润饱满，饮食简单，行动规律，虚心以应物，情感自清静。唐代有首诗《金缕衣》："劝君莫惜金缕衣，劝君惜取少年时，花开堪折直须折，莫待无花空折枝"，很多人把这首诗文解释为要及时行乐，我不以为然。我认为它表达了人情感的自然变化，花开的时候，你就顺应内心的美好欢喜，手大方地探出去就行，何须扭扭捏捏，瞻前顾后？李太白能看懂自己的天性，也是最懂得顺乎这份天性的诗人，"举杯邀明月，对影成三人"，竟然在一个人的时候也能和月亮对饮，没有东西可以阻隔李白的享受，走到哪里都自得其乐啊！正是李白教会了我，当内心愁云密布的时候，就抬头看看澄净之物，挖掘其中深邃的美，贯通我心，使我心舒畅。若新月如眉的时候，仿似有楚楚动人的佳人与我四目相对；若皓月当空的时候，带给我的欢乐又成了极致的洒脱，让我在无眠中感受契合天机的物我两忘，不思归去；而若烟月迷蒙之时，亦弥漫着朦胧凄楚之美，仿似散播着冷艳的香气，蕴藏着无以言表的典雅。总之，我就是喜欢置身月光下，让一切的烦恼郁闷，一切的浮沉失意，都被温柔晶莹的月光润着，我能听到月光的世界回应起了清妙的乐音。说到此，我想具体地谈一个人，清代的戏剧理论家李渔。他写的《闲情偶寄》有做人之道，诗词鉴赏，种植花草，教女孩子如何穿衣打扮，描眉施粉，甚至还有房屋设计与布局，其乐趣包括了生活的各个方面。李渔对乔、王两位妻妾更是细心调教，之后便带着这一大帮美女巡回演出，就这么一边作着娱情之乐，一边著书立说，哪方面都不误。说到烹饪，我们一般人见什么好吃吃什么，而这位奇人颇为讲究，见"略带三分拙，兼存一线痴，微聋与暂哑，均是寿身资"，他不仅要饱口福之艳，而且还要讲求吃饭的感觉、心理的调和、身体的健康。真不是一般的修为啊！

我并不同意一些学者把他定义为文化商人，文人也爱钱，这很正常，关键是他活出了生活的乐趣，饱含了高雅之美、艳丽之美、丰富之美、洒脱之美，既入世春风得意，又出世灵逸高蹈。可见，文化人的骨气，不意味着任何时候都得端出清高的架子，去给所有人留下不可靠近的寒冰形象。我见多了文人行高雅之事，到头来被人指责为不懂生活的"精神贵族"，离群索居于象牙塔。而李渔则不同，他是个非常少见的大隐之士，在科举屡试不第的困境下改变当初生活的目的，最终在选择的路上活出了自己的潇洒，所行之处都散播清净之欢。通过这个文人我更加体悟到了：世俗的烟火，无尘的莲台，各有各的美丽，没必要厚此薄彼。世间万法各有所缘，不是只有一盏青灯、一方木鱼才叫修行。风霜雨雪是凌厉的美，镜花水月是空蒙的美。

　　过去，我太沉湎于自我的痛苦，抚今追昔，自我伤悼，欲罢不能，那时会闲坐屋中，倚靠高楼，听风细语，念叨着李商隐的《夕阳楼》"欲问孤鸿向何处，不知身世自悠悠"；今日我不愿借点酒性，就拍着大腿说："我活着多么不容易啊！"这自怨自艾的臭毛病一旦沾染上就很难戒掉了。有这样一种人，成日浸淫在完美的意境中，伪装出略带不食人间烟火的仙气，充满对现实生活的冷漠。就像古诗中的女子，成日菱花镜里，自赏容颜憔悴，为赋新词强说愁，把原本高雅的诗意玩弄成了精神鸦片，活着恰似一摊稀泥。这不是自找的吗？要是蜷缩起来故作可怜，那也就怪不得别人唾弃了。要是能很快清醒，必会发现很多苦痛不攻自破了，并且还可以为自己创造更多的欢乐。近代梁启超提出过"心造之境"的命题，他在《自由书·惟心》一文中举例"同一桃花也，而一为清净，一为恋爱，其境绝异"，就是说同样是桃花，既可以代表一种清净，也可以代指爱情，但两种表达分别代表的境界却相差了千里。同样，在一片江水之中，漂流着一小舟，舟中一壶酒，高人表达雄壮的豪情，大部分人只想到一个人的寂寞，两者又是天地的差别。拥有平和有力的清净修为，可以化景入情，而非被动地融情入景，在任何情境下都能灵动而又舒展。正如我曾经所写的一首诗表达的那样：

夜和韵

每处高宇一尊同，箕坐斜盼笑化工。

深锁凤萧春意涩，冥冥自有烛花红。

2010.4.5

　　我的大意是，当春意微凉的时候，凤萧这样高雅的乐器也会加重内心的寒意，而一旁自燃的烛花亦能带来意想不到的暖意。人心与外境从来都是相互作用的，外境常常可以影响人心，但人心也可以主动认识周围，直到让自己的心境发生变化。

　　这就是心物交接时心灵的感应，久而久之，我的思维如游云一般游移舒畅，不拘一格，内在的污浊之气少了，不良的隐患也少了。故而未做事之前便已经气息饱满，心深微而能观照自然之性，无所执也，而能放眼于自然的变通之理，更进一步地契合"自然"二字的精髓。朋友中多的是做生意的，搞行政的，做学术的，我自在地适应着他们谈话、做事的风格，细微到他们说话的声音，他们的忧伤、喜悦，想着他们所言的一切对我有什么裨益，不想争一时之对错、高低。我感觉到自己在气定神闲中的爽朗，见周围事物如同清远的落影，心灵和身体一起活动，一起休养。之前，我也会向人提及"空寂",只是迷恋静的感觉,我将其解读为"闲静之美"。花开时,听风戏墨,耕云望月,一盏清茶,坐看云水渡,一如我曾经的诗文中所写的"琼钩半上银光下,只顾池影见悠情",不愿招惹外界的纷扰,索性就不去引得别人的关注。在大连的时候,我就是这样,即便天很冷,吃过饭便一个人在新建的小广场上独步,靠着长柱在灯光下哈气,被光线映射得很梦幻。接着,我缓缓地在木桥上走着,享受着深深浅浅的足音,铿然动听啊!而到了夏天的时候,即便有雨,我也没有打伞的习惯,返回住所也没有悻悻之感,听雨洒落铝窗,铝窗上起了打击乐,薄雾般的轻纱贴着我的臂,于是臂上有了风的唇温、雨沫的蜜意。这样的清欢超越了世间的伦理与规则,让我的生活随处都充满了享受。现在,我又加深了对清净之感的理解,一切遵循本心,求真实,去伪饰,是什么就是什么。我已经对才子、才女、学者、教授、高人、作家等没什么兴趣,不带成见,只是觉得人啊,太容易觉得自己高人一等了,这世间最蠢的就是孤傲,最没有用的也是孤傲。我喜欢实实在在认真生活的人,他们珍惜点滴,脚踏实地,表面平凡其实特别,一刹那间可爱极了,每个人都是一道风景。就像我在《诗意的通脱》中提到的清洁工,很多年如一日地负责一条街,全部的身心都投入在清扫上,街边的车辆、行人往来都影响不到他。虽然我喜欢的这些人们不认识我,而且也会老去、死掉,但这样的道是没有终始的。走了很长很长的路,最后我还是回到了当初的位置,随性而发,自然而然。我和朋友开玩笑说,"傍晚我还会从这里路过,到时我会带一壶酒,你可以选择来,也可以不来"。

他默默地点了点头，或许明白我突然找到了心灵的一道光束，通往纯净无染，唯正无邪。

其实，人与人的关系，就是互相摄入，你中有我，我中有你，如两面互照之镜，别人的高暴露了你的低，别人的低成就了你的高。在彼此依存的关系之中，输赢真的有那么重要吗？天地自然有时是我的镜子，透过它我看见了自己的虚静之心，比以往更有耐性地凝望一物，没有杂念；而在我的虚静心中，我也能看到自然的投影，随意一望，便是不同的绝妙组合，只是没有什么所谓的主体和客体之分。我的经验范围便是我的生活世界，心意所至，不问好坏，好的结果固然是好事，不好的结果总能让我体悟得更深广，何乐而不为呢？我身上的大衣尽管很旧，但依然整洁而有风度；我的皮鞋尽管还是前年买的，但依然锃光瓦亮；我左手上的那串白玉菩提，中途断线过一次，当再次续上的时候，远比之前还要温润通透。走在起风的街道上，那萧索被我的心境变幻为暖人的绿意，到处鲜花初绽，青草东西各一丛，不长不短，一片绮丽之风光。在心绪的牵动下，我顾盼左右，不觉漫步至湖东，听着不远处的莺歌。我不太喜欢人们离开生活探讨生活以外的东西，也不太喜欢永远地徘徊在生活的琐碎之中，无所事事。更有甚者，去与别人比苦痛，似乎自己才是天底下最不幸的。谁没有苦痛，但深入反思苦痛的人并不多，只会动不动就长吁短叹，而自己的妄念依然还是那样，这就是一个自己都难以打破的恶性循环。佛灭后七百年诞于南天竺的龙树菩萨说：意识就是苦。过去直至现在我的周遭都流动着错乱无用的学说，过去我被它们拖着，消耗着，直到我把其看作生命中必不可少的环节，很快便觉得越来越清醒，集中精力留心正学，故而增进极多。什么是该在乎的，什么是该看淡的，什么又是该放下的，我离真正的清净心近了。早就听伯伯说过：无碍，是大自在，也是大智慧。没有任何的限制，没有牵挂滞碍，不再有恐怖，远离一切事物的颠倒幻想。我相信，无碍若能长久一些，内心的通明也就长久一些，离无上清净觉就更近一步。我想着，若是心还能承受更多烦扰，便证明我的心量更胜从前，便能证明我的心可以进入更大的清净，感受更大的欢快。还记得沈复在《童趣》中回忆自己小的时候，能在细小的东西上发现超乎这事物本身的乐趣。夏天蚊子发出嗡嗡嗡的声响，沈复能将其看作群鹤在空中飞舞。他抓了几只蚊子留在素帐中，用烟慢慢地喷它们，让它们冲着烟雾边飞边叫，他又能当作一幅青云白鹤的图景，他高兴地一直拍手叫好。他有时还常蹲在高低不平的土墙下，把地上的杂草丛当作树林，蹲下身子，把虫子、蚂蚁当作野兽，土块凸出的部分当作山丘，凹陷的部分当作山谷，自己徜徉其中，游玩得非常安闲舒适。在清净之中，心灵得到安宁，从中越加体会到生活的妙趣存乎一心，精神生活之培养亦存乎一心，心境越高越能体会到更多的妙趣。然而，我见有太多的人把自己捆绑在了"经济基础决定上层建筑"上，觉得只要自己有钱了，就有条件体会这样的妙趣，他们以为的妙趣就是等有了钱以后，想干什么就干什么，想去哪儿就去哪儿。我的回应是，等有了可观的物质条件以后就能玩的了高雅？谁说高雅的意趣与事业的拼搏有一种先后的顺序？他们的精神过多留意的是什么，他们自己算不算真正的高人雅士，他们心里清楚，至于不清楚的人过再长的时间也很难明白，怎么能体会到人的心灵的自觉和解放才是体验清净之欢的必要条件？几个月前，我的朋友带着一瓶上好的红酒来看我。干净的木桌上还摆放了分酒器，我笑了笑，把分酒器推放一旁，持起高脚杯。我没有看他，只是深情地看着红酒晶莹剔透的芳泽，轻嗅酒和空气碰触之后的香，啜了一口，嘴里似流动着万种风情。朋友也举起酒杯，与我碰杯，"常言说沉醉在暗香浮动里，能看到爱人从昏暗的酒吧门口走来，可你看起来真不像！"我抬头看了他一眼，"心不贵丽，器穷于朴。至于风花雪月与我又有什么关系？"清净之欢，改善的是我的心，觉醒澄明，它将我对外界强烈的渴望放淡了很多，即便是面对外物，我也不是采取一种占有征服的姿态，它把我物质上的贫穷消隐于无形，有肉吃的时候开心地品尝，没有的时候，一碗稀粥、一小碟咸菜、两个馒头也能让我十分满足。有时我端着饭坐在阳光下，靠着明净的玻璃窗，一切都如梦似幻。物质上的拥有与清净中的意趣，在我眼中不是对立的双方，我无须做出什么选择，只需要在面对世俗生活时保持我的尊重与亲和，随时从世俗生活中穿过。一个拥有正常理智的人应该能区分得清，"亲和世俗"与"不食人间烟火"是两码事。无德禅师将人类的生活比作瓶里的水，而人类则是花，人的生命只有在具体的生活中才能得到很好的滋养。唯有不断观照自己的心，不断地去净化，才能提升自己的气质，才能不断吸收大自然的灵气。那一颗清净之心，令我们的呼吸若梵音，脉搏跳动如钟鼓，感觉自己都像是一座庙宇，无处不宁静。

今日之我已非昨日之我，今日之心已非昨日之心。每个人都是一样，每克服一层心结就告别之前的自己，每一次的走出苦境都似重获新生。尽管走在漫漫长途中依然像颠簸于苦海，但总还要拼尽全力争取在清净中寻得一丝快慰，这健康的欢乐便是我的追求，是我简单的价值观，也是我留恋这个世界的原因。

我喜欢懒懒靠在沙发上，听朋友说话，整整一个下午，喝光一壶的茶水，仿似转换至朋友的位置看到另一个我，这快乐很鲜活。有时我也会点一个玻璃茶座，座中盛放烛火维持着茶水温度，橘红的暖光会由底部蔓开，整体就像一个内蕴生机、平稳和谐的系统。这不光是清净之欢，更像是一种哲思，清开很多虚妄，气脉和畅，我感受到了一个真我，不执着于有，不执着于空。印象中，我的每次出行也能令我体会到我想要的清净之欢，一身干净简约的行头，没有包，前几次偶尔戴戴墨镜，后来墨镜也收起来了，我喜欢眼前明亮的世界，不愿看到自己的任何一分神采被阻隔，身似行云流水，心如皓月清风，我踏月色而来，挥别红尘而去。在一个斜风细雨的日子，我撑了把很新的伞，走入阴暗的陋巷，竟然感觉像走入了艳阳满天、百花盛放的花园里一样。这样看来，所谓清净之欢的获得就是源自内心之律动与天地变化的契合，一有感触，见机于心物交结之所，没有感触，见乐于悠然忘我，天道无思无为，我心亦无思无为。世间留存之物如细沙不可胜计，而我所能把握的就是手中一把，然后手指慢慢松开，任其在风中流散，一切都即生即灭、交替不息呵。果晖法师在水陆法会上也曾说，其实佛法超度的对象主要是人，修行重在平时，不是只在法会的时候念佛诵经；正确的修行其实就是"不为己求""不求速效""无所求""不选择时间地点",不拘于外在环境、心无所求,随时随地把握当下修行,与周围一切能够友好地相处,一切无所遮蔽,如同日光照世。我的缘,就是我的性,故而我有根器;我的罪就是我的业,起心动念就一直不止。这几个月来,我一直深居简出,于定中看得广袤与精微,心性平和了很多,曾急于求成领悟一些东西,直到最近这些精妙的体悟才于体内融化开来。身心若是自由,是可随意往返各个时空的,并非要躲在一处以求自保、自娱,我不留恋空寂,也不倚靠佛经,只想不断投身闹市,尤其是遇到之前的诱惑,去检验自己的心。此刻,值得在意的只有那斜入的阳光,飞散的古木奇香。我头枕于柱上,听风铃欢乐,不论何方。之前种种偏见散去,融掉,却成就了另一种心。

中和静寂

　　唯有最恰到好处地拿捏自己，拿捏事物，才能在静寂中体会松林常青、日月永辉的大道。

　　如今，让我感慨最深的是每个人对自己的坚持，坚持自己对的一面，也保留了错的一面，主观的色彩永远那么浓烈；然而在评价事物的时候，也过多在别的东西上侃侃而谈，很少涉及对自己的认识。其实，对每一个人而言，都有非常在意的东西，也有觉得无所谓的时候，对于过分在意的东西，满满的是劳累与不甘心的重重交织，因它而喜，因它而悲；而对于过分轻视的东西，往往又表现得放任无为，消极懒散，觉得差不多就行了。人往往无意间把两个面对立起来看，习惯了站在自己的此岸看彼岸，评价外物远大过对自我的审视。事实上，"有"和"无"本身就是对等的，存于人们的普遍观念中，但具体到每个人的精神世界中，"有"与"无"的差异又都是难以想象的，所以说人与人之间的差异远大过共通。基于此，我从不奢望自己的所思所想能得到多少人的认可，能得到一些人的赞许是我想要的，能得到一些人的合理批评也是我想要的，至于完全说不到一块的，就不是我所能掌控的。我不寄希望于调和现实中的一些差异，但我会努力从调和自身的矛盾开始，花更多的精力用于踏踏实实做好自己。据此，古代先贤就认为，唯有法于阴阳，抱元守一，人和天地才能合德并行。受其影响，保持沉静的温和，平心而行，才是我在现实中最想要的；通过轻灵的笔触，微言大义，才是我想要的表达。我从不用负面的情绪来面对现实，也不会旧情缠绕，因为我明白一个道理，人拼命追求快乐尚不容易得到，哪有精力在那儿闲愁？上天让一个人好好活着，不是让他去自寻烦恼的。就在前两天，有一位北京的朋友来看我，在散步的时候他说，"我们很久都没联系了，如今我们都成长了，在现实中都有自己的一套，很多东西不见得能说到一块，但现在能静静地坐着喝喝茶，便是一件幸福的事。"可能，等到了三四十年后，我们见了更是无从聊起，但那个时候要比现在还要开心，彼此在观念上都不在意"有"与"无"的对立，彼此怀抱着更加从容的雅量，即便小坐一会，也能在静谧中感受到时光从指间划过的美妙。说到这里，一些学问家会觉得我在谈某位大学者的心学，很遗憾，我并没有专门去研究某个课题，只是寻思着哪些对我有用，哪些能对我的读者有用。我们共勉，关注自我的心体，诚心正意地对准自我的内在，然后实实在在地去体悟。只有这样，整个人的精神才会整齐划一，不仅力量凝聚，而且行为也趋于有序，正如大海中的一艘小船，正扬帆驶向一个方向；相反，若是脑子里什么乱七八糟的都有，不仅难以集中精力办正事，而且还会遗祸自身。

何为中和？这是我们中国特有的一个观念。在《中庸》中有"中也者，天下之大本也；和也者，天下之达道也。致中和，天地位焉，万物育焉。"前代的学者解释道：喜怒哀乐之未发，谓之中。就是说人的喜怒哀乐不明显或是未产生的时候，没什么强烈的情感倾向，无所谓偏倚，总是恰到好处。曾有一个年轻气盛的武者向一位神态安详的老人挑战，他上前一掌打在桌上，把碗震到了地上，碗里的水也震了出去；而老人淡淡一笑，也一掌下去，手掌穿透了木桌，而碗里的水没有溅出一滴，拍了拍年轻人的肩膀走了，"中"的状态显得尤为可贵。中和，正像是一个圆的圆心，牢牢地扎下去，拿圆规环绕一圈，便呈现出完美的圆形。这恰到好处的美感，像孔圣人说过的他眼中的高雅即"乐而不淫，哀而不伤"，是正中之意，能为不同的人提供享受。中和，需要人以诚意把握自己的心体，集中力量去接近"中"，去除浮躁之气，去得人欲尽净，使得心体廓然，更接近纯粹的天理，实现自我的心与天地万物不离的状态。所谓"阴阳相推，变化顺矣"，给人传达的是和风细雨的舒适感，人在这样的感觉中生存也自然温文尔雅，人与人的交往，也会柔化掉很多矛盾，内心像在演奏平稳和缓的乐音。而现在的一些流行的音乐，满满都是不良的刺激，人们越是盲目地追捧，越是会在精神中滋生重重的冲动，只知道想方设法去释放。我不认为这样活着能有多么健康，甚至有可能还是引发祸患的源头，而人们之所以浑然不觉，是因为在这样的环境里浸淫得太久了。汉代的董仲舒在他的《春秋繁露》中对"中和"有这样的解释："天地位焉，万物育焉"，阴阳与空间的方位和时间的季节相配，东方与南方为阳，西方与北方为阴，春夏两季为阳，秋冬两季为阴，当种子在地下想要萌芽的时候处于阴，它们必须接受东方和春天的阳气，使之中和，慢慢调节到春季的中间，也正是破土生长的时候。万物欣欣向荣离不开夏的阳气的滋养，但又必须接受阴气的中和，这样才有了秋分时节结出果实。可见，中和，合藏阴阳之术，饱含世间变化之数，昭昭然会通人心。所以，董仲舒这样讲："中者，天下之所终始也；而和者，天地之所生成也。"唯有最恰到好处地拿捏自己，拿捏事物，才能体会到松林常青、日月永辉的大道，才能让自身很好地在世间长存。而具体到个人，中和不单单作为一种美的观念，更成为衡量一个人情感原则的标准范本，比如评价一个人"温良敦厚"，算是很高的赞誉了。为人淡雅，但不会让人厌倦，性情温润平和，但不柔弱卑微，这就是他的本色，总之喜怒哀乐，彼此相容，自然表露终能控制在"中和"的程度上。苏轼说过："常行于所当行，常止于不可不止"，在适当的时候行走，在适当的时候停留，懂得收放自如绝对是一种智慧。这样呈现出的气质，才是真正意义上的"文质彬彬"，内外兼修，情理相洽，形神兼备，刚柔并济，看破天地阴阳之道，执天之行，则兴废可知，生死可察也。这种人的生命美感贯穿始终，让周围人也觉得美即是他的德，两者合二为一了，而当你试图走近的时候，亦能感觉到他灵魂深处透着一股暖流。他能够在每日的忙碌中糅和着闲情，在闲情中又显得稳重坚韧，观览世事变化如同在自己手掌上把玩，从容而不失天机啊！而非现代大众浅薄的个性张扬，充满了野性的突围，生怕没人知道自己，我在济南趵突泉公园的时候，见周围人群拥杂，人们为了品尝所谓的"圣水"，拼命拿各种各样的瓶儿去争抢，还有人赶快买来饮料立马倒掉，提着空瓶儿继续抢，一片黑压压的脑袋。鉴于难以更好地欣赏泉水，我对朋友开玩笑地讲："如何在这芸芸众生中脱颖而出呢？"朋友看了我一眼，指着趵突泉说，"跳下去，你会上新闻头条的。"

　　显然，中和之人，如此懂得立身之道，又怎么会卷入这可笑的虚妄之中？他很清楚，现实中存在着很多的假象，往往成为人看清真实世界的障碍，误导人去盲目地执着，甚至堕入偏见的深渊。正如两个吵架的人，像两只杀红了眼的公鸡，斗得忘我，斗得一地鸡毛，都是在维护自己最正确的理，脏话、调侃层出不穷，都竭尽所能处理自己眼中的当务之急。而周围人处在那样的情境中，也以各种举止传达着一个讯息："咬死他！"事实上，自己也不明白当时争得了什么。《心经》中说："色不异空，空不异色，色即是空，空即是色。"幻相过后，又回归原来的空无上，种种的假象因缘而生，不过是依托它们本来的空无之性幻化而出的。这样的虚空真是无所不在，本来不生，今也不灭，任凭世人苦心摆脱，它也丝毫不会减弱甚至消亡。而只有"悬挂"种种个人之见，让心歇一歇，中和精神中的种种矛盾，才能使自己的心虚净而明朗。如此，悟入当下，精神凝聚，不沾染一丝一毫杂乱的东西，才能体会常住不灭的大道实相，才能在静谧中使自己进入纯粹的真实。就像是日暮时，骤雨初歇，独自走在通往禅院的小路上，四周的枝条还有雨水抖落，远处空翠的山影静静地投映院中，静寂空灵，清新醉人。这样的幽寂清净之景，也正是对自己静寂心境的映现，无论是枯是荣，是聚是散，皆视作事物的通性，没什么好悲伤的，有句话说得好，"公道世间唯白发，贵人头上不曾饶"，谁都有白发的时候，怎会因为一些人身处富贵，岁月便饶过他们的青春？唯有静寂的心，可以闲逸如流水，不被万物所迷，静静地长存着。那一刻，燃烧的念想一个接着一个地熄灭，进入寂静之乐里；那一刻，行走更胜行云流水，活脱脱的一个随缘任性、笑傲浮生的禅者风姿跃然而出。心自澄静，不依内外，绵绵之乐从心底自然流出，妙不可言。当走在寂寞无人的深涧中，亦会发觉一丝野趣，有多少奇花异草在默默开放，静静地窥视。就像我在夏末的时候遇见曼珠沙华，这种花竟然没有叶子，边缘呈皱波状，红得妖娆，孤寂地昂首挺立在野外的石缝里，三三两两零星地齐唱着它们的挽歌，远远地望去像是血铺成的地毯，如一条"火照之路"，当时我才明白为什么说它是"黄泉路上的花"，花开时看不到叶子，有叶子时看不到花，花和叶永不相见，就像命中注定错过。传说此花是接引亡魂的花，其香有魔力，能唤起死者生前的记忆，它是黄泉路上唯一的风景与色彩，灵魂便由着这花的指引，走向天界。我在看到曼珠沙华时只感到一阵亲切，那是它背后所承载的深意，没有孤立的高傲，没有失掉缘分的遗憾，也没有对生命陨落的叹息，安安静静地纯然自足，一切都好，不需要等待人专程去看望。这是它心境的写照，身世两忘，万念皆寂。在我看来，花开也罢，落也罢，无人知也好，有人识也好，心若寂然，便能感受到飘然超迈的寂乐境界。一路上唱着自己的歌，读着自己喜欢的诗，欣赏着周围的一切，悠然忘时。这就是我想要的，把高雅的特立独行融入平常的生活中，让嘈杂的环境中还留有那静寂的快乐。

秋山春雨闲吟处，倚遍江南寺寺楼，确实是寂静之乐，但那是别的诗人的寂静之乐，不是我的。对我而言，我喜欢把屋里的灯熄灭，任树影横映在床上，捧起早上未读完的那一卷文章，在字里行间感受那诗意的美妙，静静享受着孤独带来的无限兴味。

在这样的静寂中，我有种大梦初醒的感觉，伸个懒腰，但精力充沛，披上一身新衣，一切都好像是新的。看着澄澈潭水中的倒影，仿似看到另一个自己，他轻盈若影，白玉如雕，谦逊温文，与世无争，若是累了，不妨坐卧歌吟，看一池碧水，风吹涟漪鱼不惊。我想到了陈来先生说过的：儒家的境界本来就包含有不同的向度或是不同层面，孔子既提倡"克己复礼"的严肃修养，又赞赏"吾与点也"的活泼境界。当时孔子和弟子们围坐在一起畅谈理想，曾点以春游乐心为志向，真实表达了他当时的诉求，简洁明了，孔子深以为然，这或许就是高贵的纯粹与静穆的伟大。偶尔抬头看看无限的苍穹，浩瀚天宇也就浮云片点，清一色的雪白，却能够无声地变化，无声地聚散，这是云的旨趣。心也仿似与云一同往来倏忽，颇有快意之感。而坐得久了，这种快意也消退了，自己进入了更深的静寂中，没有声音，没有色彩，连同之前的相也全然不见了，如同一种彻底的照见，照见一切有为法与无为之法都是无相的，都是空寂的。正如我去博物馆的时候，看到一尊尊陈旧的佛像被安放在自己的空格中，借助着微薄的光亮，延续着千年的神采，我问佛像为什么依然这么神圣庄严，佛像静穆无言，但又在闭目沉默中什么也说了。这神静湛然常寂，不是全然不顾；不是伦理道德层面上所谈的全然不顾，充满人性的自私与悲哀，而是在常寂中成就一个更高的自己。自己要先学会如何为心灵做减法，裁减掉一些多虑的负荷，清除掉一些不切实际的幻想，屏蔽掉可能给自己生活带来混乱的人与事，待一天的工作忙完后，一倒下便睡，而且睡得很安稳。我想说这么两个人，同样是二十多岁的小伙子，一个是刚走出学校去公司应聘，觉得自己该拿七八千的薪酬，结果被老板冷遇了，自尊心受挫了，一晚上睡不着；还有一个早两年进入公检法工作，被领导骂了"什么都干不了"，随即把领导的办公室清扫了一遍，在出门的时候和领导会心一笑。我只是想说从容微言，是出于对自我的把握，与对现实世界的考量，尊重客观事实才是自我的立足点，而不是有意无意地去遮挡所谓的自尊心。作为男人，除了昂扬向上的血性以外，应该有更高的境界，要会用思考来决定判断，用理智来决定行动，同时拥有对自身欲望与情绪超强的克制能力。

那么如何达到呢？我认为，需要通过致虚守寂的功夫，把精力归到那未发的寂体上，在这没有掺杂感情的空无状态下，实现气息的畅通，让自我保持清觉。这种守寂的功夫，不是一上来就向往空寂，动不动就跑到山上或庙里，把那里当作增长智慧的福地，更不是去追求独处的感觉，而是学会把精力集中于守护自己的静寂状态，体合于心，避免精力的空泛与流疏。儒家的经典《礼记》中讲"人生而静"，《孟子》讲"不动心"，都是在说人得有寂然不动的修行，去培养一个主心骨支撑自我，让自己的行为由强大内心引导，而不是依靠外物去接近事物的理，否则就成了方向上的错误。关于这种理解有个非常经典的案例：王阳明有一次游历南镇，一位朋友指着山岩中的花树说：天下无心外之物，就好像这花树，在深山中自己开放自己凋落，与我的心有什么联系？王阳明回答：你未看此花的时候，此花与你的心一起归于寂；你来看此花的时候，此花的颜色更加鲜明地存在了，便知此花不在你的心外。从字面看，王阳明说得很简单，是鼓励人们要通过"寂"来体悟，而根本上是在说需要一个强大的内在自我，去引导自己进入"寂"的沉思，体会心与外物之间的微妙关系，这是体悟能力的修行指导，并不是哲学学者定义的，什么"主观的唯心"。只有内敛默识才能对所学所感知的东西进行去粗取精地提炼，才能看问题不偏不倚，感受到知识在体内流动，彼此不断糅合、内化，然后贯通至自己精神的各个维度。我学着默坐澄心，以收敛为主，心合于气，气合于神，气息在体内循环往复，精神的耗损也逐步减少，所以感觉到自己长久充沛，即便是处于劳累，也可以尽快回复精气，这是心法的归一。内心不是变得封闭了，而是变得平稳、浑厚，从默坐的快乐进入心灵的和谐。所谓"情顺万物而无情"，圣人可以摒弃狭隘的私情小爱，通过更广博的情把污浊的东西化掉。那些我们从小就知道、长期忽视的正德重新被点燃，对家的责任，对国家的责任，以及生活中的很多方面的"应该如何"慢慢引导着我们的意识归于正途了，因为更高的才智需要更高的德行去承载。中国共产党常常教育青年人"将个人命运与国家命运紧密地联系在一起"说的就是这样，知识分子没有担当算什么知识分子？我们不能仅仅着眼于肯定自我，而是要放宽眼界、心胸，以同一的视角尊敬每一个生命，在仁爱光芒的指引下前行。这就是接近了精神上的圆满之态，任凭白昼黑夜交替，自己在平和之中获取满足。一切如平常，随时光明自在，《中庸》所谓"不勉而中，不思而得"。到此境界，心地莹澈，一循于理，置身至乐，不使自己的一分一毫累于世俗尘网，不会爱慕起来茶饭不思，怨恨起来夜不能寐。没有逢迎，没有固我，精诚不息，心无旁骛直直地沿着大道走。程明道言"廓然而大公，物来而顺应"，自己也对自己很放心。

中和下的静寂，静寂下的中和，知与行都统归于心，在心的有力支配下，知和行是同时完成的，总能让自己的思虑更加精细，让自己的心性可以兼容更多的东西，使自己前所未有地丰富起来。从前看外部的事情、选谈话的内容，总是挑选自己喜欢的部分，楚汉的历史我喜欢，换成五代十国的历史我便听得漫不经心了；而如今无所谓什么喜欢不喜欢的，任何事件中都存在着鲜活的形象，他们存在于社会的各个群体中，有着鲜明的角色定位，我没办法否认它们的存在，更不该完全交给自己的好恶去评判。我开始相信每个人的举手投足间饱含言语万千，意蕴十足，我开始喜欢去观摩这样的细节，平日行走在路上也像在免费地观看《人间喜剧》这样一本大书。好像一个有意思的游戏——听声音去感受东西。轻浮的人的声音，散漫游移，音量起伏但不合拍子；性子急的人，声音不怎么停顿，气息短促，暴雨连发，很难切到点上；性情唯唯诺诺、做事首鼠两端的家伙，说话也是急急切切、咯咯吱吱，像老鼠在吃东西，有一句没一句的。所谓"大道至简"，只有心的回向凝聚，才能感觉到大道就存在于自我的身边，就存在于细微毫厘之处，此道无穷尽；也只有心思细如尘，才能较为全面客观地把握事物，处于中和静寂才能越思虑越精明啊！曾国藩在他的《冰鉴·情态篇》中讲道："一个人的情态是精神的流韵，常常能够弥补精神的不足。久久注目，要着重看人的精神；乍一放眼，则要首先看人的情态。"中和静寂，便是人最理想的情态，神气内敛，游刃有余，外表从容温和，内在沉定虚净。古往今来，圣贤谋士、大儒高僧的举止，即使是羞涩困窘之态，也能表现得高逸而富有美感。秦汉时代的叔孙通本来终日穿着一套儒生服装，他从流氓出生的刘邦眼中看到了厌恶，于是将冗长的儒服大肆地裁剪了一番，有些地方还因裁剪不齐而显得破破烂烂，摇身一变穷酸的楚人打扮。刘邦大悦，仿似感受到自己家乡的气息，进而少了一些对儒生的偏见，也方便了叔孙通的弟子纷纷进入朝堂。叔孙通早在秦朝为官的时候，他从秦二世的神态中察觉皇帝厌恶再听到负面新闻，于是盛赞太平气象，先保全了自己的性命；然后向刘邦推荐能上阵杀敌的土匪般的实用性人才，博得团队高层的赏识。与时变化，神态从容，进退自若中尽显书生的智慧，当他的弟子们纷纷埋怨他不向刘邦推荐自己时，叔孙通只淡淡地回应："现在还不是时候，但我肯定用不了多久你们就会得到重用"，果然等到天下初定的时候，兵戈停息，施展全部才华的舞台终于形成了，他便用平生所学的礼制来规范天下，其弟子们也为一个新的礼制时代奉献了自己的力量，司马迁尊其为汉家儒宗，回想当初他自毁儒服，又怎会减弱他一代大儒的风范呢？然而对于那些市井小民，成日骚动得和跳蚤一样，未必只在街头，随处嘻哈，随处蹦叫，即便偶尔西装革履一下，也矫揉造作得可爱，不愧为粗俗世界中另一道风景，看他们也真是啼笑皆非。有委婉柔弱的弱态、个性张扬的狂态、怠慢懒散的半死态、交际圆滑的周旋态，人们总是不分场合、不分时宜地上演着自己的真情实性。只不过有的很轻浮，一眼就能看明白，如正在跟人进行交谈时，他忽然把目光和思路转向其他地方，很明显是没有谈下去的必要；或你在发表意见的时候，他在一旁连声附和，你不必指望他真懂你的意思，只需面子上客客气气就行了。而对于高人而言，与其说是心机深深地掩藏起来，神鬼莫测，不如说他定力高到可以控制好自己的情态，能够分辨世事人伦的清与浊，然后做出准确的判断与取舍。这样的人什么时候看上去都是温和静穆的，但通造化，知生死轮转；明大道，晓恩怨情仇，运筹帷幄之中，可以决胜千里之外。这样的人一坐、一看，都是那么干净利落，没有粘黏；说话、办事总是那么言简意赅，切中要害。张良在整个的楚汉战争中，身处复杂交错的关系网中，却能飘逸而来，飘逸而出，话不多，却始终能够看清矛盾的交叉点。一天，刘邦从阁道上看见诸将窃窃私语，便问张良他们在谈论什么事。张良故意说："他们在商议谋反！"刘邦大惊，张良解释："现在您做了天子，受封的是您平时喜爱的人，而诛杀的是您平时所恨的人。现在朝中很多人在统计自己的战功，如果所有的人都分封，天下的土地毕竟有限。这些人怕您不能封赏他们，又怕您追究他们平常的过失，最后会被杀，因此聚在一起商量造反！"刘邦忙问："那该怎么办？"张良问道："您平时最恨的，且为群臣共知的人是谁？"刘邦答道："那就是雍齿了。"张良说："那您赶紧先封赏雍齿。群臣见雍齿都被封赏了，自然就会安心了。"于是，刘邦设宴当场封雍齿为侯。群臣见状，皆大欢喜，纷纷大笑着说："像雍齿那样的人都能封侯，我们就更不用忧虑了。"张良于寂静无声之处，悄然纠正了刘邦任人唯亲的弊端，悄然缓和了矛盾，避免了一场可能发生的动乱。虽然与张良相隔了两千多年，但在中和静寂中我似乎听到他的声音，温润悠扬，开口之时仿佛乘风悄动，悦耳愉心；不说话之时，如琴师抚琴，雍容自如，而其齿更是含而不露。而绝非一个口阔嘴大，喧声夺人之人。

刹那永恒

　　每个人都会遇到峰回路转的瞬间，眼前柳暗花明；而一旦牢牢抓住这瞬间，我们将迎来新生。

＊ ＊ ＊ ＊ ＊ ＊

　　不管是一般人所理解的"刹那"，还是禅宗所说的"悟"即刹那间的证入，都是指觉悟的片刻，很多的困惑一下清散了，就像先前还是在黑屋子里坐着，静静地发闷，一点烛光慢慢地照亮了周围，自己的心情也随之转入佳境。然而就是在这么短的时间，整个的生命都被映照上了色彩和温度。我想到了一句很平常的话"听君一席话，胜读十年书"，寒窗苦读十年，每天在积累知识，在不断地思考，也是在慢慢地提高，然而一次不经意的点拨，点石成金，就不再是之前的自己了，如今不似洛阳时。此机在于人，随天地变化而变化，无处不在，无所不至。刹那间的体悟，让人察觉到时间的虚妄，只觉得岁月的水流被一下截断，放掉了很多的束缚，也拓展出很多生命之外的可能。之后，我不那么想念烟花三月下扬州，只想再听听暮鼓晨钟，去告别一段浑浑噩噩，在一份难得的清醒中读懂所发生的一切。如一条鱼儿，先前还在池塘中打转，瞬间发现了新的路子，开始向幽深处挺进。那些平日里的恩怨情仇被挤得零零碎碎，或是沉没水中，荡然无存了。至于曾经被哪些人骗过，被哪些人伤过，与哪些人热烈相拥过，又与哪些人把酒言欢过，都记不太清了。

　　但内心的律动，却是那么清晰，倏然而来，倏乎而往，自己精神的形态也随着自然的变化而变化，阴极阳生，阳极阴生。时而暖然似春，时而清爽若秋。

想想，我曾经在为人处世方面也是棱角分明，为不少人指指点点，不知他们看到我如今这般会做何感想？朋友见证了我的成长，可我回应："这得益于我曾经的固执"，正是由于我曾经走过极端，提前体会过创痛酷烈，所以才会更坚定地走在中间的大道上，见证生命中的春回大地。我迷恋过杭州的水，绍兴的酒，苏州的园林，南京的梧桐，喜爱阴雨连绵下的曼珠沙华，喜爱听那个女孩在江边弹琴……而当这一切都远在天涯，我确实内心充满无尽的感伤与遗憾，恨不得甩开周围的污浊，远奔他乡。但终于有一天，我走进了一片林子，凄条条的没什么生气，枯黄的叶零落在我肩上，接二连三从我大衣上滑下，与已铺满黄叶的大地相拥。这些叶子忘记了自己原属于哪一棵树，不倚一物，只关心自己掉落的状态，不关心什么时空，也不关心落地以后会如何。久而久之，我感觉自己的纯然之心幻化为一片叶，融到了自己的世界中，在瑟瑟的秋风中见性，无关风月。唯有这至静，方能感受到无所不包的大道，充塞于天地之间，与我心契合，所谓天长地久有时尽，刹那不灭亦不休。唐朝的时候，师从韩愈的哲学家李翱曾经多次派人请药山禅师进城，可惜都被拒绝了。后来他只好亲自拜访，问禅师："什么是'道'？"药山禅师伸出手指，上下指了指，然后问："你看懂了吗？"李翱如实回应："不懂。"禅师解释说："云在青天水在瓶！你要找的道就在青天的云上，瓶里的水中，在一草一木，在一山一谷，为什么要固执地认为远方才有你想要的？难道你眼前就没有值得耐人寻味的事物吗？"宁静的确可以致远，刹那之间也足以看清本来的自己、本来的一切。后来，药山惟俨禅师和李翱结伴在山中游玩，忽然天边云散开了，明月高悬，他不禁对着天空长啸一声，很多人不明白，以为这和尚发疯吧？一旁的李翱看懂了，立马写诗："选得幽居惬野情，终年无送亦无迎，有时直上孤峰顶，月下披云啸一声。"大意是：这和尚的心如一面镜子，任凭别的事物将各自的影子投射进去，都如明镜无所隐藏，心静如水，不留痕迹。这和尚即便是做事的时候，也不会在意什么手段，更不会每走一步都计算着如何达到目的，所以他能够高于物，而不被物所伤害。即便在常人看来很窄的路，对他而言也走得舒坦极了，来来去去，了无牵挂，处处都是他的家。他一路游玩，晃晃荡荡到了山顶，享受着自己的禀赋与自然的天性相合。在这样一个契机下，和尚被圆月一照，性灵高满，彻悟天地。那一刻，无古无今，顿觉眼前无限宽广，四肢舒展得都感觉不到存在，脑中些许感想也被冲散在这无垠之中。那一刻心法两忘，以无言与天地对话，满目尽是银光柔和的山脉，仿似置身清朗皎然的虚空世界中。

故而，我觉得刹那的体悟，不是我们狭隘的观念所能丈量的，正如落花随流水前行，而流水无心恋落花。一朵落花、一曲流水便组合成了一个动人的世界，一点儿也不杂乱，我们完全能在其中自由地徜徉。唐伯虎的《桃花庵歌》就是一个很好的例子，诗文有云："桃花坞里桃花庵，桃花庵下桃花仙。桃花仙人种桃树，又摘桃花换酒钱。"由远及近，一个仙人陡然从定格的画面中走出，纵情高卧在自己的天地之中，以遍地桃花堆积出一个花的世界，备自己享用。接下来是一幅更美的画面，"酒醒只在花前坐，酒醉还来花下眠。半醒半醉日复日，花落花开年复年。"就是除了桃花、酒、自己以外再无别人，清雅曼妙，若流风之回雪，意蕴醇厚深远。唐伯虎在慵懒之中，遥手一指便能把时间凝固，日复一日，花、酒、他自己不分彼此地融在一起。何等逍遥，何等快活！唐公子只愿老死花酒间，不愿鞠躬车马前，别人爱说什么说什么，自己也不以为然，至于烟花柳巷的风流，醉生梦死亦不过如此，没什么可留恋的。从唐公子的《把酒对月歌》可以看出，他很崇拜李白，但绝不甘心一味地模仿李白，弄丢自己的味道与感觉。李白说自己是"酒中仙"，唐公子也爱酒，也爱仙，要做自己的"酒中仙"，说不定能在神醉中与李白对饮，饮罢各自乘风而去。从他后来的事迹可以看出，他已身无所托，姑苏城外一间茅屋，一片桃花，余生足矣。潇洒任流年，任的不是别人的流年，是为自己能圆融无碍、顺畅无比地活着。即便在某个瞬间蓦然回首，也没有回忆的苦涩与起伏人生的悲叹，只记得桃花，美景逸思，一咏成诗，这便是他在刹那之间获取的真义。至于宋代的林逋，我认为远在唐伯虎之上。他能把清高呈现得那么恬然自适，而不像唐伯虎那样始终还带着一些激烈，当对世俗的愤懑无处发泄，便转向行为的癫狂。林逋隐居杭州养了两只鹤，放开后，便飞入云霄，久久地盘旋着，再自觉飞还。他有时泛舟湖上，看到自己的仙鹤在自己头上盘旋，便知道友人造访家中，童子放鹤告他归还，旋即将船调头。同时，他还非常喜欢梅花，在小孤山种有非常多的梅花，他为心爱的梅花写了很多的"情诗"，见《山园小梅》：

> 众芳摇落独暄妍，占尽风情向小园；
>
> 疏影横斜水清浅，暗香浮动月黄昏。
>
> 霜禽欲下先偷眼，粉蝶如知合断魂；
>
> 幸有微吟可相狎，不须檀板共金樽。

梅花笑立风中，占尽风情，虽哪里都有群芳，但在林逋眼中天地间只有此花，其他的都可看可不看。在小园中，梅儿疏影轻盈，横斜妩媚，迎风而歌，清浅温润，那暗香无形地在黄昏中散播开来，不近不远，不将不迎，就在他的身旁浮动。梅之色、梅之香引得粉蝶与霜禽，相互打趣，又深情互对。就是这么简单，林逋有幸被它们暖心，它们亦有幸被林逋的深情滋润着。他浅浅微吟，满足于做他的"梅化诗人"，至于那些别的奢望尽显得多余。他以梅为妻，以鹤为子，终生未娶，人称"梅妻鹤子"，已在刹那间得以飞仙神游。有那样的情致，寂寞算什么？情欲算什么？皇图霸业君王事又算什么？世人看不懂他的生活，更看不懂他的快乐，但简而言之，人活一世，拼命追求快乐而不可得，能有一些事物常伴左右，这本身就是上天极大的恩赐。如今，转眼千年，鹤已西去，但还有很多的梅花环绕在林和靖先生的墓前。

而一般人的身心很难自在，更不用说通过刹那的体悟获取生命的真义，求得永恒。他们还是改不了和人计较的臭毛病，始终相互嘲弄对方的愚蠢。

　　他们只能体会所谓的"自由"，伴随着随性的成分，渴望尽可能按照自己的性子说话办事，不受任何约束。什么真义不真义的，我此刻就要舒服，能躺着就不要站着，能享受一点就不要错过一点。他们不懂"刹那"，只明白"释放"，赶快跑外面浪一浪，撒点钱让自己乐和乐和，不然挣钱是为了什么？当短暂的快感消逝以后，便又不知道该干什么，呆呆地坐着，然后又去寻求快感了，如此循环往复，不知疲倦。我看到，一堆不成熟的心聚在一起，群魔乱舞，一股子野性的天然气息，任意挥洒。那种自由过多呈现的还是人的自然本性，过多还是依附于欲望。既然过多的情况是受欲望摆控，那生活中的很多时候还是会嗔、会怒，延伸出吵嘴、打架、讽刺、欺压等等。故而，修行的人会把忍看作扼制烦恼的第一法宝，看作最高贵的品质，通过忍去认识苦，改变苦，在心平气和中体会生命真义。多识活佛认为如果能做到这样，便能在善德的问题上解决一大半了。一般人在这方面下的功夫不够，所以看似想去哪儿就去哪儿，没有人管，内心却不一定自在，总是不知不觉被现实的东西奴役着。我记得一位学者说过，寻常人的观念被时间"刻度化"了，或者用现代的话讲是"格式化"了。虽然我们不是强行被时间僵化，但是我们精神的很大部分确实被生活的节奏给固定了，几点上班决定了几点起床、几点吃早餐，以及上完班以后的其他项目的安排，若是实在累得不行，回家之后倒床便睡。我们不经意养成了惯性的思维，即便遇到了休息的时候，也会本能地问："现在是什么时候了？应该吃中午饭了。"好像自己的行为被这一时间观念统摄着，偶尔想一想其他的诗情画意的东西，也会被现实中的自己斥责为"不切实际"，如此，又怎么可能进入刹那的美妙？我想说人的生命本身是极其富有张力的，只是被生活的无数刻度给限制了，上至规则的限制，下至日常琐事，共同构成了一道道厚厚的屏障，遮挡住了我们生命的光亮。我们常常表现出自己的无助，前行的动力要不借助于金色迷人的回忆，要不耽搁于未来的幻想中，意淫着意淫着，自己也心满意足地笑了。不得不说，人在未悟之时，眼睛所看到的，心中所想的，无非是一些具体的事物，每天都那么清楚地记得自己喜欢的是什么，讨厌的又是什么。总而言之，长久以来我们都以为时间在"前面"走，其实真正流逝的是我们，我们被锁在时空的流俗之链上。同时，它还牵连着我们情感的轨迹，每一个辉煌都可以转瞬即逝，每一次衰朽横亘在眼前又不得不跨，太多的必然，无法阻挡。世界留给了我们有限的此生的同时，还伴随了难以言说的沉寂，故而人便在很多的时间节点上拼命地回旋，尽量找补回一些东西，这才有了不断下馆子胡侃，不断进出歌厅，一有空就要远游。人们觉得年轻时犯一些错没事儿，反正过去的终将过去，但后悔有时会是一种无法偿还的代价。我总算明白，为什么古代的很多英明神武的帝王要求仙炼丹，秦始皇不可能察觉不到一批一批的炼丹人有可能是骗子，他一生活在极度的寂寞与猜忌之中，需要一种方式慰藉心灵，至少每一次服食丹药，能带来空虚之外的微末的希望。所有人，上至帝王下至平民，有限的生命过完以后，我们就与这个世界无关了，就像被时间抛弃了一样。

只有体悟过刹那，我们的心灵才不会那么被动，我们完全可以调试自己心灵的光亮。以前纠缠的东西，现在一笑而过；以前看重的东西，如今淡淡一瞥。当我再次盛装出现在我喜欢的环境中，我能看到自己多了些微笑。我很平静，跨越了情绪；我很自由，不为谁而停留。我感受到的刹那不代表过去、现在、将来的任何一个部分，它并不在时间的维度中。故而，它能帮我跳出各种各样的格局，重新审视现实中发生的一切，令我可以轻松地徘徊于有无之间，穿梭于形形色色的事物之间，乃至独步古今。瞬间，平日的喜怒哀乐算得了什么？再糟糕的事物总还是有它存在的理由，有它独有的美丽。只是很多人都不太会感受生命背后的光亮，不太会在毫厘间挖掘生活的内涵，不太明白一草一木也都是有象征意义的，没有一个是虚设的。人只有处在极静之中，才会发现我们的观念依附于表盘上十二个数字的刻度，是多么狭隘与愚蠢，那根本不能代表时间的广义，以及其真实的形态。我们需要参与到当下的平凡之事中去，随处留意，随处把握体悟的契机。有一幅很有名的摄影作品，名为《时间的风景》，主要表现了一个建筑物在时间的流转中岿然不动，以建筑物的静，来描绘时光的瞬息万变。创作者用了 3 小时 29 分 16 秒进行摄影，对着同一角度每间隔五秒拍一次，然后把拍摄的百张照片叠加处理，历时几个小时，把不同的瞬间都融合在一张照片中，这就形成了"一刹那"。我想，万象皆在时空中循环往复，生生不息，可我们能够捕捉到的变化又有多少？说不定在我们和人谈话的过程中，几米外一片叶子飘落了，或是千里之外的某条河被春风解冻，惊鸿一瞥，花儿绽放，虫子破土，这一切都可以在同一时间发生，我们的肉眼如何去把握？故而只能寄希望于心的体验，思想的延展，超越平日所理解的时间观念，超越那层层幻相，找到本然的自己。就这么静静地坐在窗户旁，屋里昏暗，外面万籁俱寂，但自己的心是亮的，无哀无愁，湛然清澈，如天上的圆月那般朗然自现。即便是在伟大的造物者面前也没有谁是主人、谁是客人一说，想来就来，想走就走，来来去去，没有阻碍。我是我的主人，是我精神世界的帝王，不会匍匐于任何物之下，更不会匍匐于任何人脚下。在与自然和谐共存的同时，亦能感觉到自己的独立是多么令人骄傲，举步轻盈，从不深陷。我一边加深对自己的认识，通过文字的剑为我的精神开辟更广阔的疆域；一边以自己的认知丈量着山高水深，体悟普罗泰戈拉口中的"人是万物的尺度"。我曾和朋友开玩笑，假如此刻我打算前往巴黎，常人需要提前进行一些准备，要去支付巨额的花销，而我刹那间踏着我的直觉穿越时空，转眼便是巴黎，而且感受到的要比实际见到的还有魅力。就像《菊与刀》的作者露丝·本尼迪克特，用"菊"的恬淡静美与"刀"的凶狠决绝来揭示日本人的矛盾性格，而她从未涉足日本。虽然不能完全了解日本民族，但她本人脑海中的日本并不是幻想而出的，是靠自己的心智细细地去感受，每一时刻都在竭力地靠近所要认识的对象，直到凿出一条连通彼此的大道。

这正如突然抓住了一个时机，自己的心与外物达成了完美的契合，永恒的境遇就在眼前。就像唐代李商隐的《无题》中所言的"身无彩凤双飞翼，心有灵犀一点通"，"身无"与"心有"，一外一内很默契，自然地缝合在一起，顿感花香满人间啊。可以看出，优秀的诗人往往都有一颗妙悟的心，可以在平常的现实生活中窥见常人看不见的东西。他们与平庸到只会"诗情画意"的文人不一样，他们能在自然的雄姿中保持深深的静虑，在静中处处有着活泼的妙感，而不是让整个人变得死气沉沉，封闭在自己的世界中。有句诗文"心远地自偏"，即居住在人世间，却没有车马的喧嚣，问陶渊明为何能做到，他回答只要心境幽远，自然随时随地都能抓住这样奇妙的瞬间，没必要准备好一张地图，准备好一个高智能的手机以后再前往山林之中。因为刹那的契机，从来都是可遇不可求的，不是什么都准备好了就能遇上。只有以心观物，才能看到难以言状的美，才能看到自然之法遍布一切处，鸟鸣花开处处可闻。陶渊明心如鸣泉，以自己一心见得一切心，通过一处景窥得天地之景，他把自己的心迹真正通往了桃花源，把自己的哲思寄寓天然的形象中，不是简单的借景抒情。他在自己的庭园中随意地采摘菊花，无意中抬起头来，就能够与南山心意相通，在彼此的无声之中已经交流了万千语。此处的意会，全在一偶然无心上，一花一鸟、一木一石亦饱含无限的深情，这是很高境界的文人才能做到的。在那一瞬间，我作为旁观者，无法分辨诗中的美妙到底是出自陶渊明内心的律动，还是山林之间本身就有。通过陶渊明的感受传递，我看到的南山飘绕着若有若无的朦胧气质，在夕阳的照耀下，像极了欲界仙都，吸引成群的鸟儿往返自在，充满了对周围一切的慈爱。那一刻，我自己都感受到完全融化在自然之中，光明无量，普照十方，这完美的体验让我难以开口，因为我懂得言尽意灭的道理。陶渊明并不是在简单地描绘一幅场景，更像是在表达一种生命的智慧，专门用来消除精神上的阻碍与局限。我只想说，他教会我如何运用内心幽寂的禅意，在清静中保留欢快，在欢快中沉淀清静，在刹那间让自己得以升华。这算不上什么高深，只是天性的袒露，他的《归去来兮辞》看似田园在召唤他，其实是他本性的召唤，"归去来兮，田园将芜胡不归！"仿似一个当头棒喝，终于大彻大悟，收拾收拾东西是时候该回去了。这样的本性在他当官的时候就有了，只是一直在等待一个合适的契机涌现，他果真等到了。其实每个人都有这样的契机，或是隐藏在时空之中，或是潜藏在自己的意识中，不去挖掘怎么敢断言自己没有呢？我前些日子还和我的朋友讲："现在我很少专门去读什么书了，若是手捧一本，也是感觉它能帮我去挖掘更精华的东西，或者是源自内心深处的召唤，告诉我应去增进什么样的知识。"我渴望去了解一个更广博的世界，去洞察一个更深邃的世界。一知、一觉以后，自己将再次获得新生。

　　舟之轻扬，风之吹衣，那份禅意把我化入空前的清静中。晨光熹微把眼前美好的意象也抹得淡了，留下的是刹那永恒的感受，这是更深的觉。实迷途其未远，觉今是而昨非，眼前看到的事物都是那么聚散无常，前一阵子还和朋友把酒言欢呢，最后还是该走的走，该回的回，或许很多人有些感伤，而我只淡淡一个回首，失向来之烟霞。我刹那间感受到的美并没有消失，而是住进了我的心里，走到哪儿带到哪儿，至死相随，不离不弃。它们是无上庄严的，帮助我扫除心中杂念，彼此相互辉照，昼夜不断，让浑浊的障碍渐行渐远。当我再次临近江水边，欣赏着明朗的月色，我却没有一直呆呆地看着它们，挽留它们，因为我感觉自己的精神也和江水一样澄清，同月色一样明朗。那份"澄澈"从影像变为我灵魂深处的特质，即便再遇到孤寂也能迥然出尘，而不会悄悄地隐没在黑暗中，然而所思甚远，让我看到了不远处山头永恒的光芒。流水今日，明月在前，从来没有像现在一样内心丰富而饱满，精力也比从前充沛了很多，我常常能从无染的自性中听到流出的微妙声音。在刹那妙悟之中，自然之法浑如太极，生生不息，我亦可以在其中随时得到补充，一路走来，周边的事物随时都可以为我注灵，为我提供生命的养分。也正因为如此，我少有什么遗憾，自心默契，自知自明。每日所做的一切不为争取什么，也不为向更多的人证明什么，然而每一次的体悟，在我眼中就是无边的妙用，令我至心精进。我不妄言比什么人高，只是高于当初只能通过眼睛来看世界的自己，肤浅的妄言始终过于可怕，不如身心的凝聚令我心安。后来，我一个人跑去了山顶，一座不知名的山，看到浮云来去生灭，虚空不曾动荡半点，那永恒的至善之境带着圆月的光辉，不因云的遮蔽而丧失一毫。

修心的转向

不如修心

太多的人如浮萍一样漂泊，疲惫而没有方向。他们从未意识到由修心得来的自明，会将眼前萧索驱散得干干净净，一切都会随之亮堂起来。

　　心始终还是不能够齐物，还是有太多的不平衡，我心在浮动，他心也在浮动。所谓的现代文明的大潮，让人深陷旋涡，仅有的精神的自觉被慢慢泯灭掉。首先，我看到了人们内在的世界乱象丛生，疲软而不可塑，如一桶水被踢翻，平淌在地上，任由风渐渐吹干；再者，不知满足地追求幸福却又有惶恐相随，短暂地跃跃欲试后，又呈现出难以言明的空虚与消沉。面对这两种情形，绝大部分的人都是无能为力的，长期处于被动中，尽管脑中想法很多，也能说得头头是道，但在具体做事的时候就不怎么灵了。不说别人，反观自省，我不喜欢曾经不分场合高谈阔论的自己，相对满意现在静静听、静静看的自己，曾经表面强悍，寸理必争，实际很不堪一击。当我再次听到人们说"中国人最大的特点就是含蓄地表达自己"，我只淡淡回应："延续了这么多年，总该有它存在的道理吧？"含蓄不是什么特点，确实是一种智慧，不是表面的客套，是深思以后平静地回应，即便判断上还有偏差，也不至于损失太多，尚能回旋。这是需要实实在在去修炼的，光脑子里想想或感受一下，是没有用的。后来，我观察到很多的成人也不见得做得很好，要不是在某些方面显得老道，要不就是把含蓄尽流于表面，骨子里其实没有多大变化。和孩童相比，他们智慧确实高出很多，但越来越为俗务所累，精神也很涣散；而孩童尽管简单，但能专注于自己的世界与手头的玩具，身心、气息都很凝聚，故而精进起来也奇快。我并不是要说成人不如孩童，而是想说身体累不可怕，可怕的是心累，多经历是好事，但心性也随之杂乱就太不应该了。每个人都有被他人牵累、自己负累的时候，若还不及时调整，就只能深陷其中不能自拔，独自享受苦果了，与人无尤。人活着，很容易就会变得越来越不知足，总惦记着别人有的，遗忘了身边的幸福，这才是真正可悲之处。试想年岁很久的大树为什么能那么骄傲地挺拔着？最根本的不是因为它的枝繁叶茂，而是它在泥土中拥有的深度。它自知自己的高度，不能够与无限的苍穹相比，连栖息在它身上的鸟儿也能飞过它头顶，而它始终平静安详地矗立着。可见，最理想的状态还是顺其自然，在内心为自己保留一份纯净。

忙忙碌碌很好，至少说明自己没躺下；但忙得晕头转向了，无论如何也说不过去，这是我肤浅的看法。然后穿梭回过去重审视一番自己。长期以来，我总是乐于体验各种各样的事，妄求自己在哪种情况下都能做到随遇自在，所谓物各有性，不可强为，便去随顺。记得一位娘娘腔的人，带着一种雌雄莫辨的美向我走来，时不时抬起手让我注意他新做的美甲，记不得他说了些什么，大概是觉得我太过于文人的那一套，止步于世俗，浸淫于高雅。我嘴角挂着笑意："我知道你喜欢吃甜品，我也喜欢，有一家店准保你没去过，端着甜品漫步在商场更是不错的选择。"我的感觉是，不要给自己设定太多的标签，想要田间辛勤劳作，没必要到大街上也扛把锄头；想要创作一些好的文艺作品，没必要时时端出文人的姿态。世间最好的智慧，是能让各种各样的人都有所受用；世间最自然的状态，都是如流水不拘泥于一种形态。故而，尝试不同的东西，不见得都是出于喜欢才去接触它们，所谓的好恶不过是人按照自己的情感划出来的，事实上，没有什么东西能让人一直追捧到死，也没有什么东西能让人厌恶到死。行走在不同的街道，敛眉沉吟，目睹俗世纷扰寥落，只想感受更全面的人生，多一道色彩就多了一点新鲜的感受。而不希望看到自己的狭隘与安逸，或是因为愤世嫉俗就屏蔽一些东西，那感觉和死掉没什么分别。这样一来，我不太执着于所谓的对与错，精力和视野慢慢从书本向外转移，眼中只有阴阳相合、彼此相推的变化之道，潜心默坐，学习着让心与物契合，感受着一呼一吸间生命的不断更新。见多了奇谈怪论，见多了剑走偏锋，那些自命不凡的人们如同禁锢与幽闭在自我的花坛中，他们苦心经营的学问、理论连他们自身都难以服务得很好，何况是更多的人？每当有此倦意，我便会去一个地方，坐在那棵塑料的但能以假乱真的枫树下，伴着昏黄的灯光，像走进日本的京都岚山，清一色的血红，层林尽染，热烈的优雅一直烧向寂光寺。透过树与树的间隙，可窥见大堰川上漂浮着的五彩的小船，音乐家们身着他们特有的服装，坐在船上演奏着日本筝和尺八，舞者们陶醉在古老的舞步中 …… 回过神来，品尝着玫瑰花茶，翻翻熟悉的作家的作品，慢慢人都走光了，茶也喝完了，再插上自己的耳机，听听自己的音乐。至今回想起来，我都坚信那里才是我的福地，丰富的体验能让自己越活越明白，看过百态才更清楚自己想要的是什么。我不见得非得活成别人仰慕的样子，为吸引他们的关注而绑架自己，这不是聪明的做法；我也不奢望日后能避免什么谩骂，现实的情况是做得好还是不好，都会有人说三道四。世间之人本就是各安其所安，各用其所用，我行走在路上，一切只为安心。

一直到现在我也没有放弃"丰富体验"的观念，但我开始质疑它能不能算作提升智慧的途径，正如一堆满脸沧桑的老男人，拿起酒杯似有说不完的故事，但是不是每个人都睿智绝伦？很多感受侃侃而谈确实悦耳动听，然而在现实中尝试以后并不是这样的，大的梦想谁都有，实现的往往是少数；另一方面，即便是长期萧索的落寞，也不可能总是悲哀，漫漫旅途中不经意也会收获别样的风景。总之，难以改变的事实是，人往往对现实的情况估计不足，要不极左，要不极右，"丰富的体验"真能给人带来实际的成长吗？其中混合了太多的对与错，但事情的答案又不只是一个，很多事体验过以后，不仅不会让人觉得绚丽多彩，反而还会觉得空虚无趣。比如现在都市的快节奏，男男女女有越来越多的调情之法，各种各样的娱乐途径，但爱情却难以维持很久，如同口香糖恋情，嚼一嚼便吐了。刚开始的时候，彼此都"受缚"于诗意的理想，充满了散乱的奇妙感觉，很少会有理性的参与。有时候，一张简单的合影、一张情意绵绵的卡片往往都可以唤醒我们久违的激情，然而不经意间发生的变数，也能让原本的激情坠入冰窟，到最后只剩一句"一言难尽"。此时头脑不那么发烫了，开始理性地体会着：人与人的生活原来既交叉又独立着，在不经意间走近，也会在不经意间离开。最终，生活还是以平淡的面容抹平诸多的激情，仿佛一切都没有发生过；今后再提起，不过也只是淡淡的回忆，无所谓好坏。有人曾经问过我这样一个问题：倘若奢华生活与沉醉女色二者选一，你会如何选择？我的回答很果敢，念念不忘奢华也要比沉醉于女色强很多，因为前者会少一些情感或是身体的伤害，避免一些剪不断理还乱的纠结，哪怕是在高雅的环境中待一会儿，也是在收获别样的享受。把自己交给迷人的夜晚，在低调的奢华中展现不一样的从容，有欧式的水晶吊灯相陪，银质的龙凤纹酒壶相伴，没什么混杂之人干扰自己。世事繁杂，可不见得所有的事都有必要去体味，有所为，有所不为。当然，类似于酒桌上拼完酒力拼阅历的人们，其身如尸，其心已腐，常年不分场合只会炫耀自己的沧桑人生。记得，一个生意人曾指着我的鼻子说："你才经历过多少事，我是大风大浪过来的，什么人和事没遇到过。"他确实很得意，好像所有的东西都懂了，原来多经历点事能骄傲成这样？我也不会拂了他的意，他横由他横，他也是盲目流浪的可怜人啊！我只是深感人要想生命中时时有温暖相伴，不是靠五彩缤纷经历体验去获取光热，而是要靠一种充满宽恕与自然的和气，精纯至一，圆润无极，非依托于一颗强大成熟的心不可。

这是因为不修心的生活体验，是没目标的人生，时间久了也和漫无目的的流浪没什么区别。想想看，蚊子每天也很忙，忙着叮咬人们，却落得一旦出现，人们就想往死里拍。而人们对同样忙碌的蜜蜂、蝴蝶的情感就不一样了。所以说，忙得有价值有意义才是最重要的，多么忙并不是最重要的。"珍惜"二字看似简单，但多少人都不懂，时不时抱怨这个抱怨那个，又何尝不是在外泄自己的精力呢？我相信，每个人的身上都蕴藏了自己都不知道的力量，只是苦于不知如何使用，比如我的一些朋友文笔都很好，只是平日疏于练习，时间久得连他们自己都忘了有此特长，他们笔端的天籁远胜给我递过名片的"文人"。人仅有的为数不多的智慧，那么容易被习惯所掩盖，被惰性所贻误，所以往往处于混乱的时候，又是那么不堪一击。每当这时，有人想通过听听轻音乐作缓解，或者出去散散步，或者就像我的一个朋友直接开车前往海边，靠着车门，看着海鸟驱赶着波涛。每当此刻，他习惯点一支烟，闭目听潮，烟头将灭，再开车离去。然而这只是换来片刻的宁静，贪欲杂念并没有减轻，不过是当下不明显了。只有心中多放下一些，才能多获得一份清醒，这必须自己亲力亲为，无人可代劳。而修心正是要让自己真正变得清醒，在清静中磨砺韧性、获得更深层的体悟，进而冲破心灵的障碍。之后即便我们重回充满嗜好与欲望的情境中，内心依然可以保持平淡，心念不会因驰骋太远而难以收束。当我回望自己曲折起伏的过往，我始终认为造成我当时困境的根本原因是，我尚不足以很好地控制与运用自己的性情，对讨厌的东西总是无所顾忌地走到哪儿发泄到哪儿；对喜欢的东西又热烈起来难以平复，将其捧得言过其实。我深深有感于眼暗心迷，就会一味地胡闯乱撞，独去独来，独生独死，苦水只能自己品尝，故而通过修心来避开邪见与迷惑便显得何其重要。以前觉得老子的话"为学日益，为道日损"，是在说知识累积得多了，便会成为一种负担，损人心智；现在我体会到，很多时候若是执意往进走，就会越陷越深，成见也就越来越坚固。而努力的修行就像剥橘子，一点点地剥去私欲和成见，慢慢让心回到玲珑通透的状态，于是看什么也比之前通透了很多。闲暇的时候应问问自己是不是做到了真正的清静；遇事的时候应问问自己是不是捋顺了思路；得意的时候更应该警惕自己不要萌生骄傲；困顿的时候更应该控制负面的情绪，不要影响到后来。我知道一些学佛的人会不屑地回应我："扯那么多干吗？打坐不就行了。"我淡淡一笑说："为什么一说到修心就跑到某种固定的途径上呢？打坐可以是一种很好的方法，但放在范式里理解，你认为它还会发挥更好的效用吗？"每个人的因缘不同，适合的方法也不一样，何必争执于你的好还是我的好。能把生活服务得很好不就可以了吗？有时自己受用了，在一些事情上表现得比以前娴熟漂亮了，不也表明修心带来了无法估量的价值吗？我们从有限的史料上无法了解诸葛亮在隆中潜居的时候是如何修心的，但26岁出山的青年才俊，首次处理事情时便是非常沉稳老练的，能只身前往东吴游说，促使孙刘联盟的形成。在现实中，对好的修心方法的判定就是从效果上看的。记得王博先生在他的《庄子的无奈与逍遥》中讲到个事：一个老和尚拖着钵去了妓院，人们问："你来这里干什么"，他说："我是来调伏自己的欲动的心的，干你们什么事？"在欲望最容易触发的地方，泰然自若，所有人也就不得不承认，他"安心"的修为很高。修心，并不应该拘泥于某种形式，但所有方式的最终目的都是为了逐步清除我们平日的不良欲念，心凝形释，与万化冥合，这才是把学问做到了点上，与道合真。在曙光破晓之前，总是有难熬的快要窒息的黑夜，在萧索孤寂中还伴随着众人的唏嘘。而一旦转入清净，眼前的情景也会随之不同。

对于修心我有这样的体悟，就是要将精力转入对自我的经营上，减轻外物对自身的扰乱，避免宝贵精力的流失，使自己处常美之实。然而，人们把人民币上的账算得那么清楚，把别人亏欠自己的也算得那么清楚，却总也算不清精力的投入与输出，而这一点苏格拉底就做得很好。一次他在街上走，被街上的无赖拿棍子敲了，他痛得蹲下又若无其事地站起来。目睹整个经过的旁人问他："你挨打，为什么不还手？"苏格拉底微笑地回答："当一只发野性的驴踢你时，你会还它一脚吗？"《中庸》中提到贤者都是在别人眼睛看不到的地方谨慎小心，在别人听不到的地方警惕注意，对细微的事情处理得不那么显露，如同一条真龙潜在深水中，不是不动，而是伺机而动。这些君子贤人，对于不了解的不会妄加揣测，更不会一时兴起，随意介入。他们宁愿选择在黑暗中静一静，即便一个人的时候，也依然保持着谨慎，将自我之性保存得很好。老子说过："圣人无常心"，意思是圣人无心顺物而合其变化，与物为一而又不黏滞于万物，动静行止，皆合自然，并非任性妄为，随意无法。经典中讲"天命之谓性，率性之谓道，修道之谓教"，即最有效的修心便是依照自己内在的本性去做事，任何时候的任何一个过程都不能离开自我身心配合。一切的想法观念都不应该只停留在脑子里，应该在体用中得到验证，形而上、形而下综合起来看。社会上的愤青总是那么热衷于谈论政治、社会、军事，颇有指点江山的气度，他们只会就事论事，很少会去现实中认真详查，甚至妄议国是。我相信英明的政府自然有他们深远的考虑。修心就是去教我们体悟更深远的东西，以"从心所欲不逾矩"为最高信条，在当下的矛盾之中来去自如。岁月会带走一个人的年少轻狂，也慢慢沉淀了冷暖自知。当我再次言诗颂雅的时候，气态雍容，语调轻扬，我淡淡的浅笑像柔柔的涟漪，体内活泛着粹灵元气，自在地涌动着。而当我在寒风中漫步的时候，茕茕独立，亦能感受到万叶飞花，从指尖滑入心里。翩翩少年渴慕名士风流，但更渴求的是内心可以找到一种恒定，它不是春雨里的辗转哀曲，天晴了就什么也没了；它不是花魂飘落的瞬间，风儿呢喃一会就不知去往何方，而是一种灵韵的气息，很容易被忘记的气息，被人心中的雾霾与城市的雾霾长期遮蔽着，明明就在脚下，却还要东寻西觅。还记得刘禹锡的《陋室铭》有："山不在高，有仙则名。水不在深，有龙则灵。斯是陋室，惟吾德馨"的句子，山不在于高低，有点仙气就天下皆知了；水不在于深浅，潜一条龙就显得有灵气了。而居住在陋室的人雅正，原本破旧的屋子也可以变得满屋生香，这超越世间的神奇取决于主人自身的境界。境界高者，心有四季，生生不息，枯木可以生花，死中可以得活，不为物奴役，不为神驱使，自在就在脚下。总的说来，灵韵之气是蓝田日暖，良玉生烟，能够一眼看到，但却是瞻之在前，忽焉在后，暗藏千变万化；是平和真实之质，虽寡然无味，却可以调和不同味道，使自己的气息内外清纯。苏轼的《记游松风亭》有个句子："由是如挂钩之鱼，忽得解脱"，思接千载，神游万仞，不管什么场合都放得很开，即便就站在危险的悬崖边上，自己也可以在苍茫的云海安住。记得正月天冷，我和朋友迎着大风徒步前往九思小区的茶楼喝茶，说说笑笑，不知远近。朋友怀藏着2001年的普洱，众人满怀期待，纷纷落座。屋里烟雾迷乱，贵阁中陈列的紫檀珠也显得影影绰绰，简古的檀木家具与我们互通生息，不一会桌上就杯盘狼藉了。谈话中提到了考公务员的事情，我笑对："不爱紫阙爱骊歌"，兴尽罢，便分袂而去。万物有常法而无常形，通过修心所体悟到的灵韵之气，往往不拘于某种具体的形态，自在流淌于全身，曼妙无比。

正所谓"始则荡以思虑，而终归于闲"，我们该淡化什么，又该记住什么呢？人往往都是一个念头紧接着另一个念头，一个欲望紧接着另一个欲望，忙得目不暇接，大多扭结在一起。佛学中讲"刹那"，一念有九十刹那，一刹那又有九百生灭，在如此短的时间里，有爱，有恨，有失落，有感动，真是多得不可思议。这样一算，每个人都可以算作一部传奇，但每个人的心中又都太缺少坚固的构架以作支撑，总是散乱无章。所以，在修心的过程中，需要努力使自己的心专注而宁静，须将从不同渠道获取的知识加以内化，凝合成一股沉淀的气，压制自己的浮躁。既然一切妄动产自心，那么解铃还须从心上入手。有一个故事是这样说的，有一个人突然得了一种类似中风的怪病，眼歪嘴斜，求了很多医也没治愈，令他很苦恼。后来遇到一个修佛的老中医，问他："你得病前是做什么工作的？"病人回应："我是个石刻匠，得病之前是在道场里专门给人雕刻阴间的小鬼的。为了让雕刻的形象更逼真，我日夜思索地狱的种种凶神恶煞的形象。大夫，我是不是入魔了？"老中医思考一下说："相由心生，身病好医，心病难调。你这是心病，建议你回去以后，继续刻石，但只刻相貌庄严的佛像和菩萨像，越逼真越好。看看效果如何？"石匠回去后，依照老中医的方法，不久病就好了，而且面相也有了难得的喜气，充满了佛的慈悲、菩萨的清净。可见，我们对世间的看法不过是自我心灵的投影，总是暴露着我们内心的顽疾，需要妙引灵机，才能安时而处顺。慢慢地我转入对心性的修炼中，这半年来，我没有再去专门学什么知识与思想，法身虽一，应化无方。如果有也是拿来借鉴一下，对应在我自身有欠缺的地方，安闲宽缓，不急不躁。我理解的"心如磐石"，既无坚不摧，又能保全自我的内心，更重要的是有调和阴阳之能，和光同尘，与时舒卷。《无量寿经》中讲，若对自己的信仰不能够坚信不疑，仅仅是由听闻阿弥陀佛的名号而生起信心，虽然得以往生西方极乐，也不能在莲花中降生。对经典没有实际层面的领悟，顶多也只能写写文字，在读书少的人前装一装，假谦虚、假斯文就是这么来的。至于自己的修为到了什么程度，现实早有判定，是遮盖不过去的。这成为我倾心佛学的一个重要目的：旨在不让自己如同浮萍，有自我的定力与方向。修行就是强化和完善最内的本质，可以消除自己生活中很多对立的纠结，也可消除不良因素对心性的侵扰。比如书法就是一个很好的例子，连绵通贯、一气呵成之势，灌注着书法家的生命激情。然而具体到每个字，都有"一寸画面一寸金"的法则，充满了万千意态且神采饱满。这样一个审美的呈现，也是书法家心性修为的呈现，内心的体悟、岁月的积淀、师从的经历、哲思的融通、文化的修养都在其中。就书法家而言，每一个字都是实践修炼而成的。现在的绍兴市西街戒珠寺内有个墨池，就是当年王羲之洗笔的地方。天赋极高的贵族子弟王羲之，每天坐在池边练字，黄昏静静地陪着他，黎明不忍打扰，就连他自己也记不清用干了多少墨水，写废掉多少毛笔，天长日久竟将一池水尽染墨色。更有传说，他在书房内、院子里、大门边甚至厕所的外面，都摆着凳子，安放好笔、墨、纸、砚，每想到一个结构好的字，就马上记录下来，以供参详。他的心专注而宁静，如磐石一般安放在茂林修竹、云海奇峰之间，通过写字体悟动与静的变化，其灵韵都灌注于书法的疏密间。所以，通过他的字，能看得出，他的心闲静但凝聚着丰富的气韵，简约但蕴含无穷变化。

其实，人人都是寓形于天地间的游客，一路上走走停停，如果不把精力有效地运用起来，的确会游得非常累。我不太相信更高的境界是需要通过苦修来获得的，我追求的也不是什么具体的修心之法，如果找不到点在那儿胡乱地修，实则隔靴搔痒。我相信，唯有通过认识本心，才能解放一些不必要的束缚，搁置一些多余的观念，发挥出自己体内的力量；只有直视本心，才能减少嗜欲以安神，宁静中得专一，风雨不动安如山；只有如实地去修心，才能体会到大的智慧自现，精进不舍，达至清净之心，故而引发无上欢乐。这是通往神明的快乐，使自我近于大道，使自身适于道性，内心恢复自然安定，即便在变动之时也能顺自然之性而动。我深深地感觉到，那一片之前看上去遥不可及的净土，距离我心不远。内心是光明的心境，透过窗户看外面也是如此光明，好一个通亮。自己的精神广阔无边了，似若虚空无物，才能广容万物，感觉生活也平静地接纳了我，一切又归于宁静，充满了诗意的阳光。

我记得这样一则寓言：泥土有一次问佛祖："我委身在地，成日静悄悄地待着，无人问津，而且还要受人践踏，又没有华彩的外衣，我自己都觉得自己一无是处。"佛祖说："真正的智慧在于隐藏，真正的才华在于沉默。你让花草树木蓬勃生长，供应它们成长的养分，你难道还没有察觉到自己无穷的生命力吗？"

守静妙悟

　　在澄澈空明的心湖中，没有颠倒梦想，只有自知自明的真实，映照得一花一草都那么微妙动人，随处都是春意的妙语。

很多人聚在一起的时候，不可避免会激动地谈到"某些人人性恶劣"，由此判定其一无是处，祖上也都是混蛋；而谈到"某些人出类拔萃"，便捧得哪里都好，好像是生来完人。别人对自己的好，时间一长很容易忘掉；而别人一旦得罪过自己，便久久难以忘怀。人有顽疾，劣根难除，故而佛和菩萨也只能度可度之人。我有感于：人为何这么情绪化？遇到事那么容易激动，容易偏执。得意的时候怎么看别人都很矮，赶快在众人面前秀上一遍；失意的时候一下掉进了冰窟窿，任凭他人怎么拽都拽不起来。解决事情的确需要能力，可太多人连自己的情绪都处理不好，谈什么要干这要干那？还谈什么这思维那主义的？自己不过也是和他人一样，摇摇摆摆地夹在人群里。往往，前一个念头刚造成不好的结果，到后来还要继续上演，难以断尽。人说"以史为鉴"，怕是过多看到了别人做过的事，却看不清自己如何。现在，我必须带领人们正视这样一种情况：我们做不到该静的时候静，该定的时候定，就连在读一本好书或是思考一个有意义的命题时，外界因素一干扰，精力马上就转到别的轨道上了，而一切吃喝玩乐照旧，雷打不动啊。从根本上来说，是我们没有能力从自我观照做起，逐步深入地了解周围事物，自己都度不好，还忙着去度别人。这让我想起了鲁迅先生在1925年写的《两地书》中的话："我看一切理想家，不是怀念过去，就是希望将来，而对于现在这一个题目，都缴了白卷，因为谁也开不出药方。"

每个人每天都在了解事物，却习惯性地倚靠感觉经验，他们经常说，"我经历过类似的事，绝对是这样的"，而谈话的对方也是如此，彼此都相信自己看到的，相信自己的经验，然后互不相让，僵在那儿了。但如果没有遇到类似的事呢？那就只能胡乱地联想与想象了，或是继续受到外部意见的浸染和自己内在欲望的滋扰。就这么盲目无序地认识事物，白白浪费掉了很多的精力，如同飞蛾盘桓在事物的外部，始终无法靠近内核，无法掌握妙门。我见多了奇谈怪论，那些不过是个人演绎而出的把戏，听上去好玩，还能让人耳目一新，却无助于更好地认识事物。我有必要提一下普特南在《理性，真理与历史》中提出的"缸中之脑"，下面是他关于人脑认识活动的假想，"一个人被邪恶科学家施行了手术，他的脑被从身体上切了下来，放进一个盛有维持脑存活营养液的缸中。脑的神经末梢连接在计算机上，这台计算机按照程序向脑传送信息，以使他保持一切完全正常的幻觉。这个脑还可以被输入或截取记忆（截掉大脑手术的记忆，然后输入他可能经历的各种环境、日常生活）。他甚至可以被输入代码，感觉到他自己正在这里阅读一段有趣而荒唐的文字。"进而推断出，我们每个人也有可能都处在这样的困境之中，有可能被日后的科技换脑，拆除记忆，成为一个连自己都不认识的自己。大家想必都听得云山雾罩了，这就是什么所谓的前沿构想，无聊的学者研究不下去故意出来讲个段子，结果谁也没有逗乐，反被斥为荒唐的异想天开。显然，用心看东西和用眼看东西是不一样的，前者实实在在地认识事物，排除了很多干扰，表现得冷静而又客观；后者看东西依然停留在表象，自己想怎么认为就怎么认为，以自我发挥为主导。故而我们需要息心止念，体合于心，心归于无，只剩下最重要的一盏心灯用以观照内在之性，在宁静的状态下实现精力的集中，体悟万物自在的空性，重看万千事物的虚而不定之相。这便是修炼守静之法，在守静之中，重新认识事物，故而整个心灵宽阔了很多，也自在了很多。前些日子，我和一个学究气十足的人物探讨，聊及一部经典的时候，他跃跃欲试说："啊！郭公子，这些经典我在几年前就都看过了。"我转过身来，也就微微一笑，他怎会明白我的自在？我又与他有什么争的必要？

守静，就是要远离颠倒梦想，渐入真实。《庄子·齐物论》中记载，庄周梦见自己变成一只蝴蝶，感到无比愉快和惬意，全然忘记了还是人的自己。直到他突然间醒过来才发现，自己原来是庄周。也不知庄子梦中变为蝴蝶，还是蝴蝶梦中变为庄子，实在难以分辨。两者看起来完全不同，却能在某种特殊的情况下虚实相交，仿似一个似真非真、清醒而又蒙昧的梦，现实中的我们又何尝不是介于真假虚实之间。曾经疯狂地想要得到的东西，一旦得到，又会觉得无足轻重；曾经一直忽视的，直到失去了，又会后悔莫及。我们就是这样地活着，辗转于不同的时空，不同的情境，说着不一样的话。而当回首的时候，连自己也会质疑："这是我吗？"这样一看，人的种种执着真像迷于虚幻，世间的千变万化，不过都只是道的物化而已。庄周也罢，蝴蝶也罢，本质上都只是虚无的道，是没有什么区别的。然而，这何尝不能用来说明人生的无奈与荒诞呢？真是酒不醉人人自醉，色不迷人人自迷。佛教称诸多的烦恼为"八万四千尘劳"，根深蒂固，难以断除，所以说它是无尽的。可若不断尽一些，就会一直漂泊在苦海之中。故而我们需要重新看待当下的执着，从关注自我的内在开始，把其作为认识理解整个世界的支点。圣严法师有过这样的比喻："当我们踩在茫茫的沙漠地上，那种感觉就是虚浮不定，人生的过程中最重要的就是立足点和方向感。"从迷妄的世界走入真实的世界，依靠的不是佛、菩萨，而是自明自喻，远离自我或是别人恶习的熏染，走出院子迈向山顶，逐渐与大道相通。在老子那里被称作"静观""玄览"，见《老子·十章》："涤除玄览，能无疵乎？"意思是荡除心灵的尘埃，不着一物，使得内心澄澈；再以光明澄澈之心观物，自我的心就如同明镜一般。明镜者，就是要让本来污浊的心澄之以清，放空守静，既看清了自己的内在，更看清了自己是个什么样的人，为什么会这样说话、这样做事、这样去思考；也看清了周围是什么东西挡住我们的视线，是什么左右着我们的观念。世事无常，万事万物都有自己的体性，因为我们的心有差异，故而对同一事物的理解也千差万别，虽然随缘得见一切色相，却很难接近事物的内在要义。现实社会中，老百姓崇拜刘伯温、诸葛亮那样的高人，并用"深谋远虑、洞若观火"等词去形容他们，这些智者平日的静坐是可以做到神形相合、无想无念、接近真实、断除虚妄的，所以从外看来可以呈现出自若的状态。诸葛亮未出山时长年潜心修炼，甘受清贫，与青山绿水相伴，在韬光养晦之中不断磨砺自己，在冷眼观物之中察得外部政坛微妙关系。《三国志》记载诸葛亮"一生惟谨慎"，可见很深的守静功夫便于看到事情的内在关联与规律，便于做出准确的判断，所以"洞若观火"也就不足为奇了。汉代的张良，不也是这样的人吗？我翻遍了《史记·留侯世家》，发现张良有个特点：一般情况下是刘邦问他的时候，他才回答对策。这类公认的智者，没有一个是喜欢饶舌的，没有一个是"性情中人"，没有一个高人的心性是浮动的。所谓"致虚极，守静笃"，根本上就是要求人们逐渐做到自我归一，减少对外界事物的依赖，在一种身心放松的状态下，实现主体与客观世界的融合。这种方式可不是像一些哲学家那样不断穷理，逼自己一定要研究出个所以然来，被诸多问题压得喘不过气，被书本压得喘不过气，他们精神的负担远大过精神上的充实。

任何向往光明生活的人，哪会羡慕这样的"智者"生活？相比之下守静的以心感悟，其义自现，自知自明，妙不可言啊！我现在有点明白了为何曾有高僧一字不识，反倒能够尽得禅意了。见《坛经·机缘品第七》慧能大师到韶州曹侯村，比丘尼无尽藏念诵《大涅槃经》，请教慧能。慧能说："说到字，我是不认识的，如果有义理方面的疑问尽管问。"尼姑无尽藏说："字都不认识，怎么能体会经文要义？"慧能回应："微言大义与文字无关。"慧能能够做到把握内在之性，故而能很快掌握经文的要义。在保持虚静的精神状态下，人的思想观念变得单一、纯粹，没有了世间私欲的诱惑和烦恼，感觉神清气爽，自己从未如此鲜活地存在。

庄子哲学中提到"心斋"，就"心斋"的本质含义来讲，它并不是让人们表现得很素朴，穿得很素，吃得也很素，而是指人在真正进入静的状态后，逐渐淡化那些多元化的欲望和想法，做到内心世界的归一，无心于事，无事于心，所有的花明柳暗都归入了水天一色。

可见守静，是为使神不随便散尽，是为精气饱满，清净自居，与周围环境相安无事，《老子河上公章句》"治身不静则身危"。我们长年累月，精神消耗实在太多，有压力就会紧张，紧张影响到神经系统，乃至消化和分泌系统。具体到一整天中，即便是进入了梦乡，思想却片刻也没有安宁过，第二天一醒来亦能感觉到前夜的困乏，眨巴眨巴眼，若无他事，在被中多待一刻是一刻，任凭思绪乱飞。为了维护我们自己，我们需要学习守静。往小的方面说，不论是坐是卧，周身处于放松状态，可消除局部的不安，修缮自己不足的地方，使一切都很适宜。往大的方面说，守静可以帮助我们防御外界的伤害，便于看清局势。比如有个成语"韬光养晦"，字面意思是要想克服更大的困难，战胜外部的敌人，要学会隐藏锋芒，蓄势待发，从而去做长远的打算。春秋时期的楚庄王当国君三年，没有发布一项政令，整天吃喝玩乐。有一个大臣看不下去，通过谜语暗示楚庄王，说："臣见过一种鸟，它落在南方的土山上，三年不展翅，不飞翔，也不鸣叫，沉默无声，这只鸟叫什么名呢？"楚庄王就说："三年不展翅，是在生长羽翼；不飞翔、不鸣叫，是在观察民众的态度。这只鸟虽然不飞，一飞必然冲天；虽然不鸣，一鸣必然惊人。"之后，楚庄王觉得时机成熟了，废除十项不利于楚国发展的刑法，兴办了九项有利于楚国发展的事务，诛杀了五个贪赃枉法的大臣，起用了六位隐士当官参政，把楚国治理得很好。楚庄王的做法就是守静，他刚继位时年轻稚嫩，对朝中的状况尚不熟稔，又加上当时若敖氏专权，他万不能轻举妄动，一不小心，就可能在步步惊心的权力斗争中丧生。于是他只好自污名节以掩人耳目，以便静心观察宫中的局势和生态，慢慢等待一个冒死进谏的忠臣，进而窥探出哪些人可以重用。可见守静之重要性集中于一个"守"字，就是守护自我，专注于一。而不是专注于自己的鼻肺声息，不是去在意每一时刻呼吸的快慢、粗细、深浅。时间久了，心中之烦闷不快，一点点散去。再渐入佳境，脑中的混沌恶相也随之变得清朗起来。真正的放下应该是外不着相，内不动心，一切含而未露，不受周围事物变化的影响。《坛经》中讲"真正的般若观照是一刹那间，妄念俱灭。"多少人执迷不悟？圣人苦口婆心教导世人"观照自己"以内省，多少人关注了手机、八卦新闻、美女帅哥？正因为精神上漏洞百出，心理防线松弛，所以才会让大批无聊的东西有机可乘。在这一点上，多少男男女女都一样可怜，成为所谓"游戏规则"下的在线玩家，欲壑难填，无休无止啊。那我们有没有坚固的防线呢？有，面子防线。为一件小事，我们便能忘我地争吵，表面上是在捍卫这个事的道理，主要还是在捍卫自己的"尊严"，不可亏败。然而，每个人每天都行走在不同的路上，即便方向有了偏差，还是习惯性地往前走，祸难不至，不思清醒。故而我们需要适当地停下脚步，让自己净空一会，让那些恼人的困惑先离自己远一点。在道家看来，追求无条件、无保留地与一切生命融合，就要真正做到"坐忘"，做到无物无己，静之又静，耐之又耐，整个身形浑若太虚。那个时候，即便路上依然有蝉鸟鸣叫鼓噪，那也是蝉噪林愈静，鸟鸣山更幽。以下是王维写的一首诗《鸟鸣涧》：

> 人闲桂花落，夜静春山空。
> 月出惊山鸟，时鸣春涧中。

在这春山中，万籁俱寂的夜里，月亮升起，给这夜幕笼罩的空谷带来皎洁的银辉，鸟儿瞬间也感到了夜色的清幽，不时地在春涧中鸣叫，让整个空谷更加静默了。在这种静谧中，所有白日的景物都显得富有生机而不枯寂，静中又富含了动的玄妙，更加突出地显示了春涧的幽静。如此这般，方感觉到了生命源源而出的推动力，在自己的本然状态下，再看鸟儿飞翔于苍穹，没有了艳羡之感；再看落叶飘零，没有了萧索颓废的感伤。自己仿似与山光水色相照面，心平至极，不以物喜，不以己悲了。

处于守静才能体会妙悟。很多人会以为我是在宣扬佛道独特的思考方法，其实不然，世间很多细微的变化，靠眼睛实在看不到，只能依靠心去体悟了。比如，花瓣掉在湖面上有没有声音？有的，是人的耳朵听不到而已。再如，一片叶子掉在湖面的声音和花瓣掉在湖面的声音一样吗？不一样，是人的耳朵听不到彼此间的差别，但心却可以听到。日月行天，影落碧潭，心不会以影为真，悟得日月始终还在天上，看清哪些是正见，哪些是颠倒梦想。每个人都有这样潜在的领悟能力，《孟子·万章上》言："天之生此民也，使先知觉后知，使先觉觉后觉也。"意思是上天生育老百姓，就是要使先知者唤醒后知者，使先觉者唤醒后觉者。可见，虽然无法和圣人相比，但身为普通人的我们也是有"觉"的能力的，完全可以借助自我的妙悟认识事物的内在，不须借助什么补脑的营养品。守静中的妙悟，也不可能通过看几本书习得，即便有老师也只能够引导，因为它不像雪地中的脚印那样有迹可循，它可能存在于人的对话，以及一天中的任何时候。朱良志先生这样解释妙悟："它是人瞬间知觉的把握，它排斥理性，认为理性的分别会干扰体悟的深入；它也排斥情感，认为明晰的情感倾向会使审美认识搁浅。"众所周知，孔子在川上说："逝者如斯夫，不舍昼夜"，你说这话是逻辑推理出来的还是凭空思考出来的？依我看，这深刻浑厚的感概是圣人独自妙悟而出的，既像在讲哲理，又像在谈人生感受，是在说"逝者如斯"的客观规律，却能够引起所有人的共鸣。此"妙道"，微妙得很，不可思议又难以一语道尽。比如王勃的《滕王阁序》中有这样的句子："槛外长江空自流。"很多人读后，都拍案叫绝，这个"空"字用得实在是妙啊，至于怎么个好，一时说不上来。在高人的眼中，一切事，一切颜色，都蕴含着无尽的深意，一滴水是道，一座山也是道。一花一世界，一草一天国，白云青山处处显见真如，得妙于心，从容自在。我有一些喜欢摄影的朋友，基本相机不离身，做好随处抓拍唯美瞬间的准备。一次，我和一个朋友吃饭，一束阳光射入食堂，他立马陷入温暖的陶醉中，忘记了眼前的饭菜，忘记了身旁的我，他注意到外面高处的柳梢，在阳光下姿态万千，仿似对光明的礼赞，赶快拍了下来。他不仅发现了一种美好，也找到了那个真如的自己。通过我的朋友，我看到一束简单的阳光竟能唤起他内心深处的渴望，唤回他的真性。日月交辉，确实光耀万物；但心的灵光一现，可以照破山河，使日月失色。我想，单纯的守静，可以让人心如明镜，把内外都照得很清楚；而若是加入妙悟，内心不仅会澄澈空明，而且还映照出了一个更广阔的世界，体会到了道的浩瀚幽深，森罗万象，因为这个时候自己的心已经连通天地，充满了难以想象的丰富与美妙。仿似空潭泄春，春意盎然，在镜子里可以时时看到自己，古雅而又神采奕奕。

总而言之，守静妙悟中，那些杂碎的事物消隐了，那个和别人大说大笑的自己也消失了，无论是来自外界的遮蔽，还是由自己妄念产生的遮蔽都消除了。心无攀缘，并不是内心什么也不存在了，而是重新组成了一个境，一个以往任何时候都不容易看到的新的世界，随自心之所现。比如大家去过黄鹤楼，知道唐代的崔颢在那里写过千古名句："昔人已乘黄鹤去，此地空余黄鹤楼；黄鹤一去不复返，白云千载空悠悠；晴川历历汉阳树，芳草萋萋鹦鹉洲，日暮乡关何处是？烟波江上使人愁。"后来李白也去过那儿，有人也请李白题诗，他说：眼前的景色我无法用语言形容，因为我看到了崔颢的诗文题在黄鹤楼上。李白觉得结合崔颢的诗文感受到的黄鹤楼是美的极限，在崔颢笔下的黄鹤楼空灵渺渺，尘缘荡尽，爱恨远去，妄念全消。故而崔颢的一个"黄鹤楼"已经够了。我想起我的一些朋友从杭州回来向我抱怨："人们都说'上有天堂下有苏杭',我怎么就不觉得？我觉得就是一个湖啊，然后周边有些古迹而已。"我笑着回应："以前你了解的苏杭是诗人笔下的苏杭，未必是你眼中实际看到的苏杭；当然这并不能说明西湖是沽名钓誉，你需要守静妙悟，排除周边游人的干扰，让自己的心完全地与西湖相契合，你一定会看到不一样的西湖的。"未守静妙悟之前，我们确实活在一种混沌之中，有不同的虚妄之心，分别所见，因浑浑噩噩，所以昏昏暗暗。而守静妙悟之后，自己仿似从迷雾中抽离出来，告别恶习俗念，进入了一个更加空明美妙的世界。我还是举王维诗文的例子，但比起上面举到的《鸟鸣涧》，这首的境界更高，更加深远，集中体现了一个"妙"字。

竹里馆

独坐幽篁里，弹琴复长啸。

深林人不知，明月来相照。

这首诗文用到的景物真是平淡得出奇，包括诗的用字造语也很普通，写景无非就是"幽篁""深林""明月"，写人不过就是一个人在那儿独坐弹琴，没有什么喜怒哀乐、跌宕起伏的动人情感。像是信手拈来，却挥洒出了月夜深林的清幽，夜的静寂与人的静寂合为一体。闭上眼睛好好想想，那弹琴长啸，竟然反衬出月夜竹林的幽静；而明月的光影，竟让深林的昏暗呈现出了一种清静安详的境界，那个白日众人眼中的"我"已淡去，万物流动，是"我"的心流动，随雾霭而动，随微风缱绻。后两句说："深林人不知，明月来相照"，诗人即便僻居深林之中，也并不为此感到孤独，还有一轮皎洁的月亮在时时照耀自己，那一刻圆月也被赋予了生命，成了一个天外的知己。真可谓妙谛自成，境界自出，到后面我们回想起来这首诗的画面时，甚至忘记了弹琴的那个人就是大名鼎鼎的王维，忘记了具体有些什么景物，只留存了一份淡淡且又微妙的感觉而已。弹琴人的内心如此安闲自得，有一种别人无法复制的大自在，可以看出，诗人自性清净，故而日月在他心中长久明亮，空明澄净，尘虑皆无，无论外在还是内里都抿合无间了。王维果真悟出了一种"真实"，亦即佛学中的"实相"，所谓自性，心随水流，身同云影，自在到没有丝毫的障碍。然而作为普通人的我们如果仅凭肉眼去看，怎会成就如此深幽的意境？如果没有守静妙悟，即便是再美丽的景色放在眼前，又能感觉出些什么？守静妙悟后，再看之前的景色，全部进入了一种灿烂舒适中，溪涧更加清澈，新竹更加幽绿。皎月一扫之前的阴寒、孤寂，豁然开朗了，不带半点哀怨，甚至给溪流蒙上了一层圣洁，给我们读者的心也蒙上了圣洁。

我们可以看出，不守静，无法渐次深入，慢慢进入妙悟的深意，如同端坐屋中，就一层浅浅的窗户纸阻隔了院落中的空灵之美。而他们从未意识到用手指戳破一个小口，向外窥视能收获什么，以致一辈子也无法理解大自然中隐藏的道。这就是一种停滞的状态，自我的生命中还存在诸多的烟霭与界限，一念而生，由不得就会纠结，而这一念没有控制好，随即分化出更多的妄念，烦恼只会越来越多。要想破除，关键在于自己，依靠自己的心，内观静中之静，定中之定。如此，便会明心，见一切道都是现成的，随处都可为我妙用。我以前和人们去外面散心，随行中有一个大商人，我们没走多远，他人就不见了。原来他还在之前的地方打电话，走走停停，总是这样，弄得众人也不甚愉快。走近旁听，零零碎碎，无非就是什么单子、合同的事。在他的世界里，大山失却了厚重，流水失去了轻灵，云霞褪尽了颜色，唯有达成一笔上千万的单子能带给他无上的满足。我一开始的时候也会埋怨，杭州西湖、苏州、周庄日渐商业化了，周边灯红酒绿，人往来嘈杂，以致丧失了故地原有的风貌与宁静。当我回到江南去找曾经待过的一个茅舍，不远处已能看见通亮的车道和广告牌了，动感的金属乐漫溢十里，男男女女欢笑着，肆无忌惮地亲热，"侵犯"着古典的意蕴。现在反思之后，深觉这根本不是主要原因，是我守静妙悟的功夫还不够。慢慢我内观自心，体会虚中藏实、实中藏虚之道以后，心再无他心，才发觉世间真义其实并不涉及有无。古典如何？现代商业又如何？我淡淡地扫了一眼，只见落花无言，漫成一律，看着看着，杯中的茶已变得微凉，一饮而下。我自性唯真，内心通达，安和了很多。我再次走入一个新境中，那是"真"的境界，是一切法的筋骨，万事万物在此庞大隐秘的筋骨之上呈现着自我的物性，即便我捧着的茶杯，以及杯里残留的茶水，都与我连成了自在完满的统一。

心净圆融

　　澄澈之心，是纯粹的平常之心，如低吟的泉水，生生不息。我相信清净心在哪儿，光明就在哪儿；清净心若时时不离自己，便处处皆有圆融的祥和。

我们首先得明白，你活着，没有人可以替你活着。我们一生的主线都是由一个自我贯穿始终，有人认为每个生命都是孤独的，也有人认为不是这样的。然而，就是这样鲜活的每一个人，又都有着自己对周围世界的一套理解，无论高深还是粗浅，不是都很好地存在这世上吗？拼尽一万条知识，想尽一万个点评，终在世界这样的大存在下，显得苍白且多余。到最后，才终于发现，所有的智慧还是统摄在这四个字下：自然而然。对于返老还童的人，外人总以为他们有什么养生秘方，其实这些老者内心遵照的也就是这四个字，哪来那么多复杂的生存哲学？反倒是很多复杂的东西放到他那里，却皆显得简易明了。除此之外，人世间的贵贱、刚柔、吉凶的形成乃至天地间的变化，无不是依照此理自然而生。在我看来，人要获取真正的智慧，就要日复一日地体会这至简的大道，偶有的认知也都是在为体悟这层大道而服务的。日月运行、一寒一暑，千百年来都是一样，而这看似简单的变化不也正是最精妙的地方吗？远不是用几个简单的地理知识一解释就够了的。佛学的公案中有释迦牟尼在法会中对着众人举起一朵花，众人不知如何应对，只有摩诃迦叶破颜微笑，释迦牟尼便说："我有正法眼藏，涅槃妙心……付嘱摩诃迦叶。"后来人们一听到这个公案，便穷尽脑力地去想，想得极其玄奥，总认为涅槃代表了一种玄奥的思想，而人生代表了一个必然的过程。可悲啊！我们的眼睛与生命之间总是有难以弥合的距离，故而很多的道理，即便是放在眼前也看不清。不得不说，事物的真相如同隐匿在花丛之中，简之又简，而人常常被眼花缭乱的、五彩的花海围裹着，触摸不到涅槃妙心。

人总是心染于境，走入一个个境域就会被所处的环境所影响、所摆布，自己又难以跳出，只好勉强适应。这可真是视听不止于视听，声色不止于声色，循环往复不息啊！于是，之前的心事没有化解，接踵而来的事情又让自己的心负累，故而在办事的时候顾此失彼也是很正常的。正如想要解开手中的一团乱麻，心却越来越乱，只能越解越紧。我见过这么两个人，在阳台上静静喝茶，起初还互开玩笑，隔着另外一个屋子还能听见两人的笑声；结果越往后越渐近无声了。原来随着话题的深入，各自都谈论开自己活着太不容易，一度将气氛带入了沉闷。于是整个的谈话过程变为情感倾诉，清冽的茶水也与悲凉的苦水没什么区别了。也许是两人沉浸其中太久，猛然看见在走廊里逗鸟的我，"你怎么半天也不说话啊？"我用手指戳了戳鸟笼回应："还不如和鸟在一块舒服，看它被关在笼子里也照样叽叽喳喳。"虚妄的心是看不到精神光明的，更感受不到自己天性中的清净，只会让污秽的东西凌驾于清净之上，而自己却浑然不觉。他们的痛苦来源于真实相与虚假相不分，继续漠视清净，只能恶性循环下去。任何东西，一执着了便心魔显现，人变得不达目的的誓不罢休，达到目的又怅然若失。

总之，这样的一副状态，走到哪儿都很疲惫，仿似被诸多的心思牵引着在虚空中游走，早已忘了初心是什么滋味。鉴于此，"清净"在我眼中已不仅仅是好的状态，更是一种智慧，它让我在感受的同时懂得了单纯就是幸福，清扫一些心思就是境界。日本的道元禅师曾经解读道：如果心是清净的，那是自然呈现出的，如同一朵白莲自在地开放；根本没有必要强调"我很清净"，要是那样就还是带着污秽，还是太过执着于自我了，一如"我的思想""我的痛苦""我的观念"，到处都有"我"的痕迹。一位修佛的朋友在这一点上与我神领意会了，他每天都会定时定点地打坐，这次他从庙里回来，告诉我在一棵银杏树下潜心默坐真是妙不可言，言外之意也想让我每天陪他打坐。我不否认这是一个辅助办法，但清净心的要义不是做到静就可以了，是要对心中之事进行虚化，就像苦涩的浓茶，需要新水冲泡，香气才会重新激起，淡可入口。清净心是平等开放的，纯粹而不杂乱，淡而无为，时间越久越能嗅到心头散出的香气，似幽兰的那种淡香。有一个真修行的例子，让我更进一步体悟到何为真清净。太虚大师19岁那年，阅读《大藏经》中的《大般若经》而得的悟境："身心渐渐凝定，一日阅经次，忽然失却身心世界，泯然空寂中，灵光湛湛，无数尘刹，焕然炳现，如凌虚影像，明照无边，坐经数小时，如弹指顷，历好多日，身心犹在轻清安悦中。"然而，他并没有满足于此，而是不断精进。一直到了他28岁那一年，一个夜晚，普陀山寺钟一声响，感觉心断，心再觉，音光圆明无际，渐现能所内外，远近久暂，慢慢又回复自身原先的状态；从此，有一净空明觉的中心为本，迥不同于以前仅能感受到空明幻影。作为不同时空内的修行，我们看到大师由一心的定境显现出无比的空间，真空于妙有之中，这让我们在全身心感受的时候，放弃了之前的执着，从我执转入无我。

那该如何理解真清净呢？人有生以来，无论遇到什么事，更多的是妄念充斥在我们心中，赶也赶不走。念念生灭不停，难以调伏，有时压制住了这边，另一边又起来了，来时电光火石，去时莫名消隐，经常不在人的掌握之中。清净的修行就是要用心去把握世间的种种变化，用心去听世间的一切声音，告别以往全部依赖经验来认识世界的方式，让浑浊不堪的精神向自然的精神转变，在一片澄明之中看到脱离苦趣的希望。于是，我即便是在一个人静坐的时候，也会反复问自己："心念是否还在飞驰？心中是否还留有杂秽？我距离无上的清净还有多远？"台湾的圣严法师总结道："入坐之时，有两种现象：一是心中散乱不定；二是昏沉、瞌睡态，这是人的通病。我们的目的是要做到放下一切，连同自我的躯体也看作外物不去理睬。"本来无一物，何处惹尘埃啊！正如莲花出淤泥而不染，濯清涟而不妖，香远益清，亭亭净植，它心中无物，又何处去染呢？现在我所体会到的心性本净，就是真如铁的本性，自清自净，难以被染，长久地自在坚挺，日日饱满鲜活。正如晋朝张华在《博物志》中提到的"火浣布"，此物不怕火烧，要是脏了，马上用火来烧就干净了，而自身依然完好如初。然而，很多人的理解还是停留在清净的感觉上，还是将清净描摹为诗情画意，仅供自我陶醉，像徐志摩的诗句：

最是那一低头的温柔，

像一朵水莲花不胜凉风的娇羞，

道一声珍重，道一声珍重，

那一声珍重里有蜜甜的忧愁。

沙扬娜拉！

确实写得很美，至少让人读起来很舒服，但另一方面我感受到诗人痴迷于自己描摹的世界中，那样沉浸，不愿意被打扰，更不愿意离开，直到甜蜜中多了几丝哀愁。故而，我觉得这首诗文描摹的清净并非大的清净，并没有深入清净的要义。想来，很多诗人只知道一味去感受清净，不知修心，即便身处优雅的环境也达不到和光同尘的境界，反而滋生了对世俗的厌恶之心。这又何尝不是一种妄念，使自己只能面对喜欢的，无法面对厌恶的。我在《高雅的困惑》中说过："我们必须正视美好事物的另一面，即便是文学诗词这些看似高雅的东西也会有碍于人的修行，问题不在诗词本身，而在于其给人种下的很多的美妙情结，它躲在人精神之中慢慢吸纳人的精力，加重人的幻想，滋生人对现实的厌离之心。即便是在美好的黄昏时刻，看似宁静，身心却难以放空，整个人都逃逸到另一个世界了。"这就如同诱人的香水，越来越多，越来越浓了，搞得人头昏眼熏的，实则中毒已深。他们找寻的不是自我，而是幻想，看似妙笔生花，其实没什么实在的东西，看似每天了解很多，其实自己的生命并没有打开。而真正的清净态，生命的每一瞬间都是全新的，开放的，带着绵绵的春力。

以前有位老者告诉我：把握现在，行住坐卧都可以视作学习的好时机。谁说抱起书本才叫学习？谁说忙碌的工作才是学习？父亲看我一直伏案修改，便建议我出去走走，见见以前的朋友，适当停下脚步可能会别有洞天。于是，我离开了座椅，顺着台阶坐下，感觉自己一下从追求完美的怪圈里回到了平常，再看看之前写的文字，许多不经意写下的句子很是精妙，不是后期修改就可以达到的。如今，我再次读起陶渊明的《归去来兮辞》"云无心以出岫，鸟倦飞而知还"，不觉得这是一句简单的诗文。陶渊明传授我：累了，就适当选择心的回归，在一片清净中寻求新的智慧，这"知还"还真是一种境界。在整个没有人的下午，我就在家中的躺椅上，冒充居士，享受阳光的温度，有书有茶就够了。若是此时你问我明天有什么安排，我会回答你：同样的下午，我想在家乡的街上静静走上一圈。我相信清净心在哪儿，光明就在哪儿；清净心若时时不离自己，便处处皆有光明。它不是某种具体的感觉，无形无相，需要通过内在恒定的心念去实现身心上的契合，把自己从狭隘的偏见中解救出来。比如我也常遇到这样的情况：和人发生一点口角，明明自己理亏，还在那儿争取道义，可笑的是我据理力争的动机仅仅是因为面子上不能输，事后得到的回应是"你也算修佛之人？"真是活该！我想起学佛之人经常双手相合，其实就是提醒自己虽相处对立，也要向和合的方向上靠拢，真是一刻也不能懈怠啊！漫长的时空究竟有多少个"当下"，而这无数个当下就是铺往彼岸世界的每一块路砖，须以万分的认真去走好脚下的每一步。反过来，漫漫长路无不是对清净心的检验，因为每一刹那都不断上演着生与亡，真正的清净常住于心，无染亦无扰，这是实实在在的。释迦牟尼在悟道的时候，看见晨星说：大地众生皆悉得道。解脱不是只有自己解脱，而是万事万物同时解脱，一切尽皆解脱之意。

生命的常新状态需要理想的静坐，通过鼻息的调整，可以让整个人都焕然一新。这里涉及调息之法：鼻子中气体的出入，一呼一吸是一息，看上去简单自然，呼吸时丝毫不用力，使得气息出入极轻极细渐渐深长，自然达到腹部，要心念合一逐步忘记气息之存在。修习时，气息徐徐出入，入无积聚，出无分散，气息沉淀，身心凝然。前角博雄禅师在回忆自己师父当年的教示时说："吸气的时候要把整个宇宙吸进去；呼气的时候要把整个宇宙呼出来。"这便是从"入静"而到"至静"，从身空进入虚空，旨在帮助自己放下心里的东西，进而看开更多的事，既预防了病魔，也驱赶了心魔。很多时候，我独坐屋中，关闭窗门不使外人来扰，衣服松松垮垮，无拘无束。随即，端正身子，舒放手足，指尖虚接，眼睛轻合，顺其自然。至于具体的形式、动作，在静坐中，慢慢地也就忘了，妄念自消，清净自现。我们只有抱着平实的态度去修行，才能摒弃想要速成的执狂，练就更强的韧性。试想，哪一种活着的方式不得是踏踏实实？必须放下身段，一个步子一个脚印。这才是身心合一的自在，充满着圆融踏实的快乐，初心清净，终点清净，才算圆满。以前我去介休绵山的时候，随行中有一对父子，儿子蹦跳在前面，一见转弯的路口被树林遮挡，便问父亲接下来要怎么走，父亲说一步一步地走啊！多年以后，我再不觉得这是什么笑谈。何必心猿意马？身心平实以后才会发现很多答案其实就在脚下。反之，任何一种想要游戏人生的念想与行为，是不尊重自然，不尊重法的，更是不尊重自己的，至于产生的恶劣后果，也只能自己默默承受了。年轻人容易走后者的道，潇洒任性之中，神气外散，无法留存于内，就像杯子里的水，一眼望去，便知多少。我想起苏轼有篇《韩干画马赞》，说韩干画马，在凝神中可以察觉到马不同瞬间的神采，说是画马实则是在运气。就像人的精神气度、灵魂才是最重要的，是内在的，浑厚圆润，但不流于形式外表，"守其神，专其一"贯穿始终，莫不是修心的要义。王阳明先生秉承着默坐澄心，在濒临生死、一番磨难以后，他发出了这样的感慨："以收敛为主，发散是不得已。"王阳明先生教人静坐，弟子们慢慢地也喜静厌动，离之前的功名利禄之心渐远。这些人在去掉私欲习气之后，进入空山无人水流自开的大欢乐中，此刻的清净也尽显得幽明深邃。所以贪念步入胸中，以空为用，使人减轻了很多外重的压力，趋于无的境界，内心自在可得，无比舒展。

可见，心净圆融代表了一种凝聚的状态。我有感于人需要集中克服的便是定力上的薄弱，现实中情境一变换原先的定力便摧枯拉朽，外面一点点风吹草动便能驱使我们的眼睛向外瞅。无染的清净心境，若是没有了强大的定力做支撑，那清净不过还是看看花养养草的诗情画意，和那些成日舞文弄墨、自命高雅的"假洁之士"又有什么分别？我总算有了这么一点点觉醒，才从过去的张扬变得收敛，直视我自己的"野性难驯"，这才是束缚我才

257

智的根本，也是造成我不断犯错的祸源。别人无法代劳，只能自己下决心亲力亲为，把散乱的精力加以凝合，将气集中于下丹田是凝，调伏内心的骚乱是凝，以求心身合一，归于圆融。初始，心渐虚凝，像走入了淡泊的空境，少了很多对名利诸事的牵扯。之后，愈凝愈细，坐着坐着也感觉不到疲惫，只觉心自然明净起来。这让我感觉到，清净其实与"定"相应，就像茶叶唯有沉淀在茶壶中，才能使香气游走于内外。此"定"并非去限定自己，而是清空污秽，皎洁空明，从而定中生乐，是恬淡心怡的绵绵之乐。

现在，我想再看一眼莲花，看它安静地站在水中，尽平生力量驱除污浊，不屈地捍卫灵魂的清净，它挺直了身躯不让邪恶靠近，不让脚下淤泥弄折它向上的意志。然而，一旦露出水面，便有一种摄人心魄的光辉，净化诸心。尘垢能几何？披衣坐屋中，心困万缘空，心安一床足，痛苦与欢乐不过依客观而生，而自己的清净真性掌握在自己手中，通往清净中的圆融主要依靠的还是自我的力量。有典籍记载，舍卫城有一妇人，她的丈夫在田作时被牛顶死，两个小孩在渡河时失去，房屋又因邻居失火而被烧光了，万念俱灰之后她疯了，把身上的衣服扔掉，赤裸着到处乱跑，不知不觉跑到了一所精舍，她望见佛像庄严，光明显赫，忽然清醒过来，终于看到自己一丝不挂，很是羞愧，遂蹲在了地上。佛看到了这一幕，便命弟子阿难拿件衣服给她披上，然后为她说法开示，这个疯妇人便自觉自悟了，不仅疯病消除，也修得圣果。妇人通过佛光的引导，找回了自己的真性，从颠倒错乱之中回归于定，在定中依靠自我的真性将损缺的部分修复完备，佛并没有代替她修行，一切还是靠她自己修正的。观自在菩萨不也是在定中得到这个清净的大智慧，而证得大自在成就的吗？《六祖坛经·坐禅品》有这么一段话：禅定者，外在无住无染的活用是禅，心内清楚明了的安住是定。对外，面对五欲六尘、世间生死诸相能不动心，就是禅；对内，心里面无贪爱染着，就是定。心如明镜而不动，如平湖而无波纹，正念坚固，无须倚靠什么。《心经》中也说："行深般若波罗蜜多时，照见五蕴皆空，度一切苦厄"，当五蕴皆空达到真正无我的时候，才真正实现了自我的解脱。这样的修行万不可以把自己架在空中楼阁上，需要一步一步去做，亲自去检查自己当下修到了一个什么样的程度。不可偏执于一部经典，偏执于某一学科，执着于自己所做的才是最有价值的，把别人视作"邪魔外道"。而这怪癖不正是清高之人的专利吗？是自己以为"清"，以此为傲，故认作"高"，这些人极力地想摆脱水下的淤泥，为的是能露出水面高一些，我身上也存在过这样的弊病。现在，我只想牢牢扎在淤泥之中，把浮动的心浸泡在水里，看看别的经典、参照别人的思想，进一步实现全面贯通。澄澈之心，就是极其纯粹的平常心，由内向外呈现出圆融的状态，如同低吟不息的泉水，不断印证着自己的精进。上周在咖啡厅，我称赞王教授是老师中很少能做到谦卑的人，和学生们一块打球这样，上课的时候也是如此。我们的谈话很轻松，即便是彼此的观点相悖，他也能够听我把话讲完并提出相应的好建议，我们的话题没那么局限，从学术到生活，无处不自然。我想到，明心见性未必只针对学佛之人，世间大道原本就是相通的，清净之道也是相通的，任何一种完满的心性又何尝不是纯粹而又清新的？只是定力不够之人至今还游荡在感觉的层面，保留着诗人的天真；而我感觉离诗人越来越远，离一种有我又仿似无我的清净越来越近，聚散自若，无形无质，圆润流转。

我感受到那个真我出现了，很多时候都能看到，神态祥和且又步履稳健，悠悠漫步于春夏秋冬。佛学中有"密契"，即自我的生命、思想、生活、外部环境全部融合在一起，物与我皆无尽也。当我再看青山绿水，亦感觉到青山绿水皆是我魂，带几件衣服，还有我的那串白玉菩提，所行之处，走至哪儿都是和风细雨，万物如酥。我想，好的调心之法，说白了就是净化心灵世界、增进自我的智慧，通过很强的定性以窥见更内在的东西，自然的盈虚变化，此消彼长之道尽在其中。这就是心净圆融的状态，不偏不倚，通而无碍，既能淡定从容，也能无所待于外，既丰满有神采，也能空灵平静。像池中的莲花高洁而又踏实，不着水，却曼妙无比，即便是在炎热的夏季依然保持了一份清凉，不染世间的烦恼。最令我佩服的是，莲花从不逃避，除了坚持对清净的探索，更能吸纳化解污垢浊泥，再从中吸取养分为其所用。在一旁的看客眼中都会有清浊之分，而莲花在水中忘我，早已把水上与水下的部分看作一体。当微风吹过，池水泛起波纹，荷叶还会变成褶裙，轻轻地舞动着，这便是莲之韵，永驻我心。那一刻，我仿似看到佛端坐于莲花之上，慢慢地教导欲罢不能的人们，摆脱污垢，适时地放下，潜身净心，内外留香。我记得佛经中说过，人间的莲花不出数十瓣，天上的莲花不出数百瓣，净土的莲花可以千瓣以上，而每朵花都是洗尽欲念的纯真，给人以圣洁的启示，无尽的祝福，从烦恼中得到解脱而生于佛国净土的人，都是莲花化生的。清净圆融，让我意识到了自然简单的至善之美本身就是一种自然的呈现，本身就带着一种摄人心魂的气势。感受着，感受着，我心的清净亦有着说不上来的庄严，一经投射，便光芒万丈。

随物赋形

随缘适情，随物而乐，这是诗意的行走，正如水流平静以应万变，出入往来，未有穷尽。

· · · · ·

　　不管愿不愿意，人都由自然的必然性所决定。顺应当下时，他是自由的；违背当下时，他就要受损。人人都会有飞驰的岁月，喜欢顺着自己的性子，怎么舒服怎么来，说话是那样，做事也是那样。其实太多人尽是如此，用太多的时间迁就自己，严于对人，宽以待己。而很少去想改变自己，改也无非仅限于局部或是表面，"第一自我"永远那么鲜明。想来，世上最难的事莫过于为了适应现实，不得已屈就自己，要是终日腰杆子挺得笔直，越往后走无奈也就越大。于是，能学得乌龟之法，得缩头时且缩头，便成了绝妙的"本领"。相比之下，有一种永远都从容不惧的事物，应物而从不使自己劳累，很好地存活在天地之间，那就是水。《老子》言："上善若水，水善利万物而不争，处众人之所恶，故几于道。"水滋润万物，有利于万物生成，而又不和万物相争保持平静，甘愿处于低下的地方，却无所不容，无所不泽。它是那么平凡，连色彩都那么单调，但能够随物赋形，放在桶里便容于桶的形态；放在杯中，便能够呈现杯的样态。而桶时间一长，容易开裂；杯子不慎碰掉，就会碎裂，水却可以长存，不知生死，往返不息啊。

　　以前，我看到的水，更多体现的是柔态。想着将石子丢到水中，水也不反抗，反倒激起了大大的水花，然后不断往湖水中丢，

263

内心萌生了一种"卑鄙"的喜悦。想着水，原本在溪中，拿杯子便能舀出，你想把它盛在什么器皿里都能实现，就像一个没有主见又没有魄力反抗的奴才。其实，当时这么幼稚地看待水，看待别的事物时又能高明到哪儿去？总是凭着感觉辨真伪，明是非，不见事物之真义。水真的柔弱吗？它不反抗，不喧哗，却比谁存在的时间都长；它随着不同物体赋形，却一直没有消失，循环于天地之间。水真的柔弱吗？我也见过非常强壮的汉子跳入水中，说是游水嬉戏，竟难以使上全力，与之前在岸上实在判若两人。可看着看着，我开始察觉到他的自在，远非陆上的我们所能体会，与水相拥，无比和谐啊。这莫不是因为水的逍遥不仅仅自通自乐，连带众生也同于大通，共得逍遥。故而，我称水为"阴柔"，如同一个乔装了的大丈夫，不动声色将无穷之力隐藏起来。它的力量不只是体现在海水、瀑布这样的澎湃之中，而是无处不在，以各种各样的形态，自带一种博大的母性气质。它从不强迫自己勉强适应不同的外物，而是把外物视作自己的孩子，从容地抚摸着不同的地貌，滔滔汩汩、一泻千里，不择地皆可出。所以，依我看，水的真正特征并不体现在"柔态"，而在于一个"容"，一个"变"。

关于水的"容"，可以容纳很多不同的东西，泯然无迹，心不动摇，从不在意自己当下的形态。光我们知道的形态就有冰山、冰川水、地下水、湖泊、沼泽水、河水，常年被冰雪覆盖的南极洲，储存的淡水量就可供全人类用7500年。佛家也说"其小无内，其大无外，一滴水有十万八千虫，三千大千世界"，多少元素、菌类自在地存活于其中。人就不一样了，吃多了肠胃受不了，看书久了脑子要困，欲望积压多了就得释放，这便是无可厚非的"人之常情"。更值得一提的是，我们最擅长坚持自己的观点、自己的喜好，易于容下自己，难以容下别人，易于认同自己的一套判断，难以认同别人的万千想法。而水什么都可以揽入怀中，与物相容，容而忘我，没有好恶，继续默默履行自己滋润万物的使命。我看到水已入"身隐"的境界，没有成心阻碍自己的行迹，可为液态，可为气态，于有无间往来。它静得平凡，平凡得安稳，平凡得自在。可惜人不是这样，置身社会之中、集体之中，觉得"平凡"二字就是说平平淡淡、不思进取、甘于忍受各方面的窝囊气。相反，人们觉得"不甘心"就等同于"有理想、有抱负"，于是努力地前进，就好像在和别人赌气一样，你们看不起我，我就非得做出什么让你们看看，内心总是憋得此起彼伏，实在没有"容"的境界。可悲啊，多少人不知"平凡"乃是一种智慧，它不是止步当下，而是在前进的时候练就的一种眼光与心量。正如水，既能海纳百川，也能一泻千里。

而水之"变"，随机而变，随势而变，一个简单的"随"字，没有半点犹豫，平静地去适应，这便是水得以不败的根本。世间有苦、乐又怎样？有生、灭又如何？一如山林中的溪水，自顾自地流淌，或渗入泥土，或汇入湖泊，从容至极，仿似早就知道该如何放置自己。它依照不变的天道而流淌，见证着万事万物的始终，牢牢地契合着生死循环之理，平静而不失自我。它作为生命的源泉，其精神气质又牵动着万物之灵，由此读懂万物的情态，知而不言，与化为一。中国的先人早就领悟到应该通过以水为师，汲取通万变的智慧，只因水以简易之法，包含各种各样的变化，正与大自然中的变数相应和，乐行天道之所当然。它时而显柔，细碎绵长，润泽他物；时而显刚，气势磅礴，白浪滔天，出入往来，未有穷尽。所以说，水之变的含义是那么广大，无所止息，柔顺敦厚，配合天地，配合四时，变化通达。就像《孙子兵法·兵势》中所讲的："故善动敌者，形之，敌必从之；予之，敌必取之。以利动之，以卒待之。故善战者，求之于势，不责于人故能择人而任势。任势者，其战人也，如转木石。木石之性，安则静，危则动，方则止，圆则行。故善战人之势，如转圆石于千仞之山者，势也。"意思是：不败的强者善于积累、利用有利的"势"，达到自己的目的，获得胜利。木石如果放在平地上，它就静止不动，没什么杀伤力；而一旦把它放在陡峭的斜坡上，就变得非常容易滚动了。就像把低洼处的水抽调到高山上，水就有了势能，从高处倾泻而下，威力不可阻挡。水无常形，充满了无尽的变化，不同的形态根据现实的需要呈现出不同的能量。并且，它不像人那样喋喋不休，一直以来都在享受旅途的欢快，处处皆可为家。

鉴于对水之道的体悟，我联想到自身，像从河水的下游一直返归到水的源头一样去看自己。我想到以前，在一些人的身边驻足了太长时间，跌跌撞撞在太虚的幻境，觉得什么都好；当然也对一些人怀抱过很长时间的偏见，其实没什么大不了的恩怨，是我自己不能率先释怀。我还犯过很多原本可以避免的大错，而铸成这些大错的缘由仅仅是因为横强一时，寸土必争，觉得男人理当如此。可惜事后回想，我又真正得到了些什么？我算是看清了，人若只为维护自己，所言所想的道理大多也是歪理。而水看似不争，可谁又能与它一争高下？既无色，又没有固定的相，泯然心定，气息绵长。现在，我学会了静默，学着用心听事物的流动之声，形形色色尽收眼底，微风拂过，片叶不沾。这些日子，我只顾默默地去写东西，像一个打制银饰的工匠，注意力集中于未完成的作品，这是我当下最应该做的。对于我的这本处女作，我不期待有多少人赞赏，我只是认真记录自己的心灵体验，写作尽可能尊重我心，而不局限于"爱这个，不爱那个"的成见。我只是"随物赋形"的感受者，见外物变化的感悟若泉水一般涌现，看到多少就写多少。记得伯伯曾说："我不想动笔，想说的话前人都已经说过，没什么好写的。"而我则回应："我是能写多少写多少，走到哪儿写到哪儿而已。"日后的事不去多想，若是一定要回答，那就顺乎自然吧，跟着周围事物的变化走，多听听，多看看，算作我自己的观照方式吧，起于无作，兴于自然。我不将亦不迎，以一颗水一般的心，流过漫漫长路，形成鲜活的存在。

以下，我想通过我对苏轼的认识过程，阐发对"随物赋形"的体悟。之前看苏轼，觉得"随物赋形"就是行云流水，不光是在写诗写文章上，还有他处事的时候，无不是在众目睽睽下无顾忌地表现自我的性情，随处都带着很强的"自我"色彩。如当苏轼看到朝廷中的新势力对王安石一党全盘否定时，实在无法忍受，认为两个党派都是一丘之貉，立马又上书弹劾司马光党，激怒了新党派。至此，苏轼夹在了王安石党和司马光党之间，使得自己的处境更加凶险。再如苏轼因乌台诗案入狱时，妻子王氏不知所措地把他的诗文全部焚毁，他出狱后心中始终积压着怨恨，王氏因此抑郁而终。事后苏轼又陷入了深深的自责中，临死都希望与王氏合葬。而在面对"声色娱乐"时，苏轼又表现出了风流大胆的自己，回归浪子本色，从不避讳与歌妓的交往，还为歌妓创作了多首词。一段段邂逅的佳话，羡煞旁人，一曲曲琵琶，细捻轻拢，醉脸春融，带着轻佻、自我放纵的灰暗色彩。我想说的是，我们往往把苏轼的前期与后期状态混在一块看，以为他一直都是大气而又潇洒的风流文士，却忽视了他早年孤傲不群、随兴所至的一面，那时他是树大招风，风必摧之。他的情感是那么浓烈、做事风格是那么随性，仅仅在意自己一时的释放、愉悦、洒脱，不太在意周围事物的细末，不晓得君子藏器于身，适时而动。直到被贬时他还常常自称"幽人"，"幽人无事不出门""幽人掩关卧""幽人方独夜"，只知感慨悲凉，并未深入反思何以至此，并未将"随物赋形"全部内化于心。在我看来，我们还是得研究如何去适应周围的环境，让自己张弛有度，保存自我，减少不必要的麻烦。

我想到，春秋战国时，晋文公请介子推下山，他不肯，晋文公便放火烧山逼他下山，结果介子推背着母亲被烧死在山中。曹操用同样的伎俩逼阮瑀，阮瑀虽然出山了却无心工作，曹操就戏弄他，大宴群臣时要求他加入乐工，弹奏歌颂自己的曲子，阮瑀平和接受。介子推身上带有典型的先秦名士的执拗，不珍惜自己的生命，竟连母亲的生命也搭上了，实在枉为名士；而阮瑀，他总是小心翼翼，每次都能够置身事外，他的仁和成为建安风骨的标志。可见，做到防患于未然，隐藏与显露交错，是无思也，无为也，所谓"存而不论，论而不议"。

就像我和朋友们常常提到的张良，他在鸿门宴上不仅保护了刘邦，自己也全身而退，这样才能以图将来。所谓"水心常在"终究还是以平衡为主，所谓"随物赋形"其实也是一种权宜的智慧，先让自我得以长存，然后复归于平和的心境，像流水潺潺一般。

而后来的苏轼，尤其是在"乌台诗案"后，每天闭门思过，再后来亲自种庄稼、开荒、耕地，俨然成了一个农民，一个没有文豪、大臣光环的普通农民，在思悟中得以充实。在这看似被迫的生活中，苏轼还能够心常安乐，保持精神上的勃发，以劳作成就自我的超越，同时还能继续收获额外的享受。仔细想来，人在经历大苦大难之后，必然会对功名有新的了悟，必然会从看重转向淡薄，对世俗少了鄙夷，多了一份亲和。这时候的苏轼，或与朋友们吟诗诵词，或在屋舍中弹琴画石，或在湖上乘一叶轻舟，或在山林里切磋佛道，无论哪一种方式都能让自己的生活古雅而有风韵。而回头重看名利，不过是蜗角虚名，微不足道，只会迷人心智，让人受累，到头来只是一场空忙，苏轼快语道："事皆前定，谁弱又谁强"，还不如穿着破草鞋，手捧着一个钵，一切随缘呵。在贬谪之地的时候，苏轼和幼子苏过以简陋的山芋为料，亲自动手调制美味的"玉糁羹"。因生活困窘，买不起羊肉，他自制美食"羊脊骨"。同时还尝试自酿天门冬酒、真一酒，曾有对真一酒的记载："米、麦、水三一而已，此东坡先生真一酒也"。可以看出，这个时候的苏轼对"随物赋形"的理解，已经做到了"广开水源"，使生命常鲜。就像一股水流，这边被石头阻隔了，可以从另外一条小径流出；即便没有别的路径，也可以穿过石隙流往更开阔的地方。《易经》豫卦六二爻辞上也说过，如果被硬石阻隔，就应当机立断地离开，何必在那儿终日等着石头被挪开？君子通晓事理的微妙，既深知事理阴柔的一面，也深知其阳刚的一面，故能应变自若。穷困到一定程度而生变化，通过领悟变化而变得通达，一旦通达便意味着恒久。如果能循此变通之道，何事不成？自然做什么事都好像得到了天的帮助一样，无往不利。而一般人在自己的生活中，也在不断追求新的东西，新的手机、新的车子、新的衣服、新的男女朋友，别人有了自己没有，自然不快乐。于是努力争取，希望自己更快乐一些，但发现别人又有了更新的，便再次揪心。反反复复，时间一长连他们自己都厌倦了，为"无意义"的生活莫名地哀伤，而自己始终没有脱胎换骨。

水随物赋形，万夫莫当，终可一泻千里。苏轼进而把随物赋形升华为诗意的行走，寓意于物，随物而乐。这随缘的态度也不是苏轼天性中自带的，是太多的苦难铸就了他的超越，是生活体验中的不断反思，让他发现寻常生活中鲜为人知的美。驾一叶扁舟，举匏尊以相属，侣鱼虾而友麋鹿，以闲雅清净的山林之乐和虚空闲静的禅悦境界来充实自我，极其贴切水的和谐之态。在浮世飘零之际，他并没有玩世厌世遁世，这无不休现了苏轼直面全部生活的勇气。吃野鸡可以为诗，吃竹笋可以为诗，小小一碟蔬菜也成全了一首《春菜》。被贬海南，每天吃上荔枝三百颗，就能让他发出长期都愿做岭南人的感慨。他有句诗文写得很绝，"九死南荒吾不恨，兹游奇绝冠平生"，即便自己被迫去了蛮荒之地，岭外生活也可看成一次奇妙无比的游玩。见苏轼的《宝绘堂记》"君子可以寓意于物，而不可以留意于物。寓意于物，虽微物足以为乐，虽尤物不足以为病，留意于物，虽微物足以为病，虽尤物不足以为乐。"寓意于物，就是把自己绵绵优雅的情意放在外物上，使得外物在自己眼中显得格外美丽，彼此互为风景。苏轼发现，即便是微不足道的东西也能给自己带来很大的欢乐，游于物之外，无所往而不乐；相反，即便是再美的东西，若是将自己的欲望黏附在上面，正常的审美心态也随之遭破坏。比如说珍贵的书画作品，很多人都视若珍宝，喜欢收藏，然而不小心被人拿去了，就要痛苦叹息吗？再珍贵的东西来去不过云烟，就像鸟儿也能感知到美好的东西，愿意静静地停靠在那里，然而一旦决定离开，就会义无反顾地奔赴另一个地方。这或许就是所谓的"不滞于物"，摒弃一切功利因素的干扰，亦不执着于一时的得失，如此，方可独与天地精神相往来。这让我联想到了魏晋时代，文人在凡尘里高歌，通常两三个人一个主题，没有时间限制，不在乎胜负结果，随时结束。他们轻裘缓带，不拘小节，即便是在极度压抑与痛苦的时候。东吴名将之后陆机，20岁时国家灭亡了，他便于诗书中体会墨香的奇妙，在山水中找寻自我。尽管仕途不顺，他还常常跑去郊外，将自己的心路留存在那一道道车印上。最后临死之前竟然诗意地长叹："华亭上空的鹤鸣，又怎么能再次听到？那是我和弟弟小时候常去的地方。"谢安为躲避政府的"感召"，干脆跑到了会稽山上，一生只为潇洒。苏轼与他们有非常神似的地方，但比起谢安境界高了很多。谢安为了自由灵动跑到山林之间，而苏轼则是"此心安处是吾乡",我心安放的地方,就是我的家乡,随遇而安,处处都有"我心"。苏轼已不在乎周围是什么样的存在,冲破了各式各样的局限,不管人间如何,他都能诗化人间。

《般若经》说"般若非般若,是之谓般若",意为没有肯定,也没有否定,只要自我的念想常住心中,就意味着黏滞。人的心很容易就会变成堵塞的河道,流不动了,在那儿困惑,若不懂得圆顺之法,实在太苦了。纵观苏轼一生历尽贬谪、下狱等,甚至曾想过自杀,但怕牵累家人才作罢。身险囹圄的时候,他还写了绝命诗交给自己的弟弟。后来被贬到更为荒远的惠州、儋州,气候异常,路途遥远,加上小孩夭折,夫人离世,就连朋友接济的暂时住所也被朝廷官吏命令收回,无处安身。到了黄州,他开始自我反省,常去城外的安国寺参禅打坐,深自省察,物我两忘,身心皆空,进入一种虚静之态,生与死都无系于己。他的心灵归于平和,淡化了生命的悲哀,随缘放旷,若清泉洗心,一洗千劫非。梦也好,醒也好,根本不必去追问。人生风雨,对于后来的苏轼来讲,已是也无风雨也无晴。心中万里无云,自然显现,不劳他求,故时时都能心安,事事皆能自娱,即"亦非世俗之乐,但胸中廓然无一物,即天壤之内,山川草木虫鱼之类,皆是供吾家乐事也"。他已将不同时期的自己同逝于时空,与造物玄通合变成一个永恒存在的自己。这时的随物赋形就是"无念",不去主动地思考,不去主动地判别,如一往无前的水流不会劳心于沿边的景物。随物赋形,正是看到了一个无比自在的世界,每一个物都自在地显现,无比真实,无半点僵硬。心与外物相契合,一起流动,随缘适情,去无作相，住亦随缘，或去或住。而我们在现实中常常是以分别心看事物，很多东西原本俱无分别，却平白无故生出了很多差异；很多东西适可而止就行，偏要弄得是是非非，可不就是自谋不快吗？比如星空，静静欣赏它深邃的美就可以了，何必一直纠结于它是怎么来的？地球还能存在多少时间？那只会离开美的感受，死于思下。

世间本就混沌、复杂，人想要拼命适应都难，哪有闲空去考虑那些不该考虑的东西，完善自我适应万变的能力不正是每个人的当务之急吗？苏轼有句名言："行于所当行，止于所不可不止"，行走的云和流动的水，一开始就没有固定的形式，但是云和水总是该动的时候动，该静的时候静，阴阳相合，一切皆宜。故而，我们需要增进这方面的修养，出入进退，内外往来都要合于道、法，不致凭虚而行。怀抱这样的感受，即便最后没有得到，也少灾少难，即便失败了，也不会深感痛苦遗憾。我想着，人心若能随顺无思，平和无己，就不会陷入喜怒哀乐的无尽烦恼中，会发现无限快意其实就在目前，微笑看今朝，天也从人愿。这坐通大道的领悟，需要多么强大的意志与超拔的妙心，像苏轼那样的高士，历经了多么漫长的修炼才悟得诸事虚妄。他能以一颗玲珑心观照万物，最终融入永恒的境遇中，与万物相契合，通过他的文章我甚至能听到他内心的溪水潺潺，便学习着去品味随处可见的鲜活的诗意，而不再抚慰生命的创痛，继续扼腕长叹着"自然有成理，生死道无常，人生如朝露，天道邈悠悠"。我看到日后的我，经历了千锤万击，不迷于外物，平和地流淌过山川、村落，永不停息。尽管每日风尘漫天，自我也没有被淹没，"我"不只是抽象意义上的人。此刻，我静静地读着这样一首诗，那是英国诗人兰德晚年写过的《生与死》：

> 我和谁都不争，
>
> 和谁争我都不屑；
>
> 我爱大自然，
>
> 其次就是艺术；
>
> 我双手烤着，
>
> 生命之火取暖；
>
> 火萎了，
>
> 我也准备走了。

以清比德

与其在外物上浪费精力，不如反求诸身，完善内德，为自己保留一片干净的天空，让清风流溢诸界。

在中国的文化中，"清雅"历来被宣扬为一种高贵的生命格调。何谓"清"？这个字在东汉许慎的《说文解字》中被解释为："清，朖也，澄水之貌"，就是说清洁澄澈的状态。"清"往往与"浊"相对。《楚辞·渔父》中有"沧浪之水清兮，可以濯吾缨。沧浪之水浊兮，可以濯吾足。"意思是：沧浪的水很清时，可以洗去我帽带上的灰尘；沧浪的水很脏时也可以洗洗我的脚。两千年前屈原的句子，今日读来还是那么清新绝俗，且雄浑豪达。但这里的"清"是指水的干净态？不，而是指人的德行操守也呈现出和水一样的纯粹清澈。说到此，我知道很多人会立马回应："人不能太纯粹了，太纯粹怎么在混杂的社会中保全呢？难道你没听过水至清则无鱼吗？"这话没错，但"清雅"不是指生存的方法技巧，而是人精神中该有的信仰，或者说是一片干净的天空。人总不能为自己的浑浊找借口，觉得浑浊才是正常吧，这就活得心理也病态了，成了一条小鱼，只能在发腥的池塘里面吐泡泡。人也不能总是崇拜俗物，把一个唱歌演电影的明星，推崇到无以复加，适当地翻翻经典，感受一下古贤人雅士之风，总不是坏事吧？当年，屈原诗中提到的"沧浪水"，就在今天湖南汉寿境内沅江下游，由沧水和浪水汇合而成的支流，普普通通的，我们只能用心穿越到两千多年前。屈原被楚王放逐到这里，形容枯槁走在沧浪水边，不与污浊的朝廷同流合污。眼前的江水一波未平一波起，一个渔夫摇着小船靠近他，询问起他的苦闷，屈原这样回应道："举世皆浊我独清，众人皆醉我独醒"。可以看出，这里的"清"不是简单的审美，如置身山水之间，看到清景娱人，目旷神怡；也不是一种清雅的情趣，如以文会友之际，人们喝茶论诗，意犹未尽。而是以清比德，为百姓而清，为国家而清，当这些都无法实现的时候，还要坚持"清德"，为自己而清。公元前 278 年，秦国大将白起挥兵南下，攻破了楚国都城，屈原在悲愤之下与祖国誓同生死，遂抱大石投汨罗江而死。终其一生，他都是高大的，虽处于乱世，却能与日月齐光。所以说，屈原的"清"是高洁，而非后来文人演化出的冷傲；他的"德"是以清比德，内外都纯洁无垢。

那么何为"德"？是人之所以为人的根本，属于最内在的部分。故而，我们评价一个人德行好，可算是最高的评价，比说他"有才华""有本事"更能得到所有人的认可；反之，若是评价一个人德行不好，像是对一个人彻底否定了一样，众人便不愿去理会他别的方面了。追根溯源，在传统文化中"德"乃是先天地而生，为万物之母的道是由德来显现的。《道德经》第五十一章说："道生之，德畜之，长之育之，亭之毒之，养之覆之，生而不有，为而不恃，长而不宰，是为玄德。"道生出万物，而且养育万物，这就是"玄德"，即道所具有的伟大的品性，是大德。所以，说到这里，就会明白中国人为什么喜欢"以水为喻"，水本身就有一种大德，不与外物相争，又恩泽万物，呈现出万物之母的情怀。

同样，《周易》也传达了这一点，根本的道充满了对万物的仁爱，它拥有宇宙万物，又生养宇宙万物，道生生不息，德生生不息。厚德可以载物，如大地可以实实在在地承载一切生灵的所思所行，大德必然包含了一个人生活的方方面面，让周围人乃至后世之人都感到无比的亲和。而对于一个人而言，像是找到了一个根本的依靠，需要紧紧地贴着，时时谨慎地遵循这大道，时时维护自己内德的纯净，方能感受到吉祥顺意的征兆、无上的光明。人们常说：头上三尺有神明，说的是人生来应对上苍充满敬畏之心，我们应谨言慎行，秉德而行，不可懈怠。鉴于造物者的博大而神秘，我们尊重它们又畏惧它们，不敢胡作非为，以免遭受惩罚。比如住在村里，有人偷鸡摸狗，逼良为娼，结果遭天灾人祸早早地死掉了，大家事后谈得最多的就是"自作孽，不可活。"人们普遍认为，是他自己闯了祸，所以上天惩罚了他，与人无尤。而人有德行就是在遵循天地之道，必然赢来很多人对他的尊重，在日后的生活中时不时去帮助他，这也是他应该得到的福报。"福"看似都是外部的物质条件，与人最内在的心相对，但包括了生活中随处可见的名、权、位、禄、财、利，与人的生活状况又息息相关。屈原虽然生前悲苦，但他的清德成就了他的千古英名，与日月齐光。可见，人秉德而行，相应的福也会不断增长，两者相宜而生，相衬而行。如此，便使人的身心和悦，如同寄居在安乐永恒的境域，像是一种与天地交融的感觉，饱含着动人的旋律。这便是我所向往的，既能愉悦了自己的身心，也能愉悦周围人，整个环境都显得清韵悠扬。

以清比德，正暗含着道德的自觉。这样的"德"，不是法律规定的你该怎么样不该怎么样，是你自然而然觉得就应如此。正如每个人都有的良知，它处于人心的最深处，若不正视自己的内心，它就点不亮。为什么圣人教导后人要学会不断地反省自我，就是告诉我们要不断擦拭自己的良知，让自己时刻保持清醒与正道。当然，历来有很多的读书人学富五车，可精神浑浊，就是因为知识都粘贴在了其内心的外表，无助于其自身内在的修养。现实中还有很多"有才华"的人，他们很轻视德，觉得聪明人应该把精力集中于能尽快出成果的地方，比如多花点心思在如何升官、找财路上。事实上，升官发财就不需要德吗？他们看不到德既然是根本之法，是无处不在，是绕不开的，只怕最终栽了跟头，也不知道怎么回事。我们用太多的时间埋怨别人道德的堕落，却很少反思自己的德行，我不禁想起了伏尔泰的话，人类通常像狗，听到远处有狗吠，自己也吠叫一番。那些每天穿流在我们身边的人，能否带我们重新领略道德本初的纯粹呢？他们口中少有清雅，我们自己也没有这种意识，久而久之，便都少谈或是不谈了。终于，我们适应了周围漂流的诸多秽物，继续艰难地行走在一个离纯粹越来越远的路上。总之，人一切的努力，绝少是为铸就伟大的"清德"而设，被严重的私欲涂得脏兮兮的，这或许就是世间很难太平的原因吧？我们需要珍视道德自觉，把目光集中在自己身上，聆听自己内心的声音，由对外在的伦理、法则的关注转向对个人内在德的关注，并逐渐形成一种情感和行为的习惯。这就会产生不假思索的道德反应，表现于不经意之间，一如《孟子》中提到的恻隐之心，是善的本能的表现，并不是借助了什么理性的思考，也不是借助了什么无用的论文，如《论道德本能》《论道德的社会意义》等等。除此之外，如人的同情感、羞耻感、敬畏感都全然不是教育的结果，甚至有人干脆就讲：伦理学并不能够教会人善。所以，真正的道德是与生俱来的，先于思维而存在，若是人人都能够多一点重视，就有助于整个人类的互相依存。回忆我们生命的初期，父母就在引导着我们天性中纯净的善，很多时候我们也会感觉到这是对的。在许西的时候，我见过一个理发店的师傅，一边笑脸相迎为客人理发，一边回头阴着脸，督促儿子背《三字经》给他听，"怎么今天卡住了呢？重翻书去，背不完不能去玩。"他算是北方典型的精壮男子，一脸的沧桑，眼角略带世故的圆滑，但他希望孩子尽量受到正规的教育，不要步自己的"野路子"。而长大后，父母再不会终日在我们身边教导了，我们自认为明白了很多事，却很少能体会到当年父母的初衷是要我们从一而终地保持纯净之善。或许，得等到我们也有孩子的那一天，教育他的时候方能体会到那份良苦用心，不再觉得那是简单的说教，进而重新温习那美好的求善之路。后来我就想，那些为数不多的、每日都告诫自己行善的人，活得不累吗？现在，我终于想明白了，他们用那么漫长的时间，善待周围的一切，赢得了整个生命的无上荣耀，他们亏了吗？不，他们才是真正的人生赢家。他们每天都在倾听内心法官的声音，同时更感受到了善的美好，像园中慈祥的花匠，眼前时刻都是光明，身上时常是暖暖的。他们的确生活在世俗世界中，但是毫无恶俗之气，内心充盈，风光无限，仿似走在一个云的世界。

他们的善不是被教授的，是平静的习惯，是优雅的审美。

　　我们还是应该逐步回到最初的样子，少纠缠于是非，挪一部分精力用于完善自己内在的德行。我们不应该因认为现实是浑浊的，就放弃这方面的努力，去效仿小人的所谓"捷径"，图一时之利种日后之祸。这从长远来看，是为了收获更大的福报，迎来自己生命里的光明，让灵魂真正丰硕起来。以前与朋友相见的时候，我们总是喜欢说长道短；现在，我们很少谈论他人的弊端了。我淡淡地对朋友说：抓紧时间让自己变得成熟吧，能早一点觉醒就尽快，没有那么多的时间让你潇洒，若是老了才意识到，还有修正的精力吗？孟子认为：人从天生的性情来说，都可以使之善良，至于有些人不善良，那不能归罪于其天生的资质。同情心，人人都有；羞耻心，人人都有；恭敬心，人人都有；是非心，人人都有。这都是我们本身固有的，只不过平时没有去想，逐渐被漠视了。于是，人与人之间延续了浑浊的状态，就像是一个堆满垃圾的池子，之前的脏东西没有排掉，就又进来些垃圾，被风吹过，也没有半点的涟漪了。所以说当你有完善修养的意识时，你就有实现生命更高价值的可能；若是选择随便丢一旁，那就和没有毫无区别。常人与圣贤之间相差那么大的距离，正是由于没有充分发挥他们自己的天生资质的缘故。想想，古往今来，有多少人寻找仁道、清德，原来都是背着娃娃找娃娃。内在的德是隐性的，只有当我们直问本心的时候，才能深切感知到那最本质的道德判断，纯粹自然，绵绵有力。这种内在的道德本能蕴藏在人原始的"朴"的状态之中，呈现出纯净、自然的美好感觉，没有任何修饰，也不拘泥于任何言语形式。受它的指引，反映在外面的行为上，是那么柔顺合理，处理事情也像是叠衣服那样有条不紊。比如我们在被人告知人际交往中得注意什么问题时，像是一种公式的套用，既表面又生硬；但是本着内心的"诚"与人交往，自己很舒服，别人感觉也很舒服，无形之中也避免了很多摩擦。这内在的纯净之力，一直留在精神的内核中，守护着人善良的天性，防止人堕入邪道。它使我们不断地战胜不完美的自己，引导我们回归天地的大道，回到一开始的精神家园。而纯粹纯洁的状态，是个人修养达到一定程度以后的精神回归，闪耀着理性的光辉。一旦看到这光辉，我们会更加感到清德的可贵，就想牢牢地抓住，再不让它失去。我和朋友讲，我们得不断学习，不要到头来让外人觉得"读书读到狗肚子里去了"。我们积累的知识如果最终不能为我们匡扶正道，那就是徒劳；智慧如果最后不能用来维护人的善，那就不算是真智慧，只能算作聪明的伎俩。真正的君子、圣贤，一定是默默无闻去行动而无怨无悔的人，一定是处处都能让人感受到素心雅德的人。所以说，在现实中做一个才子简单，有思想观点亦不是难事，但要让清澈的德在自我的血液中流淌就很难了。我希望我接下来的读书能让我现实中的德行有所改观，希望我能通过一定程度的认知更好地把握德，让自我的气息呈现出一种前所未有的清新，所走的每一步都能感觉到那份轻盈。以清比德，本身就是行为层面的，需要通过自己的实践化解掉自己身上的紊乱、污秽，使德行从有意识的规范进入无意识的顺其自然，使自己最终由内向外呈现出纯净之美。

　　这种纯净之美，体现了个人的涵养。具体在人与人的交往中，君子能够安于当下，顺应天命，处处清雅。两人坐在咖啡厅中，静静地品着各自的咖啡，享受静默，但并没有感觉到彼此之间的疏离，是无欲无求的，是最纯净的。这个距离不远也不近，是彼此之间的欣赏与相互学习。而不是一颗敏感的心，充满了挑剔和厌烦，缺少对人的宽仁，不分场合地独占鳌头，我记得一个女孩很骄傲地告诉我："我是高冷型的，我很强势！"她吃定了任何男的都拿她没办法，感受到了美貌为她赢得"尊严"的便利，胜似喜马拉雅山山顶的积雪，却不知内心又是何等光景。我还见多了酒桌上的称兄道弟，鞍前马后，颇有水浒遗风，常常会蹦出"你要不喝酒就不是兄弟"，结果把朋友灌得倒下整晚难受。这还算是好的，不比费尽心思的交往、周旋累；也不比埋藏心机的交往、躲避难。不管怎么说，人的每一阶段多的是过客，聚得快，散得也快。有一次在茶室，我捧起茶杯笑着说："我对人与人之间的关系，不悲观也不热烈，一切都充满了变数；求平和的善，也求自我的纯净。"我欣赏嵇康的人格，但不对他激烈的性情做过多的评价。他的朋友山涛，投靠了司马家族之后，平步青云，想推荐他去朝中做官。嵇康觉得自己的高洁受到了空前的侮辱，愤怒地写了一封信给山涛，这就是历史上著名的《与山巨源绝交书》。这里面，我至少看到一点，嵇康为了维护自己的清德，坚定地做出自己的选择。我知道，真正的交往是简而至真的，会觉得天地淡然，自己的世界开阔了很多，对方的世界也开阔了很多。我一直抱着一种感恩的心态，有些人帮助过我，尽管已成了过客，此生铭记；

有些人教训了我，让我明白自己几斤几两，成了比夸赞之人更难得的老师。上天对我不薄，还留下了几个知己，可以推心置腹、吟风弄月的人，他们的光芒点亮了我前方的路。我以清比德，看什么东西都很淡了，不愿和人争执。即便有不太喜欢的人，也很少做出评价；即便有烦心的事，也少发牢骚，一心只求解决。我太清楚激烈的情绪对谁而言都不是一件好事，即便没办法摆脱，也不愿乎其外。因为我要往更广阔的地方走，走着走着，发现没有敌人了，甚至讨厌的人也很少了，我们已经错位在不同的时空里。我看到，我的心还有很多的留恋，水涧冰泉，与松风相交铿鸣，其泉水越欢喧，我神越静。目既往返，心若吐纳，我已不需要刻意告诉自己这样做是有德行的，而是内心的清澈自然要我这样做。

以清比德正代表了无上的审美情操，清风具足众德，除垢兴善；清风中音声曼妙，流溢诸界。《尚书》最早对"清德"做出了阐释，文中说"帝曰：俞，咨！伯，汝作秩宗。夙夜惟寅，直哉惟清一。"意思是，人若能保持自己的端正清直，不使自己的纯正的天性有所弯曲，那就是无比的清洁，毫无污秽，甚至有资格侍奉神明了。可以看出，最开始的"清"乃"直"也，净纯无暇之心，与正直相关，颇有一番道德审美的意味。孔子评价齐国大夫陈文子的品德行为是"清"，认为虞仲这样的隐士"身中清"，他们不与世俗同流合污，并且通过自己的"隐"来保留了自己清白。我曾对我的朋友开过类似的玩笑，日后不触喧嚣独自闲，醉卧小园幽径，几丛花，几群鸟，几泉池水，几片闲云。有人就说，一个人跑去快活，独自潇洒，有什么可称道的？他们不知道"君子固穷"的深义是通过坚守自己的原则和底线，来维护自己的高洁。漫长的孤寂怎是随便一个人都能忍受的？窗前落月，户外垂萝，谁又能可立可卧，可坐可吟？那些古代的贤者隐士每天吃的是什么，穿的又是什么，还得放下多少尘世迷恋的东西，不光是人和东西，还有那难舍的情结。他们为维持无上清德付出了常人难以想象的代价，不是去享受，而是去修行。他们是用清苦的方式成就自身，完全没有做给别人看的心思，一切只对自己的纯净之心负责；他们也不干涉别人的自由，用自己的缄默，保持对外物的尊重。因为他们深知自己的生命和别人、别物的生命同样珍贵。虽然孔圣人对隐居的高士的态度是"无可无不可"，既不反对也不提倡，但从以清比德的角度而言，他还是给予了肯定。在孔子遭遇人生的低谷、屡屡受挫之后，也有过"乘桴浮于海"的感叹，主张行不通了，想坐个木筏子到海外去，真实表达了他自己的情愫。而在孟子那里，则表现出了鲜明的推崇，认为清士如伯夷者，是"圣之清者"。可以说，孟子对浑浊之世有更加深刻的体会，清士所作所为是在乱世中追求独善其身，放眼天下再无净土，那就到死也要坚守心的最后一片净土，别人爱说什么，随他说去。

当自己被清净的德包裹着，更像是在抚奏一曲乐章，中和舒缓。觉着自我和自然成了一体，受到了上天纯正之道的指引，自信而又闲静地漫步在康庄大道上，不担心有什么虎狼鬼怪会蹦出来截断去路，它们只配去吓唬敏感而脆弱的人们。孔子被困于陈、蔡之间的时候，依旧弦歌之声不绝，他的清雅不是做做样子，是内心真的做到了笃定，进而自然流露。圣人笃定自己坚守的是大德，而大德顺从的是天道，应该惧怕的是心术不正的邪魔外道，至于自己有什么好怕的？这让我觉得，我们普通人也会惶惶不可终日，但若是具有大德，又何惧之有？我们普通人遇到不顺就习惯性发牢骚，但若是具有大德，又怎会随意把不愉快抛撒在外面？我们的清德，还不足以自行化解内心的阴暗面，还不足以调和内心存在的种种矛盾，还不足以让我们在任何的情境下都做到从容。这方面苏轼就做得很好。苏轼一生虽然仕途坎坷，宦海沉浮，但始终不愁不怨，常怀爱民之心，即使是在被贬后，仍然专注为老百姓办实事。苏轼到徐州仅 3 个月，就遇到了黄河决堤，1 个月内就先后淹了 45 个县，毁坏粮田农舍无数，洪水最高时已高出地面近两丈。苏轼亲自踏着泥泞小路到武卫营，吃住都在城墙上的小棚内，不分昼夜指挥加高加厚城墙的工程，终于把洪水挡在了城外。而当他一个人的时候，即便漂泊蛮苦之地，栉风沐雨，曲肱而枕之，依旧一副怡然之态，他有首很有名的诗文《东坡》，同样是被贬时候写的：

> 雨洗东坡月色清，市人行尽野人行。
> 莫嫌荦确坡头路，自爱铿然曳杖声。

苏轼当时身处一片清景之中。僻冈幽坡，月色可人，头上是无尘碧空，眼前是被敷洒得光洁的街道，周围澡雪一新，还有晶莹雨水垂挂在枝上。然而，这样的清景不是所有人都能享受的，市人都门窗紧闭，睡觉了。唯有他这种野人，拄着竹杖月下漫步，不问去处，只聆听手杖碰撞石板的铿然乐音，直到演奏完，才原路折返。苏轼身处穷困之时，自适地调整自己的情感，生活苦况，购置了几亩田地，每日亲自下地劳作，在他心里觉得"贬谪"就是以闲放之身偷得浮生几月闲。这时的以清比德，是那么有节度，已经没有什么事情能让他狂欢不已；也没有什么事情能让他抑郁寡欢，他自身的行为就代表着适度的和谐，那么真实无妄，见万事万物"得其所，化其生"。苏辙后来给哥哥写墓志铭的时候，说苏轼临死之前，还处在常人无法忍受的清苦中，著书为乐，为生命的乐章划上最后一个音符。我想起，孔子的弟子曾点这样说他的志向，"暮春者，春服既成，冠者五六人，童子六七人，浴乎沂，风乎舞雩，咏而归。"意思是：暮春三月，穿上春衣，带上五六个成人、六七个小孩，在沂水里洗澡，在舞雩上吹吹风。一路唱着歌回家。孔子听后，赞叹一声说："我赞同曾点的主张呀！"曾点的志向简单朴实，纯任自然，孜孜以求于精神畅适，富有生活情趣，有别于他人啊。

而我呢？一直都觉得自己的周围云淡风轻，风往来倏忽，无欲无求，无比舒畅。记得一个明媚的清晨，我和婉妹静坐在院中的躺椅上，各自的跟前放一杯茶，她静静地望向池塘，时而敛眉沉吟，时而闲来一笑；我则疏懒地仰望天空的湛蓝，偶尔掀开茶盖，轻抿一小口。这或许就是一种光明心境，内心的雾霾散尽了，无欲清净，唯有圣贤。我感受到，圣贤的光芒与天地大道同体，那么广博深邃，引导着我的内德，推动着我不断去完善。我相信大的光明其实就是一点一点累积起来的，使得自我的内心逐步纯净与丰厚，复归于道。有人说欣赏我，我礼貌回应，可我清楚来到世间不是为得到他人的夸赞；有人说看不起我，我只在意我哪儿还有缺陷，若听在心里就是我自己太笨。人一路走来，不知经过了多少事，但都会在清德的包容下，淡化得若有若无。有句电影台词说得好：人的苦恼太多，是因为记性太好。这里的"记性"，说的就是人太过于认真了。而君子潜心提升修养，以清比德，最终曲径通幽，既可纵览世间之广博，又可察道于精微，怎会随意滞留在一些事上？每当我感慨清德的力量可使万物都变得敦厚纯朴，使周围充满柔和，便想起了郑板桥的事。有一年，郑板桥先生到莱州云峰山观摩郑公碑，夜晚借宿在山下一老儒家中，这老人称自己为糊涂老人，举止不凡。老人捧出家中稀世的砚台，请郑板桥先生为之留下墨宝，于是郑板桥根据"糊涂老人"，题了"难得糊涂"四字，完了盖上自己的名章"康熙秀才雍正举人乾隆进士"。郑板桥反请老人题写一段跋语，老人写道："得美石难，得顽石尤难，由美石转入顽石更难。美于中，顽于外，藏野人之庐，不入富贵之门也。"写罢也盖了自己的印，印文是："院试第一，乡试第二，殿试第三。"郑板桥先生看后，心生惭愧，感到了自己的浅薄，同时又对老人的高洁清雅心生敬佩，最后补写道："聪明难，糊涂尤难，由聪明而转入糊涂更难。放一着，退一步，当下安心，非图后来报也。"

知行合一

不管走到哪里，都应该把"知行合
一"端放心中，须臾不离。无论做什么事，
都应该把它贯穿始终，昼夜不息。

当代以速为噱头，人们纷纷拥挤在捷径的妄念上，于是大批的心灵导师如"雨后春笋"，兜售着他们实现人生价值的妙法，教人们如何在几个月内赚得百万，为每一个教徒描绘了仅次于天国的美好前景，众人在听他们激情澎湃的演讲时，收获了前所未有的快感，于是，这样的风气便大行其道了。大师、专家现身说法，在"现代化运营"的字幕下大讲万能的成功之道，这让我不由联想到当年的张仪、苏秦，鼓动唇舌，凭借熟稔于胸的说辞，翻手为云，覆手为雨。这源自现实中存在的一种逻辑：不管你学了多少知识，若是不能变成实实在在的豪宅豪车，便算不得成功。在这种实用哲学的指导下，讲求的是方便廉价的随手可得，行为简单粗暴一下又有何妨？当然，每个人都有自己的缘，都有自己的法，而我遵照的法是"终日有为而心常无为"，静观默坐以后，总觉得当下的自己是无知的，故而每日笔耕不辍，做多少就写多少，言与行相从。这对我而言，是辅助修行的方式，也是最好的救赎，让自己接近知行合一的真谛。早在古本的《尚书》中，商王武丁时期大臣傅说便说："非知之艰，行之惟艰。"其意是明白一个道理不难，难的是实践下去。让我深有体会的是，就算知道很多的道理，也并不代表有做成很多事的能力，而好为人师恰恰是最容易上手的。人们凭借自己的经验阅历，都清楚知行合一有多么重要，但实质上知和行还是各行其是。早在宋代，经过了理学家的发挥，"知"便成为加强自身与完善自身修养的认识；而"行"则代表了成就自我的实践功夫。而到了王阳明那里，知行的内涵更是被体悟到了极致，我需要仔细去观摩这位知行的典范，集中精力去全面地体悟，把自己的认知进一步引入正途。

正德三年，王阳明先生被贬龙场，与当地居民语言不通，而就在这种贫困的境遇中，他开始修炼"动心忍性"。他以荆棘为篱笆，用土做台阶，在此基础上建起了一间非常小的茅草房。起初，草屋晚上漏风，他便自己爬上去修葺，同时在一片漆黑中体会无尽的森林之趣。他看看淳朴的农民，再看看自己简陋的小屋，感觉仿佛回到了上古时代，看到尧帝站在低矮的台阶上播撒着仁德，自己也心平气和地沐浴其中。不久他发现一个钟乳洞，便清扫一番，安放好床，居住其中，开始修炼。他对这个居所有这样的评价："素位聊无悔"，立足于哪里，便全身心投入哪里，扮演好自己当下的角色，不去妄想什么，只问自己该做什么，居富贵行乎富贵，居贫贱行乎贫贱。王阳明在进行任何一种追求时，总能对现状恰如其分地适应，然后逐步实现，其中每一步都稳若泰山，心如磐石。他不论寒暑，每一天都伴随着体验探索，不断对自己所学的经典知识进行印证，全部的生命都围绕一个至高的目的而转，不知停息。当他得知父亲在朝中被太监罢免，感到自己也离死不远了，便发现自己还没有看破生死，更加无法进一步体悟天下万物之理，无法实现一名儒者的最高理想。于是，他在屋后建了一个石墩，日夜端坐其中，凝神静思，终于体悟到"心"与"理"的融合，大道即人心，原来圣人所言的东西并不是他们自己的凭空创造的，而是这些大道本身就存在于人心之中，只有向心内求理，才能真正契合圣人之言。这便要求人们把习惯向外追逐的目光收回来，关注放逐已久的心灵，把我们的所学用一生的时间去演绎去磨砺，这才能发挥心中的道的力量，才是与圣贤对话的最好路子。

首先，我体悟到王阳明心学的"心"并不是去再创造一个有力量的心，它是每个人原有的，而且需要人像对待花儿一样每日去养护。这样的修心是要挖掘心中固有的理，正如脚下存有鲜活的泉水，需要基于自己所站立的位置向下挖，而不是一见地表没水就往别的村跑，不是依靠别人的讲授或是凭借经历过的一些事来判定，也不是依靠一些书籍，觉得读懂了它们就等于读懂了世界。其实，人心才是最高的实在，它比穿在外面的衣服、不一样的五官、身高腿长还要根本，人与人最根本的不同就是心的差异，甚至诸多的矛盾丑恶也是出自于此。故而我们需要以自我的心性为主导，把追求的心外之理，转化为自己的心内之理，哪怕是一个小小的念头也需要仔细审视，小心经营，因为念头的产生直接反映在我们的行为上，现实中的小恶演化成大恶不就是这样？小善累积成的大善不也是这样吗？我们的本心使得我们的内在与外部保持着完整与统一。王阳明说"心即理"，说的是我们的心可以体悟深远的人生大道，是因为我们的心中本来就涵摄着大道，我们一边体悟，一边与大道并行。我们需要时时努力保持这样的同一，专一不二，才能在日后广博深厚的沉思中，实现盛德的远播，光明不可估量。而现实中的人们更多时候是离开本心谈论、思考事情，即便偶尔发现了自己的问题，也体悟得不深刻，即便别人明确地指出了，也不见得能听进去，如此这般，又怎能深刻地认识现实世界呢？所以，求理于我心吧！其次，心又是自动自发的，它有自行决断的能力，我们应该去挖掘心的能动的力量，而不仅仅是隔三岔五地反思一下，以至于活了十几二十年，还未体会到这种力量的大用；不可浅尝辄止地体验一下，简单做个经验小结、看个小电影、写几本文艺的集子，这只能陶冶出微薄的才气；亦不可将自己的研究精力绑定在规制内的任务上，把注意力都集中于研究的课题与对象上，时间一长都不是自己了。王阳明先生得悟的那一年，他还在贵州，与提督席书郊游，通过王阳明的指点，席书体悟到"求之吾性，本自明也"，反求于自我的心性，自然而然会接近通达光明的境界。我感慨的是，人的意念始终过于混杂，善有多少，恶又有多少，怕是连自己都说不清。只有发挥心能动的引导，才能将富含生命价值的东西留存，使自身尽早地免受其害。同时，将低劣的以及日后有可能成为隐患的意念，进行缩减或主动摒弃，把功夫下在实处。利用心体发出的力量，去纯化自我的意念，遍布生活的每一个枝节，使感受到的天理与自我的本心连接，圆润无间，自然触类旁通。歌德曾让其弟子去参加晚会，弟子不愿和那些人打交道，歌德批评说："你要想成为一个写作者，就要和各种各样的人保持接触，这样才可以研究他们的一切特点。"简而言之，无论处在什么样的环境之下，没有人能代替你自己照顾自我的内心，此心光明了，世界也一同光明起来；然而，对于沉湎忧伤的人来说，即便是看着月亮的阴晴圆缺，也足以忧伤好几年了，真可谓"一生的结果皆出于心"。

那如何才可做到呢？先前的时候，朱熹说"先知后行"，认为必须首先把道理搞明白了，然后才能去实践，否则实践就会变得没有根据，正如现在你要管理一个团队，得先去机构里进行与管理相关的培训，学得很好以后才能更好地把握一个团队。我个人认为朱熹更侧重"知"的基础性与指导性，避免一些泛泛的盲目，这样日后行走才不致跑偏。徐爱也曾经向王阳明建议将"知"和"行"分开去修行，而在王阳明看来，"知行合一"本身就是古人的意思，今人将它分成两件事去做，其实是违背了古人的意思。《论语·子路》篇中记载了孔子的观点：读了三百多篇诗，应该会搞政治办外交，如果把政事交给他却不能通达，派他到国外办事辞令方面又不能专对，读诗虽多，又有何用？孔子早就认为，知与行是没有先后差别、合一并进的，所学的直接服务于所行的，所行的又反过来印证所知的，我们在评价一件事有意义时，就是说它能把正确的认识转化为正确的行为。可见，"知"存在于"行"的过程中，而"行"的过程也自然呈现了一个人"知"的程度，两者没有什么区分，也万万不可区分。那么古人既说一个知又说一个行是为什么呢？这是考虑到大众的水平，遵照知行合一的方法对他们来说太困难了。所以与其让这些普通人一开始胡乱去做，还不如鼓励他们先知道一些东西用以指导，等他们的体悟能力增强了，再转入知行合一的修炼中，这才是正道。在《论语·里仁》之中记载了孔子曾教导学生"君子学以致其道""朝闻道，夕死可矣"

等等，都在说知行不分的要义，只不过没有详细地阐释，造成后人多种角度的误读。正是王阳明看到了这些弊端，勇敢在知的层面上，扭转了之前大批儒者不断穷理、先知后行的做法，为我们这些后来者提供了确实可行的成长路径，不管读书还是做事，都应该把"知行合一"贯穿其中，并把其端放心中，须臾不离。正如我在写这本集子的时候，一些关心我的长者们说，别现在就写书，何不等到几十年以后再去写？那时候，丰富的阅历也有了，好比一坛老酒，时间越长越有味道。我感受到前辈的好心，轻松回应道："您说得非常对，只是不知道那个时候我还会写东西吗？还能拿得起笔吗？"我是这么认为的，比如知道项羽兵败的历史，这算不上知，得从项羽的兵败中提炼出可供自己借鉴的精华，这样的知就带有行的味道、色彩；而行的含义也不是一般人所理解的"当下在做什么事"，而是覆盖了每一个人生活的方方面面，举手投足，甚至细微到人脑中意识的流动。我想起曾有人当面攻击我说，"郭公子，你每天写作算什么玩意儿？你得去实践，要不赶快去公司，要不赶快出去赚钱，我真鄙视你。"我淡淡一笑，"在你眼中自然不觉得写作也是一种实践，自然也理解不了生活中随处都在实践，包括思考，包括与人的交流、运动等等，以为我那样不过就是文字游戏。"对方语气缓和了一些，"还算你有点自知之明"，我又淡淡地笑了。而在圣贤王阳明眼中，甚至一个念头的产生，就已经是行了。我们的行为方式，也正是出于自己脑中念头的催动，不要等到事情发生了才去反思是不是当初的念头出了问题。君子对随意的一个念头都会认真地去反思，每琢磨透一点，在现实中就多一点进步。知也好，行也罢，人与人的差距就是在同样一个点上有人表现得更谨慎，有人做得更细微。这正是基于知是行的开始，行作为知的延伸，二者带有一种必然的合一性，越是凝合得好，个人成长得也就越快。

王阳明从穷山恶水的小寨回到京城之后，终于过上了体面的官宦生活，但还是一有闲暇就游走于田园寺院之间，在登上香山之后，他静坐于幽境之中，瞭望天空繁星，聆听林间钟声，尽可能让自己真性洒露，回到心的本初，他在诗文中这样写道："养真无力常怀静，窃禄未归羞问名"，他反思到自己的真性还有些被名利所绊，他决心通过这样的渠道摒弃俗情，克服内心重新泛起的波澜。当别人还在官场上为自己的利益奔波的时候，王阳明虽身在朝中，心却急流勇退，选择了一个歇脚的地方，在物外之情中获取更高的真知。这里的"物外之情"包括时而行走、时而静坐，那一段日子，先生每日在静坐中顿息尘念，然后踏着溪水、辞别圆月回家。他旨在修炼自己既可以于静中获得真知，也可以在不经意的行走中获得真知，动静皆可无，唯心自当中。在充满引诱与险恶的京城，王阳明所做的一切都还是为了提高儒者的"中"的心境，把对《中庸》的体悟融入修行中，而不是去诗情画意，不是消隐于人世间。他将自己内在的性与世间万物的道相结合，在没人看见的地方谨慎修炼，通过接近中和的境界，来感受万物的各就其位，常在常青。这是他亲身的体验，也因此收获了他的真知。反之，仅仅流于言语说辞的、未曾亲自体验感觉的知便是假知，是只能停留在嘴上或者理论层面上的知。

每每看到这样的人，我总是由衷地感慨，他们也不知看了多少书，写一个东西更不知要查阅多少资料，可他们所学的一旦离开讲坛呢？任何时代，在知解上下功夫的人很多，但也有人困于其中不能自拔，越学越窄了，他们能把求知搞成基于某个点的相关专业，一开口便云山雾罩，以展现他们知识的专业性，这是他们的谋生之道，并非求学之道。这些专业的知识分子，能不能把知内化于心？我们不知道，仅能感受到他们表达时的挥洒自如。这无法令我佩服，因为我从他们身上感受到的知与行间并不是自然且必然的关系，依据圣贤王阳明的观点：真知所发之行便是真行，一旦悟得真知则必然要付诸行动，不行动就证明内心没有悟得真知。不管是哪一方面的治学，如果在知的层面上做不到诚心正意，内化于胸，其行又会是什么样？怕是别别扭扭，歪歪斜斜。先生说过，"若知时其心不能真切笃实，则其知便不能明觉精察，不是知之时只要明觉精察，更不要真切笃实也。行之时其心不能明觉精察，则其行便不能真切笃实，不是行之时只要真切笃实，更不要明觉精察也。"对此，王阳明有过这样的比喻：这种如明镜一般的真性，是人本来有的，但被私欲蒙蔽了，明镜上有了污垢，故而它的光芒也不在了，我们在照镜子过程中也只能看到虚乱之影。而实践修行就是要重新擦拭明镜，让其重现光芒，这样的修行就需要实在地去学、去问、去思、去辨，是要将之前的行不断地细化的过程，使之得以精微且全面。

当知行合一体悟到一定程度，便会强烈地感受到，知无比亲切，行也无比亲切，自我的心体内一切都无比真实丰富，如同时刻沐浴在光明之下。圣人之心就是这样的，心如明镜，随感而应，周围的事物没有不被这光芒照射的。所以说，圣人只害怕镜不明，真性丧失，至于别的东西又何曾畏惧过？然而，阳明先生这样总结道：在任何一个时代关于知行问题，总是有这样两种人，一种是懵懵懂懂，任意去做的人，他们觉得仔细去想东西太浪费时间了，要马上投入"实战"。正如山沟里待腻了，一看见大海就迫不及待想往里跳，即便淹个半死，也可以算作实践的一部分。一个夏天，一位体型肥壮的朋友凑到我跟前得意地说，"以前我和一小子有矛盾不能忍，男人怎么可以扭捏呢？我上去就几个耳光，打完之后，我主动帮他揉了揉，说了点好听的，不是又和好了？有什么大不了的？"我拍了拍他坚实有力的肩膀，他更来劲地抖了抖肩，我回应："可惜了好汉，要是回到一千年前，你可以考虑一下加入梁山的。"我们四目一对，他觉得我才是最懂他的人。而阳明先生说的另一种则是悬空踏在铁索上思考问题的人，最擅长的就是揣摩各种事情，觉得普通人思考的东西他都思考过，不见做了些什么，却习惯拎着脑袋，看什么事都那么肤浅。不说别的，就一些研究王阳明的学者而言，他们会写很多关于"知行合一"的论文和书，以为一直写下去，便能接近心学的奥秘。这帮写书人自己都没朝着知行合一修行，还要怎么论述"我所理解的知行合一"呢？文中还处处流露着"我的论述理解才是最准确的"，这要我们怎么相信他们研究的心学才是最能代表王阳明精神的呢？当年我去拜访一位宣称是修炼心学的学者，此大师平日都深居简出，偶尔见到真容也是不苟言笑的，他痴迷于他的研究就像孤高的剑客眼中只有他的佩剑。我们无法理解他那玄奥的体悟，也无法妄下断语，他到底是不屑和人交流，还是不习惯和人交流，总之一切无从考求。

阳明先生一开始就抱定了知行合一的精神，从始至终。1496年，他在会试中再次名落孙山。有人在发榜现场未见到自己的名字而号啕大哭，王阳明却无动于衷。大家以为他是伤心过度变得麻木了，于是纷纷跑去安慰他，王阳明的脸上却掠过一丝淡淡的笑，他说："你们都以落第为耻，我却以落第动心为耻。"虽然那个时候的王阳明还未修炼到知行合一，但可以看出他年轻时便有稳定的心性，利于锻造。别人都只看到了当下的科举这一件事，而他却看到了整个的人生，早早地便开始为最高目的而努力了，这样的初心蕴藏着无穷的能量，是圣贤的初心，圣贤的立意。而后来所发生的事情无不验证了他的修为能帮他化险为夷，他的知行工夫能带他冲破一道又一道险象。如他带领军队平叛祸乱，反遭宦官的恶语诋毁，比如"目无君上""暗自勾结他党"等，任何一条罪名都是祸及满门的，甚至多次引起了皇帝的杀心，还被宦官刘瑾迫害，处以廷杖四十，被打得血肉横飞。然而阳明先生在多次生死考验中岿然不动，静观其变，到后来让朝中的小人也搞不明白他的意图，越来越难抓住他的软肋，只好悻悻作罢。王阳明先生于一切荣辱尽得超脱，最终达到心之全体无碍的状态，体内充沛，沛然能御，神鬼莫侵。他在《答舒国用》中说"所谓洒落者，非旷荡放逸纵情肆意之谓也，乃其心不累于欲，无入而不自得之谓耳。"可以看出先生是要告诉人们通过"体无"进入无累的状态，既然内心通达无碍，人又怎么可能受制于欲望与外物呢？他很坦白地说过，在去南京之前，他只会尽量顺服现实环境，逆来顺受，常常处于被动挨打状态；而经历了宸濠之乱后，他终于做到了"无累于心"。在这次战役结束后，有弟子问王阳明："老师您用兵是不是有什么特定的技巧啊？"王阳明回答："哪里有什么技巧，只是努力做学问，把心养得处事不惊了，如果你非要说有技巧，那此心不动就是唯一的技巧。大家的智慧都相差无几，胜负之决只在此心动与不动。"王阳明举个例子说，当时和朱宸濠对战时，他的军队处于劣势，他向身边的人发布准备火攻的命令，那人无动于衷，说了四次，那人才从茫然中回过神来。这种人就是平时学问做得不到位，一临事，就慌乱失措。而那些急中生智的人的智慧可不是天外飞来的，而是平时学问纯笃的功劳，是知行工夫的显现。现实中随处都充满了检验的机会，来不得半点虚假，怕的是人自己没准备好，没把功课做到。只有内心真正成长起来，才能很有效地认识世界，应对变数，保护自己。阳明先生一生经历了自由任侠、学习骑射、专研辞章、求仙道法、修佛正觉，最后转入儒家学说的研习。关于"有"的修炼，与对"无"的体悟都无比丰富，最终体内充实，为日后的境界打下了雄厚的基础。同时，他也研究过人可能遇到的种种问题，将很多的知识选择性吸收，让自己的体悟与周围环境糅合得浑然一体。比如，阳明先生对佛学有了不薄的兴趣，他说是"无滞碍"吸引了他，遂把对"无"的体悟揉入了他的心学中。我在他身上看到了，不必拘泥于某一个领域去研习，不必学了佛只说佛，学了道只谈道，万法相通，找准自己的坐标才重要。什么东西适合我，什么东西是我当下需要的，我便取而化之，融入本心。圣贤君子、高僧大德，都很伟大，我皆视其为尊师，指引我不离大道，自学自用，而阳明先生便为我提供了一条获取智慧的最优路径。请大家观摩一首阳明先生在龙场时写的诗文，见《王阳明全书·居夷诗》："朝采山上荆，暮采谷中粟，深谷多凄风，霜露沾衣湿，采薪勿辞辛，昨来断薪拾，晚归阴壑底，抱瓮还自汲，薪水良独劳，不愧吾食力。"可以从中看出，他每日的生活很忙碌，并非人们想的独自打坐修炼，而是在绝境中事必躬亲，自立自为，永不停歇地行走在朝圣的路上。

王阳明从心髓入微处的修炼，伴随着他一直达到了光明洒落的心境，这便是后人最津津乐道地"狂者胸次"。《论语·子路》中孔子谈道：狂者是有很高志向的，狷者亦不会随波逐流。而阳明先生的"狂者"是境界的高峰，超凡入圣，没有什么看不开的，包括生死。这是胸中洒落，如光风霁月，是有无的合一，任何环境的限制都无法影响他内心的光亮了。我想，身心若是都通透了，心灵上又怎会不断叠加砝码，只会不断地简化，最终能够"胸中渣滓俱化，不使有毫发沾滞始得"。而非像历史上的一些狂士，他们看似飘逸的文字、疏狂的个性却掩盖不住其内心的郁结，像李白、阮籍内心的苦闷伴随了他们一生，常常喝醉酒放浪形骸，让自己与现实处于彼此不容的状态，他们对悲苦的处理采取的是一种自损的做法。王阳明在平定祸乱之后的第三年，回到江西南昌修养，这个时候疯疯癫癫、玩物丧志的明武宗皇帝也游玩回宫，阳明先生上书朝廷把自己的盖世功劳全归给这个"英明"的皇帝，不怨不恨，内心坦荡。他已经把自己锤炼到可以经受更多的压力，随处自适，随时都可安顿自己，其道行实在深广。这与他的大德相匹配，因肩负拯救天下苍生的重任，而不敢有所怠慢。比如他在征广西之前，还要对心学传播可能出现的问题不断加以论证，在军政繁杂紧急的情况下，还不断与学生进行心学方面的探讨；在对现实问题的处理方面，告别了早期在仕途中的狂放不羁，再到精明练达，最后鞠躬尽瘁全面完成了上天赋予他的使命。1528年阴历十一月二十八日夜，王阳明让人帮他更换了衣冠，勉强把身子坐正了，就那样坐了一夜。第二天凌晨，他叫周积进来，随即自己便倒下去了，当睁开眼的时候，他微弱地说着："我要走了。"站在一旁的周积哽咽着问："老师有何遗言？"王阳明用他最后的一点力气向世界做了一个微笑的告别："此心光明，亦复何言？"

清灵的心路

诗意雅合

　　我希望我的思想天空能历久弥新，且日渐丰满，尽管当下的记录中，心境与体悟还差得很远，但也一定会坚持下去。不同于笔记，笔记不过是将别人的话复制一遍；不同于日记，日记中的事件感想也不过止于倾诉。我所记录的是我的心路历程，因为我相信人的行为上的过错，源于心灵上的问题，反观自省就是去诊断自己的病情。人往往不着眼于核心问题，将过错归罪于外部的人和事，几十年如一日，一辈子也就稀里糊涂下来了。可笑的是，人人都知道"知行合一"很重要，但又往往在实践这一理念的时候，被自己的私欲阻断。故而，人在追求身心愉悦之际，也常常耽于留恋与幻想，如一片羽毛飘荡于风中，过分追求自由且拒绝约束，精神不能振奋又容易迷失自己。我发觉，离开"静"不行，离开"真"也不行，人的心灵太容易滋生虚幻不实的东西了，一走路就变得轻飘飘的。真正的身心轻盈的状态，是能够更客观地看待人事，正视己心，双脚稳稳地站立在大地上直面现实，不管是已经发生的，正在发生的，还是有可能即将发生的事。因为在复杂的环境中修炼得来的轻盈之态，永远比镜花水月般的轻盈之态更长久，这会让我活得更丰富也更踏实。所以，我在提笔记录的时候，要求自己必须遵循内心的真实，甚至稍加做作、空华的段落，以及不能够代表当下思想的部分，都尽数删掉。留下的文字是干净的，是我最想表达的，我已经足够幸福了，至于别人怎么看那是他们的事。这才是最有意义的记载，将来若有老的一天，我一定无悔于当年的亲笔记录，定会满含热泪地大叹：我无愧于我的生命！

水月飞花

· · · · ·

我开始找寻一种身心的轻盈之态，从"静若处子"到"自在飞花轻似梦"的转向。任其自然，身心安乐，正如我在《空林诗话》中所说：风中自有琴瑟，无哀无伤。

2014 年 8 月 22 日

山中的湿气向我迎面扑来，淌过肌肤，顺入心脾。我自己也若隐若现，玄同薄雾，随心而散，遍布华林。

2014 年 8 月 23 日

一船星辉，水中闪烁着故乡的影，我伸手探去……

2014 年 8 月 27 日

无锡，它穿得很干净，最不起眼的街角也要打点好，生怕外人见笑。路上人不多，但很从容；路不宽，车却恰到好处。它习惯被太湖抱着见日月晨昏，满怀爱意欲说还休。晚上它也只是静静陪我走，到我离开，天空起了雨沫，我看了一眼浅浅的泪痕。

2014 年 8 月 28 日

当我的生活大面积地进入体证的状态，愈加感受到世事于毫厘间的诸多变化，慢慢也就不去在意自己身处何处了。此刻，我依然静坐屋中，想起李商隐的《夕阳楼》中的"欲问孤鸿向何处，不知身世自悠悠"。

2014 年 9 月 5 日

"蕙质兰心"这个词，出自我们山西大文学家王勃的《七夕赋》："金声玉韵，蕙心兰质。"说的是女子蕙心似兰花之雅，不须招摇自然流散。李兄开玩笑说："是要变成兰花那样吗？"我说："你要说变的话也行，冲标新立异头上顶一盆兰花也算；不过半老徐娘的话就有点难了，风情难遮，弄不好变狗尾巴草了。"（两人大笑。）

2014 年 9 月 7 日

《弱女子的自述》：我很弱，比水还弱；我命苦，比榴莲还苦；我很冷，身体和心灵都冷；我很孤单，全世界的人能不能都跑来看我；我快死了，可是为何死来死去都未死呢？因为我爱惜自己的才，比易安还有才；因为我心疼我的高洁，比梅花还高洁；因为我还要在幻觉中多睡一会，在云雾里多游荡一会，上天对不起我让我还是一个人，世界对不起我让我周围尽是污秽俗气，所有人对不起我让我不够温暖不受重视不被理解，我还是化作一缕香魂离开吧！

2014 年 9 月 11 日

下午，我看到天边鸿雁远行，形影皆去，而天空依然空荡荡的，我心也是空荡荡的，没什么深远的哲思。只求和一两个知心人饮尽一壶酒，不问昨日之事，不想明天之事。事实上，朋友也不在身边，我自己煮了一壶茶，茗香游走壶壁，浅斟一杯，回望窗外，自以为主人。

2014 年 9 月 15 日

对于我珍视的，就像守护心中的月光，即便一时汹涌也控制为一道暗流，生怕给婉妹什么暗示。当浪子停步折返，他只说一句："心火自生还自灭，你一定要记住！"

2014 年 9 月 17 日

不知不觉夜阑人静，悠悠的钟声惊散了水中的梦幻，我的眼始终没有离开潭中月儿的影子，发现了我身外的灵性。我蓦地想起一句话：每触物有会心处，天机自明。

2014 年 9 月 19 日

我想在满是烟火的人间沉醉，躺在那深深的红尘中，将来即便化为轻烟，也能抱着记忆久久地飞舞在苍茫中。若是终有一天，我觉得红尘中也看不到大的趣味，做回一只巢空鸟也不错，不栖于树上，来去无踪，最后死于虚空亦不枉然。

2014 年 9 月 22 日

梦中山水多虚幻，现实山水多亲和，各有其美，何须在此间挣扎？而我心中山水，圆和饱满，囊尽现实与梦中的全部之美。我依心而行，穿行于乱花间，不想做声名鹊起的诗人，只想做忙坏了的看花人。

2014 年 9 月 24 日

直到有一天我发出这样的感慨：谁说长风冷月的清静之所就能远离颠倒梦想？谁说只有青灯伴黄卷的孤寂才是修行？我步履所至，云霞如织如焚，我心中升起的火焰一直蔓向了整个天际。

2014 年 9 月 26 日

星河无影起秋风，眼前的花儿也尽显湿寒，而我的小天地，永远春和如一。四周古木色的书架环绕，古卷飞香。中心的地上一个棋盘，没有棋子，旁边一壶酒，还有一个倒在地上的玉盏，被斜入的月光照得发亮。

2014 年 10 月 2 日

我坐在屋中，手里把玩着一片白色的羽毛，很滑也很轻。蓦地，窗外起了凉风，我把白羽从窗口抛下，它飘在风里，就像一个内心虚静的灵魂；它起舞着下落，好像一切都不在乎，随遇而安却从未流俗。

2014 年 10 月 4 日

现在我确实有点醉了，不是因为喝了很多的酒。就喝了一小盅，意态微醺，看花半开，饮出了一片风景。大醉的神魂迷乱怎么比得上酒饮微醺的淡雅，此刻的风与月就像我的伴侣，即便意兴阑珊之后，它们也能陪伴着我回家；我也能灵动挥洒，步履轻盈，不至于跌跌撞撞，洋相百出。

2014 年 10 月 7 日

人生不过是在有无间走动，所见事物皆无一定相。我已经不愿意去批判那些不好的，而是竭尽全力跨入美的境遇，清质悠悠，澄辉蔼蔼。

2014 年 10 月 18 日

星辰也很渺小，它看我的时候，不带任何藐视。我们相望久了，就像两个心意相通的人。

2014 年 10 月 25 日

我感觉自己回到了纯一，品着一杯清茶，看着杯中热气徐徐上升，感觉自己的心在天地间游走，或是在风中滑翔，而不仅仅是在纸间漫溢，把思想停留在嘴边。

2014 年 11 月 11 日

天地间有通灵之爱，常常能心有灵犀，初次相遇就像是在哪儿见过，相聊甚欢，越往后越无比舒畅。但彼此都真性廉洁，无贪无垢，故没有恨；彼此快意相知，无拘无束，故没有怨；彼此千里相隔，无碍无间，故没有愁。这样的爱，每每靠近，像趋步晨光中，总能在相互滋养中得以充实。

2014 年 11 月 18 日

我听过一位姑娘弹琴，人影争顾，然琴声不断。众人调侃她的衣裳不够淡雅，她的眼线涂得不够细致，她始终未抬头一望。我试着闭眼，只在乎那份律动：她的人儿早已浸于那一池绿波，而我永远不知其藏于何处的浮萍下。

2014 年 12 月 1 日

我裹着一件大衣站在郊外的荒地上，看着雪如何在微弱的阳光下蓬勃地纷飞，如何落在枯草上孤独地死掉。我笑了，谁也不如这白雪潇洒，随生随灭，前后都那么虚静，毫不粘连。

2014 年 12 月 15 日

翻着鲁本斯、波提切利的集子，一坐就是一个下午。真是说不出的奇妙，仿似体内的因子也跟着动起来了，被带入的不是画中，而是一种优雅的深邃与欢快的迷离中。

2015 年 1 月 7 日

至今我清楚地记得每一篇文章的创作过程，很多篇目，都可以倒背，不仅仅是很多的语句描写，乃至当时写作情境的推敲和理解，我都可以随意解读给我的朋友，这对我而言是一种享受。我想说，这个过程太丰富多彩了，我不是装模作样去写，不是提着脑袋在写，不生搬硬套，而是用我的"灵"在写。

2015 年 1 月 8 日

"傍晚我还会从这里路过，到时我会带一壶酒，你可以选择来，也可以不来。"我一笑。

2015 年 1 月 11 日

我也该走了，去那个有琴音的地方，整个小院就是个不夜城。我还记得有半节五代文学没给她讲完，还有半盘点心没来得及品尝，还剩半壶酒被我悄悄地藏在假山后面，当然，可能早已被发现了……

2015 年 1 月 14 日

我无比崇尚一种轻盈的状态，对内在乎我心的律动，对外渴求真性本然，与我热爱的一切融为一体，不再分彼此。

2015 年 1 月 18 日

心是烛火，一点光，照得我的世界通亮，循性中无比舒畅。现在明明已入寒冬，为何我不觉得冷，隐隐地还能嗅到一缕夜香，遇之忘俗，仿似楼下的枯草都活了过来。

2015 年 1 月 22 日

人的情感总是那么细密，像溪流。一经高雅的诗化，侧耳便能听到水之韵。

2015 年 1 月 28 日

我在《诗经·思无邪》中写过这样的话：古老的记忆，往往能把人带入已逝的美丽中；而令我唏嘘感叹的是，那份朴实的真离人越来越远，那宁静的和谐被撕成碎花流散于烟霭中。如今，我只能停步于那轻烟淡彩里，感受"虚灵如梦"。

2015 年 2 月 3 日

月光勾勒着我的脸，那么细致且温柔，巧笑倩分间，我看到自己的玉面，且明眸生辉。

2015 年 2 月 4 日

三年后，我还是回到西湖。见烟霭相蔽，势因风起，一切不定。胸中万象在我心中进一步虚化，弥散，转而升腾着的是我的灵。

2015 年 2 月 9 日

此刻，值得在意的只有那斜入的阳光，飞散的古木奇香。我头枕于柱上，听风铃欢乐，不论何方。之前种种偏见散去，融掉，却成就了另一种心。

2015 年 2 月 10 日

　　我以前受一些诗文意境的影响，对山林茅舍充满着无限的向往。今天我独自一人走在街道上，高楼之间雾蒙蒙的，连太阳也看得不是很清楚，却没有心生厌恶。由此联想到，山林茅舍就一定那么完美？还不知道有什么毒虫鸟兽。其实，哪里都一样，心入静觉，便能时闻鸟声；心存怨恨，即便清净就在眼前，又怎能察觉到呢？

2015 年 2 月 12 日

清念返元

• • • • •

今天修改文章，看到曾经写下的文字已不能代表现在的想法，深感成长的轨迹总是与人的心路相随，就是这么真切，太丰富，也太弯曲。但每日这样诚实地记录，总能让我看清自己，看清包括得与失在内的很多东西，就这么一点点地明白，一点点地放下。

2015 年 2 月 13 日

今天邀请朋友们喝茶，一个个一脸的苦态。为了打破这种尴尬，我笑了笑，"如果费了很大劲都想不通的事，带到这里也不见得会想通。既然结果都一样，何不先在这里舒服舒服，说不定会涌现一点灵感。"

2015 年 2 月 14 日

多少人只看到人与人在知识、金钱、地位上的差异，看不到人与人心灵上的差异。又有多少人，说是在现实中拼尽全力地发挥才智，却离精神的深渊越来越近，离智慧的澄明之境越来越远。

2015 年 2 月 16 日

人因执念，使原本脆弱的生命雪上加霜。只有尽快进入以身持戒的状态，把投入的功夫下到实处，才能在一片心净欢喜中，聆听圣贤更精妙深入的教诲，才能时刻沐浴于春光下。

2015 年 2 月 17 日

这个世界有太多虚妄不实的东西，疯狂地吸纳着人的精力，使人的内心也跟随着外界的剧烈变化而此起彼伏。过来过去，不都是烦恼的重复？但我还有一点倍感幸运，那就是心境会慢慢趋于圆满，就像摇了一夜的木筏子终于看到了日出。

2015 年 2 月 18 日

不需太多伏笔，不需太多深沉，心种菩提，眼神也是那么清澈。宁静的时候我守着我的窗棂：月像是白莲变的。

2015 年 2 月 19 日

今日，收拾衣物之时，一信笺被抖落在地面上，上书有我曾经写过的一首打油诗："千欢无若掌中沙，风过消弭洗尽华，只身飘如荒囿处，醉剑斜指醉昏鸦。"回望当时我笑了，不禁喃喃自语："好有侠气的小伙哦！"

2015 年 3 月 24 日

今天泡茶的时候，发现好的茶叶已经喝完，直接给茶壶中注入清水，煮热以后盛在杯中依然醇香可口，意味绵长。何处没有纯真的妙趣？喝酒、弹琴、下棋不都是一个道理？清雅到极致的舒畅，让我觉得圣贤的身影好像近了一点，他们口中道出的教诲也比先前听得清楚了一些。

2015 年 3 月 26 日

今天吃过饭在路上走，朋友问我日后有什么打算，我是这么说的："我只能说现在的自己更加归于平淡了，心沉在生活中美美地感受着，学习着。以前每天叨叨生活寡淡无味，要追求什么高雅，要学做一名高士，呵呵 ......"

2015 年 4 月 8 日

身边有佛经如何，没有佛经又如何？我体会着什么叫"我心无物，见得诸法无形"，追慕那些历史上的高人不为外物所动，灭诸心法，无比自在。到今日，很多事我都记不清了，一路走一路看，兴尽了便回家。

2015 年 4 月 8 日

以前修习，须伴以轻音乐安抚内心；近来，这样的辅助也变得可有可无，这几天在屋中，靠着窗户听着风声，也是美妙的乐音，只是我以前一直没有发现而已。

2015 年 4 月 22 日

弄虚作假是有果报的，而孤高之态是伤人伤己的，两者皆是背道而驰。我从不强求思考过多，只随自我的因缘造化，什么才子之名、学者之名等，都抛之寒潭中。

2015 年 4 月 28 日

如今终窥见哲学的精妙就藏在一颦一笑、风起波动中，不在大学的教室，也不在书本上。想着想着，我的精神日渐清朗，其性益定了。

2015 年 5 月 10 日

我的缘，就是我的性，故而我有根器；我的罪就是我的业，起心动念就一直不止。这几个月来，我深居简出，于定中看得广袤与精微，心性平和，渐入空性。我现在开始体会到那些高人无不是深谙"从无到有，从有到无"之道，可以在有无间来去自若。

2015 年 5 月 26 日

身心若是自由，是可随意往返各个时空的，并不用躲在一处以求自保。我得时刻提醒自己，所学的东西不是用来自娱自乐的，不可留恋空寂，不可倚靠某部经典，还须投身闹世，尤其是再次遇到之前的诱惑，以检验此阶段的修行。

2015 年 5 月 27 日

气脉无碍，惠风和畅，只求内心维持一种真实的境界。近来反复体悟物之空性，不需要美妙的音乐就能自然感到舒适愉快，不需要熏香就能自然感到满屋飘香。先前为那些事苦恼，现在冥心而居，蓄养裕气，无有常念。

2015 年 5 月 29 日

无碍能长久一些，内心的通明也就长久一些，离无上清净觉就更进一步。我想着，若是心还能承受更多的烦扰，便证明我的心量更胜从前。

2015 年 6 月 8 日

我感觉到清净随时都在我身边，只可惜心是乱的，看也看不见。之后，我慢慢闭上了眼，很多晃动的人群看不见了，却清净自现。万相为空，任何事物都无法摆脱自身的空性；万法唯心，任何认识都逃离不了心啊。

2015 年 7 月 8 日

今天，朋友跑到我跟前向我哭诉：周围虚假的东西实在太多，根本没得选。我淡淡笑道：有没有得选和这个世界无关，只和自己有关。

2015 年 7 月 9 日

我以前认为，超凡就是绝尘，远离世俗。现在，我虽没有摆脱现实的嘈杂却也没有半点不自在。我终于悟得：心与物的契合才是大道，原来一切差异放置大道中也就消失了，我与外物皆处于如如态，共得逍遥。

2015 年 8 月 6 日

　　今日一位做生意的人大加斥责我所学都是无用的，无从去找对应的工作，无从应付社会复杂的变化。我静心听着，觉得没有反驳的必要，只是很诚恳地说："您在社会敢打敢拼这么多年，同我这般年纪就已经开始独闯天下，您的耐力与勇敢是我要学习的，您的经验也是我需要反复揣摩的。"他脸色立马一变，拍了拍我的肩膀："你这个未经世事的年轻人日后也绝不简单。"我开心地自言：这便是圣人之学的妙用啊！

2015 年 8 月 8 日

　　太过在意的东西，总是在不知不觉中合成了迷梦，让我虽看不清前面的路，却还要坚持。而我内心某个脏了的地方，怎么擦拭都无法达到期望中的温润通透。

2015 年 8 月 10 日

　　昨晚睡前我反省道：自己虽然宣称重视体悟，每天也确实在做体悟的功课，但还是不够细腻，反映在近几日的为人处事上即还是漏掉很多细节，以致判断上偏差频频。我果真离真正的清净心差得很远，没有重复地擦拭灵台，以致明光一点时有时无。

2015 年 8 月 11 日

　　是岁九月，持念珠，踱步书房。书房无酒无肴亦无客，环顾寂寥，遂抄起一书，跃步阳台之上。窗外朗月皎然，光晕环护，悄然高悬，余顾而乐之，默默欢喜。现在方知晓月的孤寒，它远离骄慢，远离嗔恨，独立而清醒，时刻感受着与诸星无异，时刻体若虚空，有所思而又无所思，空华净觉。故而在这庞大的寂寥中，无论何时出现的月，我都能感到它自身的空性并没有损坏；无论其以何种姿态出现，我都能够听到隐约的空灵之音，往来于我心与星汉间，流转千年，永存不息。

2015 年 9 月 13 日

世俗的烟火，无尘的莲台，各有各的美丽，没必要厚此薄彼。世间万法各有所缘，不是只有一盏青灯、一方木鱼才叫修行。风霜雨雪是凌厉的美，镜花水月是空蒙的美。

2015 年 9 月 17 日

世事本繁杂，又有自我的无明妄起，故难以正心。明知万物有垢净、增减、生灭，却要一个不差地走过、体悟。我感觉到了般若的深邃不可察。此刻，我站立于生与灭的界限，渐悟有明而无明，有相而无相，有法而无法。

2015 年 9 月 18 日

在三个月前，我凄苦地说着：一切之有终归于空；而三个月后，我说着：般若之空，无有不成空。慢慢地，我回复到了静观的状态。不同的是，以前以静嘲笑人世哀乐；今日，我以静观物，不动声色。原来，我的诗文早已不服务于完美的描摹、具体的人事、单纯的情感宣泄，而服务于本心。

2015 年 9 月 21 日

　　近几日感到心中的障碍开始逐步地消除，昨天朋友和我通电话的时候，感到我整个人变得安静了很多，定了很多。睡前，我又反复地告诫自己，不管遇到何事都要牢牢把住自己当下的位置，身心的轻盈不意味着可以随便乱飞，而是要节时节力，与人有效地交流。尤其不愿见水涨船高，多学进一点知识，自己的虚妄之心也多增一寸。正如今天，我对朋友说的："更多的知识需要更高的心性与德行作支撑，真正去研习经典，要有骨子里的谦逊，不是表面的谦和。"

2015 年 9 月 24 日

　　朋友因中途有事，手中的那颗黑子没有落到棋盘便起身走了。转眼之间，之前的鏖战，乃至最后的胜负也都不复存在了。人生很多事都不过是一局棋的功夫，是非成败说有就有，说没有也没有，无彼无是，又何苦在心头纠结？

2015 年 9 月 27 日

　　我的本心就是我想东西、做事情的依据，不得不谨慎地去经营，能消除一点妄想，就避免一点祸害；能填补一点漏洞，就多一些圆润。我不奢望成就自身的大德，只想时时沐浴在圣贤的光芒下，聆听天地的福音，清念无垢，纯净舒爽。

2015 年 9 月 29 日

随缘自适

儒学、道学、佛学都是那么博大精妙，都是我获取智慧的宝库，取之不尽用之不竭，没必要厚此薄彼。如今，我愈加体会到它们的相通相容的特性。它们在我体内相处得很柔和，并引导着我去体会更细微的东西，那是一种自知之明的感觉，而非理论的直接嵌套。

2015 年 10 月 3 日

孔圣人一语道破天机，我们崇敬上天，不是为了证明或崇拜鬼神，而是要观察宇宙万物既定的法则，以此规范我们行为的法则；我们要对大地充满敬畏，要时刻谨慎谦卑，从最平凡的地方起步。

2015 年 10 月 5 日

今日体会到最大的自在必须建立在对自己更高的规范上，这是在修炼心的力量。注意自己的言与行，自然而然会居其室其言也善，为日后的人生，有分寸地活着。

2015 年 10 月 6 日

我无时无刻不在追慕古代的圣贤。今日趴在书桌上，隐隐约约看到眼神湛然的老者，睟然以温，富贵炜烨，仰之弥高钻之弥坚，威武纷纭，其灵蕴于山水，随万物而赋形，翩翩神逸。他的周遭有旃檀古木的异香，其香熏遍无边无量诸世界，真是难以用语言表达啊！我日益觉得，这已经成为我精神中的光明，为我驱寒，为我引路。

2015 年 10 月 9 日

自古胜败难评啊！置身风云变化的时局之中，谁又能将所有事看得那么清楚？有的胜利是天数，来得过于蹊跷；有的失败令人扼腕，千年遗憾。是啊，复杂的环境让人想变得不复杂都难。一颗最初的赤子之心，可以被改造得让人看不懂，于是善良与正义也混合了其他的东西，时间久了成了"行为艺术"，连自己都分不清了。

2015 年 10 月 10 日

人的虚妄，无非从一个圈进入了另一个圈，任由欲望恣意妄为，最后造成的不痛快得自己承受，那一刻真像围棋中的"眼"，四个气都被堵得严实，心在里面难受。今天朋友告诉我，昨晚饮酒太痛快了，聊得也太痛快了，天旋地晃，混沌难分；晚上回去吐了好几次，醒来后是一种从未有过的虚脱。顺意的快感啊，违损的苦痛啊，人就夹在其中。

2015 年 10 月 11 日

曾有一段时间，我刻意追求最完美的表达，希望文辞可以承担勾勒我心中至美的重任；现在，我即便深陷困境，也是袒露着胸膛，日月直指我心。

2015 年 10 月 12 日

我的真心自性，最后成了迷心逐物，憧憧往来，不过皆是浮光掠影。现在，我的眼前无垠而又茫茫，仿似一粒微尘轻盈至极且随风颠倒，不迷于涅槃，不迷于尘色。

2015 年 10 月 13 日

那些难以为继的东西，倥偬而退。悲伤、幻想，唯今只剩氤氲的样子，散不开如何？浓烈着又如何？袖子一挥，清开些虚妄，其实内心不已经一点一点地空了吗？

2015 年 10 月 14 日

一切有为法，如梦如雾，梦时为空，醒时亦为空。物在，影在；物无，影无。真真假假，相互交映，于是区分二者还有什么必要？我借助佛学，修习大忍，只是为了不丧失自己最初的本心。它被白莲包裹着，被露水滋润着。

2015 年 10 月 15 日

譬如幻翳，妄见空华。缘起缘灭，终归于空。现在，风之精灵抱着我的心前往一个满是白莲的地方，那儿清水环护……

2015 年 10 月 17 日

"万法本空"这四个字，以平常的眼光是看不到的，用眼睛去看，用脑子去想，都不如以心观物。要看清万事万物的瞬息万变，就得凝神聚气，保固元精，毁誉皆不动我心。

2015 年 10 月 18 日

生命每时每刻都有堕落的危险，每时每刻都有精进的可能，所以每一瞬间都暗含了无限的生机。剔除心灵的尘垢，不是为了换得片刻的清净，而是为了心灵长久的清净和看待世事的通透。我看到白云谦逊地站在天之一隅，晨光冠之以辉煌。

2015 年 10 月 19 日

纯正的修行是实在的，来不得半点的虚假，正如一个人的时候自己对自己说话，诚而不杂，坦坦荡荡。这看似很费劲，其实是最大的捷径，远比读两本好书，和朋友聊天更有效果。过去我不理解，现在慢慢懂了，正如儒家的"仁"，一眼看上去简单得很，其实内涵丰富到我连一小部分都把握不好。

2015 年 10 月 20 日

世间聚散与微尘无异，人如微尘，事如微尘。虽然种种爱恨贪欲没有边际，但苦自心生，乐也自心生。若我心念可以一直静中守真，便时时能看到花瓣随落，潇然自得。

2015 年 10 月 21 日

当周围一片片淡为虚空，就是心性本元回归的时刻，我重见花朵摇曳的洒脱，雪夜月光辉映的清朗。晨雾散尽复归清明！我看到了另一个自己，说得少了，听得多了，不沉醉于自己优秀的一面，也不妄自菲薄。

2015 年 10 月 22 日

既可坠入深谷，又能腾空而出。在欲海中翻腾之后，还能返于本元。我每一次游走繁华，都会同时监护内心的澄澈圆明！要容纳更多的东西，从事情到人情，集于胸，散于四方。

2015 年 10 月 23 日

前日呕吐，至今身心涣散，体态清瘦，披一件单衣垂坐木椅上，闭上眼睛，朝向阳光。缭乱的金色光圈，让我沉浸得忘记了疼痛，虽不能提笔具述这美妙，但可付于浅笑，归于无形。

2015 年 10 月 24 日

自然有不可言说的庄严，佛菩萨亦有不可言说的庄严，而我理解的庄严不在寺庙、宇宙。在匆匆碌碌的世间，我可以活得很静穆，灵魂澄净得如青海雪域的圣水；也可以像端居于布达拉宫的仓央嘉措保留一丝丝的欲动。在拉萨的街头的八廓街小酒馆里，不是有过一位喝醉酒的活佛吗？我性情中的真，一样可以让我灿若星辰。

2015 年 10 月 25 日

不管人心厚薄，不管世事多费解，萧然灯火，我自畅怀，去无所恋。此刻，见四下无人，时不早已，合书睡去，明天又不同。

2015 年 10 月 26 日

"郭公子，咱们谈佛？谈儒？还是谈道？谈人生？谈星空？还是谈宇宙？"

"我是圣贤最差的弟子，我一知半解，不能胜任。我心随物而动，随物而静，彼此都是凡俗之物，相处起来平和安乐。"

2015 年 10 月 27 日

"该来的时候来，该去的时候去。"多少人用这句话打发自己的小情绪，却难以掂量出此间的分量。有时无意走过自己待过的地方，遇到曾经爱过的人，无论是在梦中还是别的时空里，心中不做评价，嘴上无言以对。然而，每次的离开都没有惊扰一草一木，没有惊动一尘一土。

2015 年 10 月 28 日

静坐之时，是在练习抑息之道，旨在养护心性。一息既生，后息相续，缓缓流动，精气神合而为一。久而久之，自己的身形浑如太虚，见如不见，闻如不闻，唯有真性彰显，与万化冥合。

2015 年 10 月 30 日

物各有性，物各有法，都合理自足地存在着，依适合自己的道而行，我又何须多言？不管眼前是昏昏默默，还是霞光万丈，我都随缘漫步，只为赢得逍遥。

2015 年 11 月 1 日

一场戏的终结便是另一场戏的开始，不管我准备得怎样，都得上场。以前可笑地当自己是部传奇，现在觉得每个人都"演"得很好，独一无二，无法替代。而所有独特的存在，共同形成世间最大的美感，叫"人生百态，顺乎自然"。缘来时，即便天涯之隔也如邻在耳；缘去时，即便一尺之隔也无法靠近。

2015 年 11 月 2 日

遐想，并不是胡想，是惬意之中的徜徉。晚饭过后，在一条僻静一点的小道上走一会，感觉到自己的意念是平缓的，既无晃荡也不冗杂，目不乱视，神返于心。没有什么惊人的观点，但实际收获的却要比平时多得多。

2015 年 11 月 3 日

从朋友的店里回来的路上，莲清说："你那朋友一看就精明强干，他说话的时候老用他丰富的社会经验压你，你要是说点学识上的东西，准让他立马懵了。"我浅笑着说道："我有这么做的必要吗？为什么一定要争个高低，能从他的话中学到东西，不正是我最希望看到的吗？"

2015 年 11 月 4 日

就算我变为湖里的一朵枯荷，面临被船夫打捞的命运，我也会牢牢地扎在水中，静静地听雨。能多待一秒就多一段空灵的飞思，我不愿错过，这在我看来是最合时宜的了。

2015 年 11 月 5 日

有多少话散落于漫漫风尘，能记住的并不多；有多少人曾经相伴左右，能留下来的不过几人。今天我在路上走着，很多叶子都开始飘落，而地上的每一片又都有种隔世的静美。我走得无声，走得忘我，像从一幅画走入另一幅画，这世上有多少人拼命想让人记住，而我不过只是一个快乐的过客，所经之处都留有低调的风情。万物有类，各行其是，各行其缘，我随意而行，就像漫步于水天云影之上。

2015 年 11 月 7 日